講談社文庫

旧友再会

重松 清

JN051459

講談社

目次

旧友再会

あの年の秋

小説の舞台は、博史《ひろし》の家のすぐ近所だった。

「だって、ほら——」

晩ごはんのとき、お母さんは本を手に取って、書き出しの部分から通りや町の名前を読み上げていった。

「地下鉄の駅を出ると青梅《おうめ》街道で、そこから五日市《いつかいち》街道を歩いて梅里《うめざと》のほうに折れる、って書いてあるんだから」

ほんとうだ。梅里は小学四年生の博史にとっても馴染《なじ》みのある町だった。学区こそ違っていても、自転車で遊びに行ける距離だし、そろばん塾にも梅里に住んでいる友だちがいる。

「へえーっ、すごいね」

博史は無邪気《むじゃき》に声をあげたが、お母さんの反応は鈍かった。「ドラマになったら、このへんでもロケするんじゃないの?」と話しかけても、「さあねえ……」と生返事をするだけで、応えたあとにはため息もついた。

お母さんはもともと明るい性格だった。女優さんの名前が自分と同じ「智恵子《ちえこ》」というだけで「他人のような気がしないわ」とファンになってしまうような人なので、いつもなら、話題の小説の舞台がご近所だと知ると大騒ぎして、家族をあきれさせているところだ。

だが、いまのお母さんは偶然を喜ぶどころか、にこりともせずに「身近すぎて、なんだか嫌になっちゃう」とつぶやくと、忌々《いまいま》しいものを断ち切るような手つきで本を閉じた。

「お母さん、もう最後まで読んだの？」

お姉ちゃんが訊《き》いた。

「無理無理無理、こんなに分厚いんだから。読み終わったら優子《ゆうこ》にも貸してあげようか？難しくないから、中二なら読めるわよ」

「いい、いい、読まない」

お姉ちゃんが顔をしかめるのと入れ替わって、博史は「面白そう？」と訊いた。お母さんは黙って首を横に振るだけだった。さらに話しかけようとしたら、やめなよ、とお姉ちゃんに目配せされた。

博史はしかたなく食事に戻り、テーブルの隅に置かれた本を見ながら、ご飯を頬張《ほおば》った。

いかにも堅苦しそうな函《はこ》入りの本だったが、その小説は六月に出版されるとたちまちベストセラーになって、新聞や雑誌やテレビでも大きく採りあげられた。

おかげでストーリーは広く知れ渡っていた。ふだんのお母さんなら、そういう本をわざわざ買うようなことはしない。実際、夏頃までは「なにが書いてあるか知ってるのに、お金がもったいないじゃない」と、買い物のついでに書店に寄ってみようともしなかった。

ところが、今月——九月に入った頃から、急に「やっぱり買っちゃおうかなあ、図書館も順番待ちだし」と言いだした。「どうしようかなあ」と何日も迷った挙げ句、今日、わざわざそのために書店に出かけて買ってきた。

博史は理由を知っている。

せっかく買った本なのに、お母さんはそれを面白いとは言わなかった。口数も少なくなって、元気をなくしてしまった。

博史はその理由も知っているし、お姉ちゃんが読みたがらない理由だって知っている。

来月から、家族が一人増える。伯父さんの家族と同居しているおばあちゃんが、しばらく我が家で暮らすことになったのだ。

九月に入って早々に、その話を聞いた。

博史がおばあちゃんと会うのは夏休みとお正月、あとは春休みに遊びに行く機会があるかどうかという程度なので、正直に言えば、仲良しというほどではない。会うと緊張するし、気恥ずかしい。よそよそしさが少しずつ消えて、やっと自然におしゃべりできるようになった頃には、もう帰る時間になっている。

それでも、おばあちゃんのことを好きか嫌いかで訊かれたらもちろん好きだし、しばらく一緒に暮らせるのは、やはり楽しみだった。

だが、何日かして、お姉ちゃんがこっそり教えてくれた。

「おばあちゃんって、コウコツの人になっちゃったんだよ」

お母さんが買ってきた小説の題名は、流行語にもなっていた。恍惚《こうこつ》の人。ぼけてしまって、赤ちゃんに戻った老人のこと。

あの頃――一九七二年、昭和四十七年には、まだ認知症という言葉はなかった。

「コウコツの人になったから、伯父さんと伯母さんに追い出されて、ウチに来るんだって。わたし、ゆうべ偶然聞いちゃった」

夜遅く、両親が居間で話していた。お母さんは涙声で怒っていて、お父さんは謝りどおしだったらしい。

「いまはふつうになってるんだけど、三月の頃はちょっとおかしかったんだって」

「どんなふうに？」

「モウロクしてた、って。だからコウコツの人になったんだよ。昔はモウロクって言ったんだけど、いまはコウコツなんだから」

『恍惚の人』のことは、博史の教室でも評判だった。「コウコツの人になると、自分のウンコを粘土みたいに手でぐちゃぐちゃにするんだぞ」「じいちゃんが死んだばあちゃんの骨を食べるシーンもあるんだって」と、テレビで紹介されていた場面をみんなで話しては、ひきつった顔で笑いながら胸をどきどきさせていたのだ。

いまはそれとは違う、もっと締めつけられるような痛みが、博史の胸にある。おばあちゃんも小説に出てくるおじいさんのようにウンコで部屋を汚して、それをお母さんが掃除しなくてはいけないのだろうか。

最後におばあちゃんと会ったのは夏休みだった。そのときは別段変わった様子はなかったのに。いつもどおり、小さくて、しわくちゃで、にこにこ笑ってばかりの優しいおばあちゃんだったのに。

*

おばあちゃん――君枝《きみえ》さんは、戦争でとても苦労をして、悲しい思いをたくさんしてきた人だった。

二十世紀の最初の年、すなわち一九〇一年、明治三十四年に生まれた君枝さんは、ものごころつく前に、日露《にちろ》戦争で父親を亡くした。

コブ付きの母親と縁あって再婚した義理の父親も、君枝さんを嫁に出したあと、日中戦争で出征し、漢口《かんこう》付近で戦死した。

建具《たてぐ》職人だった夫の司郎《しろう》さんもまた、君枝さんとの間で四男一女に恵まれたものの、末っ子の幸四郎《こうしろう》さんが国民学校に上がった昭和十七年にガダルカナル島で戦死してしまった。

だが、それにも増して悲しかったのは、息子二人の死だっただろう。

家族から「おっきい兄ちゃん」、略して「おっきいちゃん」と呼ばれていた長男の隆一郎《りゅういちろう》さんは、昭和十九年の暮れに、フィリピンのミンダナオ島で戦死した。享年二十二。遺骨は帰ってこなかった。戦死公報と、現地の小石一つで、死を受け容れろと言われた。

「コウちゃん、コウちゃん」と可愛がられていた幸四郎さんは、終戦間近の昭和二十年八月二日未明の八王子《はちおうじ》空襲で全身に火傷《やけど》を負い、三日三晩苦しんだすえに、息を引き取った。まだ十歳だった。疎開した先で空襲に遭《あ》って、しかもそれから二週間もしないうちに戦争が終わっているのだから、なんとも詮《せん》ない。

五人きょうだいのうち戦争を生き延びたのは、真ん中の三人だけ——次男の昭次《しょうじ》さんと長女の節子《せつこ》さん、そして、博史の父親である三男の三郎《さぶろう》さん。

節子さんは夫の仕事の都合で関西地方に移り住み、隆一郎さんの代わりに跡取りになった昭次さんは、家庭を持ってからも君枝さんと一緒に暮らしている。

きょうだい同士の行き来は、最近はほとんどない。東京を離れた節子さんはともかく、昭次さんと三郎さんの家は電車で一時間そこそこの距離で、勤め先も近かったが、二人で酒を酌《く》み交わすようなことはめったになかった。

「兄貴は嫁さんの尻に敷かれてるんだよなあ」

三郎さんはときどき奥さんに、つまり智恵子さんに愚痴《ぐち》る。智恵子さんも「お義姉《ねえ》さんは性格がはっきりしてるからね」と、トゲのある言い方で相槌《あいづち》を打つ。二人とも、昭次さんの妻の良子《りょうこ》さんが苦手で、昭次さんとも自然と疎遠になってしまったのだ。

そんな昭次さんが、八月の終わりに三郎さんの会社に電話をかけてきた。

「たまには兄弟サシで一杯飲《や》らないか」

正直に言って、三郎さんにはうれしさやなつかしさよりも、いぶかしさのほうが強かった。だが、そこそこ上等な割烹《かっぽう》の座敷をとるというのを無下に断るわけにもいかない。

約束の時間ちょうどに座敷に入ると、すでに昭次さんは下座に陣取っていて、まあまあまあ、こっちが誘ったんだから、と愛想良く三郎さんに床の間を背負わせた。そして、乾杯のビールで喉を湿し、お互いの近況を一言二言交わすと、すぐに本題――君枝さんの話を切り出したのだ。

君枝さんの様子がおかしくなったのは、春の初めのことだった。

「横井庄一《よこいしょういち》さんがジャングルから出てきただろう。あれがきっかけだったんだ」

一月二十四日、日本中を騒然とさせるニュースが太平洋のグアム島からもたらされた。戦争が終わったことを知らないままジャングルに潜伏していた元日本兵の横井庄一さんが、島民に発見されたのだ。

戦後二十七年を迎えた日本人の戦争の記憶を不意打ちしたような出来事だった。二月二日に帰国したときの「恥ずかしながら生きながらえて帰ってまいりました」という一言が大きな話題を呼んで、流行語にもなった。三郎さんの会社でも、若い連中は「恥ずかしながら契約を取ってまいりました」などと面白がってつかっていたが、戦争を実際に知っている世代はそういうわけにはいかない。

終戦のときに十四歳だった三郎さんでさえ、横井さんのニュースを見聞きするときには自然と頰が引き締まった。六つ年上で、戦場に征くことが目の前に見えていた昭次さんは、もっと深く、苦く、さまざまなことを思っただろう。ましてや、君枝さんにとっては――。

「おふくろ、おっきいちゃんのことを思いだしたの？」

「そりゃそうさ。俺だって考えたよ、おっきいちゃんも、もしかしたら、って」

横井庄一さんは昭和二十年七月に戦死公報が出されていた。昭和四十年には戦没者叙勲《じょくん》も受けている。遺骨が帰ってきたわけでも遺体を見た人がいるわけでもないのに、戦死を一方的に宣告された。それは、隆一郎さんも同じだった。

「でも、さすがにないよ」

昭次さんは自分を諭《さと》すように言って、「横井さんが生きてたのは奇跡だ、そんなのが二度も三度もあるはずがないし、期待してもむなしいだけだ」と念を押した。

そうだね、と三郎さんもうなずいた。日本中で何百、何千もの人が、横井さんのニュースを観て同じようなことを思い、同じようにあきらめをつけていたのだろう。

「おふくろも最初は冷静だったんだよ。でも、やっぱり、理屈ではどうしても割り切れないものがあるんだろうなあ……」

横井さんの報道が一段落したあたりから、君枝さんは昭次さんの長男の和之《かずゆき》を、隆一郎さんと混同するようになった。

「確かにあいつ、大学に入った頃から、おっきいちゃんに似てきたんだ。それに、いま二十一歳だから、おっきいちゃんが兵隊に取られて、おふくろと別れた歳《とし》と同じなんだよな」

君枝さんは家の中で和之を見ると「おっきいちゃん、帰ってたの？」と驚いた声をあげてすがりつき、「お帰り、お帰り、おなかすいただろう」と泣きながら、手を握って離そうとしない。

困惑した和之が「違うよ、おばあちゃん」と手を振りほどいたり、良子さんが「お義母《かあ》さん、お義母さん、しっかりしてくださいよ、まったくもう」と引き離したりすると、すぐに我に返る。あわてて勘違いを謝って、気恥ずかしそうにその場から立ち去ってしまう。けれど、しばらくたって戻ってくると、「あれ？　おっきいちゃんは？　どこかに出かけちゃった？」と、きょとんとした顔で良子さんや和之本人に尋ねるのだ。

三郎さんは憮然《ぶぜん》として酒を啜《すす》る。君枝さんのことも心配だったが、それ以上に、少しは年寄りの耄碌《もうろく》に付き合ってやればいいじゃないか、と良子さんの情の薄さが悲しい。

昭次さんは三郎さんに酌をしながら、「たいしたことはない」と言った。「七十を過ぎてるんだから、歳相応に耄碌してるっていうだけだ」

「いや、でも……」

「それに、いまはもう平気なんだ。四月頃には落ち着いて、最近は全然だいじょうぶで、かえってもやもやが晴れてすっきりしたような感じなんだよ。だから、おまえにも言わなかったんだ」

ほら、おまえは心配性だから、と笑って、手酌で自分の猪口《ちょこ》にも酒を満たす。

「若い奴だって木の芽時にはいろいろあるだろ、それと同じだ、だから安心しろ」

きっぱりと言われると、もう三郎さんにはなにも訊けない。昭次さんは、司郎さんと隆一郎さんを亡くしたあとは父親代わりでもあった。実際、昭次さんが中卒で勤めに出てくれなければ、節子さんも三郎さんも高校まで行けなかっただろう。その感謝の思いと負い目は、ずっと胸の奥にある。

「ただな――」

昭次さんの口調が変わった。「ウチは今年、大変なんだ。ほら、貴之《たかゆき》が浪人してるから」

次男の貴之はこの春、現役の大学受験にしくじって、いまは予備校に通っている。

「二浪させる余裕はないから、なんとしても次は受かってもらわないと困るんだ。特に秋からは追い込みだから受験勉強に集中させてやりたい、って女房が言うんだよ」

悪い予感がした。

「いまは調子がよくても、一度あんなことがあると、やっぱり不安だって言うんだ。俺はそんなことないと思うんだけど、昼間はウチにいないし、夜も帰りが遅いから、どうにも強くは出られなくてなあ」

『恍惚の人』の話が、ここでも出た。最初に和之が読んで、ぼけてしまった老人の描写にショックを受けて、すぐに母親に読ませた。すると良子さんは、恍惚の人になった舅《しゅうと》に振り回される主人公と自分の立場を重ねて、なぜ自分だけが姑《しゅうとめ》を押しつけられるのかと、実家に帰ってもいいというぐらいの剣幕で昭次さんに食ってかかったのだという。

「でも、誤解するなよ。俺だって、おふくろをたらい回しにして、姥捨《うばす》て山に置いていくようなことはしないよ。するわけないだろう、そんなの」

昭次さんは、お銚子《ちょうし》を手に取って、ほら呑め、ぐっと空けろよ、と顎《あご》をしゃくる。

いやもう、と三郎さんが手で制すると、そのお銚子で自分の猪口を満たしながら、言った。

「おふくろにはもう話してあるし、そういうことならしかたないって納得もしてる。それに、なにかで読んだことがあるんだけど、年寄りの耄碌は、環境を変えると気分も変わって、良くなるらしいんだ」

認知症は環境を変えると悪化してしまう恐れがある、という考えが一般的になるまでには、それから四十年近い歳月が必要になる。

「だから一石二鳥で、これも親孝行のうちだと思えば、やっていけるだろう。なあ?」

三郎さんは酢の物の小鉢に箸を伸ばす。ワカメの酸《す》っぱさに、ことさら口をすぼめた。

昭次さんは座布団をはずして正座した。

「サブ、来年の三月まで、おふくろを頼む」

両手拝みで言われると、三郎さんに断ることはできなかった。

君枝さんは十月一日に引っ越してきた。

「お義姉さんも露骨よね。十月からお願いしますって言ったら、ほんとに月が変わったらすぐ、なんだから」

あいかわらず智恵子さんの機嫌は悪い。三郎さんが「たまたま日曜日だったからだよ」となだめても、「じゃあ来週でも再来週でもよかったじゃない」と、とりつく島もない。

君枝さんの部屋は、ふだん使っていない四畳半にした。家具はもともと部屋にあった箪笥《たんす》や物入れを、中身を空けて使ってもらう。引っ越しの荷物はとりあえず着替えや身の回りのものだけにしておいて、必要なものが出てきたらまた昭次さんの家から取って来る、ということで話はまとまっていた。

君枝さんの我が家はあくまでも昭次さんの家で、ここは三月までの仮住まい――家具を持ち込まないことで、そのけじめをつけておきたかった。

ところが、同居を始めて三日目に、君枝さんは、どうしても仏壇をこっちの家に置かせてほしい、と言いだした。

昭次さんの家に残してきた仏壇のことが気になってしかたない。たとえ仮住まいでも、いままでどおり仏壇に毎朝ご飯をお供えしたいし、家族の位牌《いはい》と離ればなれになるのは寂しくてたまらない……。

涙ながらに切々と訴える君枝さんの気持ちは、三郎さんと智恵子さんにもわからないではない。三日過ごしてみて、二人とも君枝さんが恍惚の人になっていないことに安堵もしていた。

三郎さんは「少しぐらいはおふくろのわがままを聞いてやってもいいかもな」と言って、智恵子さんも「要するに、仏壇の世話をお義姉さんには任せたくないっていうことなんでしょ？」と、満更でもなさそうに笑った。

「いいじゃない、それでお義母さんが落ち着くんなら、仏壇持って来てあげれば？」

「うん、じゃあそうするか」

さっそく三郎さんが昭次さんと連絡を取って、次の日曜日――十月八日に、業者のトラックで届けてもらうことになった。

ただし、問題は置き場所だった。四畳半の壁はすでに家具でふさがっている。そこに仏壇を置くには、代わりに箪笥を一棹《ひとさお》、外に出さなくてはならない。

三郎さんは時間を見つけては巻き尺を手に家中を歩き回り、箪笥の置き場所を探した。あれをどかして、こっちに置いて、あそこを空けて、そこにこれを入れて……と、パズルのようなことも考えた。

だが、箪笥は幅よりもむしろ奥行きでかさばってしまう。条件を満たす場所は、なかなかない。八日の朝になっても一ヵ所しか見つけられなかった。できれば別の場所にしたかったのだが、やむをえない。

三郎さんは、博史の部屋に向かった。

*

博史は、算数のノートに落書きをしていた。

週末に計算ドリル三ページ分の宿題を出されたが、土曜日は手つかずのままで終わり、日曜日の朝食後に机に向かっても、なかなかやる気が出ない。ウォーミングアップで、最近お気に入りの絵をノートの隅に描いた。最初は一つだけのつもりだったが、二つ、三つ、四つと落書きは増えていった。

博史はマンガと動物が大好きだ。将来はマンガ家になりたい。それが叶《かな》わなければ、動物園の職員か獣医のような、動物と関わり合う仕事に就きたかった。そんな博史にとって、先月の終わりから、まるで夢のように楽しい日々が続いていた。

なにしろ、マンガみたいな動物と出会ったのだ。初めてニュースで見たときには、思わず「これ、ぬいぐるみだよね？」とお母さんやお姉ちゃんに訊いたほどだった。

「どうやって動かしてるの？　中に人間が入ってるの？」

「ほんものに決まってるじゃない」

お姉ちゃんにあきれ顔で言われた。「本で見たことぐらいあるでしょ」

「あるけど……誰かが考えた、空想の生き物だと思ってた」

「ムーミンみたいに？」

うなずくと、もっとあきれられて、笑われてしまった。

ジャイアントパンダという。中国の動物で、漢字では「大熊猫」と書く。とても可愛らしくて、とても珍しくて、もうすぐ日本にやってくる。

九月二十九日、日本の田中角栄《たなかかくえい》首相が中国を訪問して、中国の周恩来《しゅうおんらい》首相とともに、日中国交正常化の共同声明に調印した。パンダは、そのお祝いで中国から贈られることになったのだ。

難しいことはよくわからない。「今度から日本がお付き合いする『中国』は、中華民国ではなく、中華人民共和国になりました」と学校の先生に言われても、友だちも揃って、ちんぷんかんぷんだった。お父さんは「親分のアメリカがそうしたから、子分の日本も真似したんだよ」と教えてくれて、お母さんは「これから台湾とはどうなっちゃうのかしら」と心配していたが、やはり、ちっともわからない。ただ、学校で友だちの誰かが言った「どっちにしても、パンダを貰えたんだから、よかったよな」の言葉だけは、すんなりとうなずくことができた。

パンダはたちまち大人気になって、新聞やテレビや雑誌に何度も登場している。おかげで、もう写真や絵のお手本を見なくても、さらさらと描くことができる――いまも、そう。

前肢《まえあし》と後ろ肢が黒で、前肢の黒は背中にも回り込んでいる。耳と鼻の頭、そして目のまわりも黒。勘違いしている友だちも多いのだが、尻尾《しっぽ》は白い。

どうしてこんな最高の形に模様がつくんだろうと不思議に思うほど、わかりやすくて、描きやすい。しかも目のまわりの黒い模様は垂れ下がった形になっているので、いつも笑っているように見える。ほんとうに、神さまがイタズラ心で模様をつけたとしか思えない。鉛筆で目のまわりを塗りつぶしていると、こっちまで自然と頬がゆるんでくる。

この一週間で、数えきれないほどのパンダを落書きした。パンダは今月中に日本に来るらしい。先週の水曜日には、とりあえずの受け容れ先が上野《うえの》動物園になったことも発表された。

気持ちがずっと浮き立っている。先月は不安だったおばあちゃんのことも、実際に同居を始めてみるとコウコツの人ではなかったので安心した。お母さんもほっとした様子で、最近は機嫌も良くなって、細かいことでお小言を言わなくなった。お姉ちゃんによると、おばあちゃんの前ではお母さんは厳しくなれないらしい。ほんとうだろうか。ほんとうだったらいいな……。

ドアがノックされた。「おーい、ちょっといいか」と、声と同時にお父さんが部屋に入ってきた。

博史は落書きを手で隠して、「まだ返事してないのに入ってこないでよ」と口をとがらせた。「プライバシーのしんがいだよ」

お父さんは「なに生意気なこと言ってんだ」と笑って、ドアの横の壁に巻き尺をあてた。

「四畳半の部屋の箪笥、悪いけど、やっぱりここに置かせてもらうぞ」

「えーっ？」

「しかたないだろ、家の中ぜーんぶ測ってみたんだけど、ここしかなかったんだから」

「でも……」

「三月までだから、ちょっとだけ我慢しろって。なっ？　オトコが一度決まったことをごちゃごちゃ言うのって、カッコ悪いぞ」

博史は口をとがらせたまま、カッコ悪くていいもん、と心の中で言い返した。先週のうちに「ほかに置ける場所がなかったらここにするからな」とは言われていた。なさそうだなあ、と覚悟もしていた。それでも実際に本決まりになると、やはり、がっかりしてしまう。パンダの来日が決まって以来、いいことずくめだったのに。

「じゃあその代わりに、パンダが来たら、上野動物園に連れて行ってくれる？」

「なんだ、取り引きか？　しょうがないなあ」

お父さんは苦笑交じりにうなずいた。いかにもその場しのぎの軽いしぐさだったので、博史は「絶対だよ、約束だからね」と念を押した。「もし嘘ついたら、おばあちゃんに言いつけるからね」——それが一番効き目がある、と考えたのだ。

お父さんは、わかったわかった、と笑うだけだった。

＊

半月が過ぎた。家族が一人増えた生活にも慣れてきた。いままでのところ、君枝さんの様子におかしなところはない。

智恵子さんは誰よりもそれを喜び、誰よりもほっとして、「この調子なら、三月までなんとかなりそうね」と三郎さんに言った。「お義兄《にい》さんが脅すから、びくびくしてたけど……全然平気じゃない、ねえ」

「春先に具合が悪かったのは、やっぱり一時的なものだったのかな」

「そうよ。原因だって、ほんとうは横井庄一さんじゃなくて、お義姉さんとずっと一緒でストレスが溜まってたんじゃないの？」

「意外とそうかもなあ」

「まあとにかく、なんとかお義母さんには三月まで元気でいてもらわないとね」

「うん、あとは、横井庄一さんみたいなことがなければいいんだけどな……」

智恵子さんは「あるわけないわよ」とすぐさま返し、「ほんとに心配性なんだから」と笑った。

だが、三郎さんの心配は、数日後に現実のものとなってしまう。

十月二十日の夕刊の一面トップに、こんな見出しが載った。

〈フィリピンに元日本兵〉〈一人死に一人は逃亡　警官と撃ち合い〉〈死者は小塚《こづか》さん

（八王子）？　逃走は小野田《おのだ》さん（和歌山《わかやま》）か〉

現地時間の十月十九日午前十時頃、フィリピン・ルバング島で、二人の元日本兵が警察軍と遭遇し、銃撃戦のすえ、一人が死亡、一人がジャングルに逃げ込んだ。

小塚さんも小野田さんも、ある年齢以上のひとにとっては、初めて聞く名前ではなかった。会社に届いた夕刊でそのニュースを知った三郎さんも、そうだった。

「あの二人、ほんとに生きてたのか……」

呆然《ぼうぜん》としてつぶやくと、居合わせた若い部下の吉田《よしだ》くんも、「そういえば、ルバング島の小野田さんと小塚さんって、僕も子どもの頃に聞いたことありますよ」と言った。「日本から捜索隊も入ったんですよね」

「ああ、何度も捜したんだ。小野田さんが少尉で、小塚さんがたしか一等兵だった」

投降した元日本兵の証言によって、ルバング島のジャングルに小野田寛郎《ひろお》さんと小塚金七《きんしち》さん、島田庄一《しまだしょういち》さんがひそんでいることがわかったのは、二十年以上前——一九五〇年、昭和二十五年のことだった。四年後の昭和二十九年には、島田庄一さんがフィリピン当局に射殺されている。

その昭和二十九年を皮切りに、三十三年、三十四年と現地の捜索がおこなわれた。特に昭和三十四年の捜索は、それぞれの家族に戦友も加わって、五月上旬から十一月末にかけて三次にわたる大規模なものだった。

捜索隊は手紙や写真をジャングルに撒《ま》いて、もう戦争は終わったのだから早く出て来てほしい、と呼びかけつづけたが、二人からの応答はなく、生存の確証も得られないまま、捜索は終了した。厚生省は「島外に脱出した可能性も否定することはできないが、常識的に判断して、小野田少尉と小塚一等兵の両名はすでに死亡しているものと結論せざるを得ない」という見解を発表し、昭和二十九年の時点にさかのぼって、あらためて両名の死亡公報を出したのだった。

しかし、二人は生きていた。それがわかった時点で小塚さんは死亡していたが、小野田さんは、まだ生きている。生きて、再びジャングルに逃げ込んで、姿を消してしまった。

まいったなあ、と三郎さんはため息につぶやきを紛らせた。君枝さんのことを考えると、眉間《みけん》に皺《しわ》が寄る。

一月の横井庄一さんはまったくの不意打ちだったが、小野田さんと小塚さんは違う。生きていると知って、捜して、見つけられず、いったんはあきらめたあとで、やはり生存していたとわかったのだ。しかも二人と隆一郎さんは、島こそ違っていても、同じフィリピンで戦死したとされているのだ。

昭和二十五年に小野田さんと小塚さん、島田さんのことが初めて報じられたとき、三郎さんはすでに実家を出て働いていたので、ニュースを知った君枝さんの反応はわからない。二十九年の島田さん射殺や三十四年の大捜索のときの様子も、本人や昭次さんから聞いたわけではない。

それでも、きっと、一心にラジオに聴き入り、舐めるように新聞に読みふけっていたはずだ。仏壇に向かって「もしも」の奇跡を願い、その奇跡が次の奇跡を呼んでくれることを、ひたすら祈りつづけていたはずだ。捜索が終わったときには「やっぱり」の無念を嚙みしめ、あと一日、あと半日、あと一時間……の思いを断ち切って、あらためて隆一郎さんに線香を手向け、手を合わせていたはずだ。

「小塚さんの家族は悔しいでしょうね。厚生省がもっとねばって捜索を続けていてくれれば見つかったかもしれないし、そうすれば、撃たれて死ぬこともなかったんだし」

「まあ、でも……それを言いだしたらきりがないけどな」

「逆に小野田さんの家族はうれしいでしょうね。一発大逆転ですから」

「……捜索隊、行くのかな」

「それはそうですよ。だって生きてるのがわかったんだし、二人ともお国のために戦争に行ったんですから。小塚さんなんて、戦死と同じじゃないですか」

小塚さんの遺品の中には、五銭玉と十銭玉があったらしい。

戦後生まれの吉田くんは知らなかったが、これはどちらも弾除けのお守りだった。

死線すなわち四銭を越える五銭と、苦戦すなわち九銭を越える十銭。隆一郎さんが出征するときに君枝さんが持たせていたのを、三郎さんはいまも覚えている。

「おふくろ、どうだ？　ルバング島のこと、ショック受けてなかったか？」

翌日会社に電話をかけてきた昭次さんは、心配そうに訊いた。

君枝さんは朝昼晩のNHKのニュースは欠かさず観ているし、新聞も時間をかけてじっくり読むのが日課だった。

小野田さんと小塚さんのことも、昨日のうちに知った。ただ、智恵子さんによると、驚いてはいたものの、動揺したり混乱したりということはなかったらしい。どちらにしても、ゆうべ遅く、智恵子さんと二人で「ルバング島のことは、こっちからは口に出さないようにしよう」と決めていた。

「けさも朝刊を読んで、七時のニュースも一緒に観たんだけど、ふだんと同じだった」

「なにか言ってなかったか」

「小野田さんが早く見つかるといいねとか、小塚さんはかわいそうだったねとか」

「おっきいちゃんのことは？」

「いや、なにも」

そうか、と昭次さんは安堵しながらも、しかつめらしく言った。

「頼んだぞ、サブ。こういうときは、一番近くにいる家族がしっかり支えてやらなきゃいけないんだからな」

電話は向こうから切れた。

＊

十月二十八日の夕方、パンダがついに日本に来た。二歳の雄《おす》のカンカンと、三歳の雌《めす》のランラン——特別機で羽田《はねだ》空港に着いた二頭は、檻《おり》に入ったままトラックに載せられ、パトカーの先導で上野動物園に向かった。

動物園では全職員の半数近い六十人が特別出勤して二頭を迎え、夜八時四十分に初めて報道陣に公開されたときも、カメラはトラックから七メートルも離され、フラッシュ使用は厳禁だった。鉄柵を置きロープを張った厳戒態勢での取材は、当初の予定の二十分が十分に短縮されてしまい、おとなしくて神経質だというランランは最初から最後まで報道陣にはお尻を向けたままだったらしい。

翌二十九日は日曜日だった。パンダ来日のニュースは、日本シリーズで阪急を下した巨人の八連覇達成を押しやって、テレビでも新聞でも大きく採り上げられていた。

三郎さんの家でも、休日ならではの家族揃っての朝食をとって、君枝さんが早々に自分の部屋にひきあげたあと、おしゃべりの話題は自然とパンダのことになった。

もっとも、家族の皆が皆、カンカンとランランを歓迎しているわけではなかった。

「なんなの、特別扱いばっかりしちゃって。人間よりずっと偉いみたいじゃない」

もともと天邪鬼《あまのじやく》なところのある優子は、このところのパンダブームが面白くないらしく、ケチばかりつけている。

パンダに夢中の博史は、さっそく「そんなのあたりまえだよ、人類は三十何億人もいるけどパンダは幻の動物なんだから、大切にしないと絶滅しちゃうでしょ」と反論した。「中国以外でパンダが動物園にいるのは、日本とアメリカと北朝鮮《きたちょうせん》だけなんだからね」

「ソ連は？」と智恵子さんが訊いた。「ソ連と中国は仲がいいんだから、パンダも贈ってもらってるんじゃないの？」

すると、テレビやマンガ雑誌の特集記事でパンダにすっかり詳しくなった博史は、待ってました、と身を乗り出した。

「お母さん、知らなかったの？　あのね、モスクワの動物園にアンアンっていうパンダがいたんだけど、今月の十五日に死んじゃったんだよ。だから、いまソ連にはパンダはいないんだ。あと、七月に死んじゃったけど、ロンドンにもチチっていうのがいて、アンアンとチチは昔お見合いしたこともあるんだよ」

「どうでもいいけど、パンダって、すぐに死んじゃうんだね」

優子は意地悪にさえぎった。「カンカンとランランが死んじゃったら大変だよ。中国が怒って、第三次世界大戦になったりして」

やれやれ、難しい年頃だよなあ、と三郎さんは苦笑して、新聞をめくる。

パンダ来日を報じる記事の隣には、中国に残る日本人の遺骨の返還の記事が出ていた。かつて日本が満州《まんしゅう》国をつくっていた中国東北部などにある八百九十九体の日本人遺骨が、日中国交回復を受けて、日本に返されることになったのだ。

社会面には、ルバング島の小野田寛郎さんと小塚金七さんについてのニュースがある。

昨日、小塚さんの遺体はフィリピンで両親立ち会いのもと茶毘《だび》に付され、現地入りしていた厚生省の官僚は、小野田さんの捜索は生存が確認されるまで続行することを明言した。

その記事のすぐそばには〈15人の遺骨、無言の帰国〉という見出しで、サイパン島、テニアン島、ペリリュー島で収集された元日本兵の遺骨十五体が日本に帰ってきたことが報じられていた。

いままでは意識していなかったが、君枝さんを案じて新聞を丁寧に読むようになると、戦争にまつわる記事が意外と多いことに気づいた。

中国の日本人遺骨返還の記事には、こんな見出しが掲げられていた。

〈遺族にやっと〝戦後〟〉

一方、ルバング島の小塚さんはつい十日前に「戦死」して、小野田さんはジャングルに逃げ込んで戦争を続けている。一月に「終戦」を迎えた横井庄一さんは、ふるさとの名古屋《なごや》でお見合いをして、十一月三日に結婚式を挙げるらしい。

三郎さんはふと、君枝さんのことを、思う。

おふくろは、ちゃんと「戦後」を迎えているのだろうか。ほんとうは——ふだんは必死に押し隠している本音の本音では、まだ戦争は終わっていないのだろうか……。


十一月一日、小野田寛郎さんの捜索に新たな手がかりが得られた。

十月末に「小野田さんらしい人影を見かけた」という島民の目撃情報が相次いだ地区で、捜索隊が木の枝に吊しておいたパンや缶詰入りの袋がなくなり、近くからは魚捕りの網も発見されたのだ。厚生省が「今後は少人数で長期戦を」と捜索規模の縮小を発表した矢先の、大きな進展だった。

「やりましたね、あとはもう時間の問題でしょう。見つかりますよ、絶対に」

吉田くんは夕刊を見て色めき立った。

三郎さんも、もちろん、見つかってほしいと祈っている。だが、夕刊を見つめるまなざしは、小野田さんの記事の隣に吸い寄せられて動かない。

十月三十一日、インドネシア・バリ島で元日本兵の「文山」という男性が、「いままで処罰を恐れて潜伏していたが、日本に帰りたい」と名乗り出た。マスコミは騒然となったが、その話には不自然なところも多かった。文山さんは自分の名前を漢字で「文山」、片仮名で「フリヤマ」と書いた以外は、いっさいの日本語の読み書きができず、出身地も明らかではなかった。なにより、厚生省の調査では、「文山」という兵士がバリ島にいた記録は残っていないのだ。

十一月一日の夕刊で、その文山さんの素姓が明かされていた。彼の話では母親は日本人だというが、幼い頃に死んだ父親の国籍は不明。元日本兵といっても、シンガポールで現地徴用された衛生兵だった。戦後はバリ島の島民の養子になって、インドネシア国籍を取り、バリ島でごく平凡な生活を営んでいて、急に名乗り出た理由もわからず、本人は「日本に帰りたいと言った覚えはない」と……キツネにつままれたようだった。

「どうせカネ目当ての嘘でしょ？　それに振り回されただけですよ」

吉田くんは冷ややかに切り捨てる。三郎さんもその可能性は認める。

だが、「文山さん」騒動を報じた今日の朝刊には、インドネシアなどの南方地域で現地にとどまった元日本兵は六百人以上もいる、という解説記事があった。現地に同化した元日本兵は、ジャパンとインドネシアを合わせて「ジャピンド」と呼ばれているらしい。

ならば、フィリピンに同じような元日本兵がいてもおかしくない。戦死したと思われながらも一命を取り留めていて、戦争が終わってからも、なんらかの事情で日本に帰らずに、現地で幸せに暮らしているひとがいるのかも――それが決してありえない、とは誰にも言い切れないのだ。

胸騒ぎがする。朝刊を読んだあとの君枝さんの様子がどうだったのか、夕刊の小野田さんと「文山さん」の記事を読んでどうなったか、気になってしかたない。

家に電話をして智恵子さんに確かめたいのはやまやまだったが、仕事中にプライベートな電話をかけたり、残業を早じまいできたりするような性格ではない。いつものように終電間際に家路についた。途中に公衆電話はあったが、三郎さんは、子どもたちが寝入った時刻に電話を鳴らせる性格でもないのだ。

日付の変わる頃に家に帰り着いた。パジャマに着替えていた智恵子さんは、「お帰り」と小声で三郎さんを迎え、居間で背広を脱ぐのを待って、ぽつりと言った。

「お義母さん、かわいそう」

「……どうした？」

「いままでずっと、必死に我慢してたんだなあ、って……初めて、わかった」

「だから、なにがあったんだ？」

「あざが、できてたの」

智恵子さんは自分の左肘の内側を、右手でつねる真似をした。

「お義母さん、新聞を読んだりテレビのニュースを観たりしてるとき、ずっと、ここをつねってるの。それはもう、だいぶ前から気がついてたんだけど、袖の上からだし、ただの癖で、軽く、キュッとつねってるだけだと思ってたの」

だが、そうではなかった。今夜初めて、たまたま袖をまくったところを見て、知った。

「内出血して、あざができて、紫色になっちゃってたの。だから、すごい力でつねってたのよ、ふつうの力じゃなくて、思いっきり」

絶句した三郎さんは、なんで、と言いかけて、再び言葉を失った。訊かなくても、ああ、そういうことなのか、と気づいたのだ。

智恵子さんも、わかるよね、と言いたげに、寂しそうな笑みを浮かべて、続けた。

「お義母さん、三月の頃みたいになりたくないんだろうね。だからあんなに痛い思いをして、痛みで必死に正気を保って……」

智恵子さんの声は、涙交じりになった。三郎さんも奥歯を嚙みしめ、眉間に皺を寄せた。

「お義母さん、恍惚の人なんかじゃないわよ。恍惚の人なら、最初からそんなこと考えられないでしょ？　お義母さん、全然おかしくなってない。すごくまともで、一所懸命に、隆一郎さんのことを考えないようにしてて……かわいそう、ほんとにかわいそう……」

＊

パンダの人気は盛り上がる一方だったが、肝心のカンカンとランランの体調は不安定な状態が続いていた。特に、来日直後からランランの元気がない。

十一月二日には予定通り五日から一般公開を始めることが発表されたものの、四日におこなわれた歓迎式典で異変が起きた。ランランが、およそ五百人の関係者と報道陣の人混みと、絶え間なく聞こえるカメラのシャッター音に興奮して、運動場の中を三時間も休みなしで歩きつづけたのだ。休息時で一分間に十回前後、運動中でも五十から六十回の呼吸数が、百三十回にまで跳ね上がった。ドクターストップがかかったあとも、二時間ほどぐったりしていたのだという。

動物園は、急遽《きゆうきよ》、公開の方式を変更した。午前九時から午後四時までの公開時間中、カンカンとランランに、時間差で二時間ずつの休憩を取らせることになったのだ。

公開初日にパンダを見たのは約一万八千人——約五万六千人の入園者のうち、三分の一ほどだった。初日は避けるように、という呼びかけの甲斐《かい》あって、当初の見込みだった入園者十五万人、見学者四万人よりは大幅に減らすことができたが、それでも、見られることに慣れていないパンダ二頭にとってはひどいストレスになった。公開三日目、十一月七日の午後、ついにカンカンもランランも、寝室の床に座り込んだまま動かなくなってしまった。

動物園は翌八日の公開を中止し、九日以降の公開方式をさらに大きく変更した。毎週月曜日と金曜日は休養日、つまり週休二日制を導入し、残り五日間も午前十時から正午まで、一日二時間のみの公開になった。そのぶん一日に受け容れられる見学者の数も減ってしまうが、とにかく体調を最優先するしかない。これは国家的プロジェクトなのだ。万が一にもパンダを死なせるわけにはいかないのだから。

「だから早く行こうって言ったのに……」

博史はお母さんに文句をぶつけた。十日の金曜日——パンダの初めての休養日の、晩ごはんのときのことだ。

「あーあ、五日に行きたかったなあ」

公開初日のお客さんは、三時間近く並んで一分足らずしかパンダを見られなかったらしい。博史の学校でも隣のクラスの子が出かけて、並び疲れて、月曜日にはサロンパスをふくらはぎに貼って登校して、「脚が痛くて死にそーっ」と言っていた。だが、もちろん、それは泣き言や愚痴ではなく自慢なのだ。

「今度から行列はもっと長くなるし、時間切れになったら、せっかく並んでも見せてもらえないんだよ」

初日にお父さんが連れて行ってくれれば、いまごろ学校のみんなに自慢話がたくさんできたのに。お父さんの「もうちょっと時間がたって落ち着いてからのほうが、ゆっくり見られるから、お得だぞ」という言葉を信じたのが間違いだった。

「ねえお母さん、お父さん約束忘れてないよね？　破ったりしないよね？」

「ちゃんと覚えてるわよ」

「でも、訊いてみようかなあ」

「そんなのやめなさい。お父さん会社から疲れて帰ってくるんだから」

「……だって、約束したんだから」

「しつこいわよ」

ぴしゃりと言われた。最近お母さんは機嫌が悪い。部屋が片づいていないとか靴の脱ぎ方がだらしないとか、細かい文句を言いどおしで、口答えをしたら本気で怒りだす。おばあちゃんが来る前に戻ってしまったみたいだ。

おばあちゃんは晩ごはんを終えて、自分の部屋にひきあげた。最近は自分の部屋にこもる時間が長い。晩ごはんができあがったのを知らせに部屋に行くと、たいがい仏壇のロウソクが灯って、線香が焚《た》かれている。

「パンダって、かわいそうだよねー」

お姉ちゃんが言った。「人間の身勝手で、中国から公害だらけの日本に連れて来られて、具合悪くなっちゃって」

「……うん」

「あんたみたいな子が大騒ぎするから、パンダも迷惑してるんじゃないの？」

お姉ちゃんの冷たくて意地悪なところはいつもどおりだったが、博史のほうは、いつもとは違ってなにも言い返さず、しょんぼりとしてしまった。お姉ちゃんの言うとおりかもなあ――最近ときどき、思うのだ。

＊

ルバング島の小野田寛郎さんの行方は、杳《よう》として知れない。日本とフィリピン合同の捜索を始めて三十四日、目撃情報はあっても決定的な手がかりには至らず、小野田さんが呼びかけに応えることもないまま、大規模な捜索は十一月二十五日で打ち切られた。

翌二十六日——日曜日の朝刊に、〈大捜索ついに縮小〉の記事が出ていた。

〈「とうとう会えなんだ」服ボロボロ、疲労にじむ肉親〉

帰国の途に就く小野田さんのきょうだいたちの無念は、三郎さんにとっても決して他人事《ひとごと》ではなかった。

「もう、ごはんにしていい？」

台所から智恵子さんに訊かれた。

三郎さんは「ああ、頼む」と応え、お茶を啜って、新聞をめくる。疲れが溜まっていたのだろう、つい二度寝をしてしまい、八時過ぎに起きたところだ。すでに子どもたちと君枝さんは朝食を終えて、それぞれの部屋にひきあげている。

君枝さんは明治の女性らしく、三郎さんより先に新聞を読もうとはしない。けさの小野田さん捜索縮小の記事もまだ知らないはずだ。だが、小野田さんのことは昨日の新聞にも出ていたし、テレビやラジオのニュースもある。

小野田さんがまだ見つかっていないことを、君枝さんはどう受け止めて、家族の無念をどんなふうに自分自身に重ね、そしてどんなふうに切り離しているのか。

昨日は土曜日で半ドンだったが、急ぎでもない仕事をつくって平日と変わらない頃まで会社に居残った。君枝さんと顔を合わせたくなかった。きっと君枝さんは、なにごともなかったかのようにふるまっているだろう。左肘の内側のあざは、もっと赤黒くなっているだろう。だから帰りたくなかったし、今日だってほんとうは会いたくない。ゆうべはそのことで智恵子さんに少し責められた。

博史が二階から降りてきた。居間に入ってくると、「おはよう」の挨拶もそこそこに、「ねえねえ、お父さん」と怒った声で言う。パンダのことだろう。これもゆうべ、智恵子さんから聞いた。

「いつになったら動物園に連れて行ってくれるの？」

やっぱりそうか、と三郎さんは新聞から目を離さず、「今度な」と返す。

「今度って、いつ？」

「……近いうちだ」

「近いうちって、いつなの？」

しつこいなあ、としかめた顔を新聞で隠して、「まあ、あわてるなって」と無理に笑った。「パンダはずっといるんだから」

「でも、もしも死んじゃったら？」

「屁理屈言うなよ」

「お父さん、約束守ってくれるんでしょ？　破ったりしないよね？」

「しないって」

「じゃあ、何月何日の何時何分何秒に連れて行ってくれるのか教えてよ」

「おい、なんだ、いまの言い方は──」

新聞から顔を上げて、にらんだ。

博史は口をとがらせて「じゃあいいよ、おばあちゃんに言いつけるから」と返し、そのまま居間を出て行ってしまった。


四畳半の部屋の襖を少しだけ、そっと開けて、部屋の中を覗《のぞ》いた。

おばあちゃんは老眼鏡をかけて編《あ》み物をしていた。冬になる前に、お姉ちゃんと博史に毛糸のマフラーを編んでくれるらしい。お姉ちゃんは「わたし、そんなのいらないし、貰っても使わないよ」とこっそり言ってお母さんを困らせていたが、博史はちょっと楽しみにしている。

「おばあちゃん、入っていい？」

「ああ、ヒロちゃん？　いいわよ、どうぞ」

「おじゃましまーす」

すぐに用件を切り出すつもりだったが、おばあちゃんは「お仏壇に人形焼きがあるから、仏さまにいただきなさい」と言った。「お線香はいいから、手だけ合わせてあげてね」

「はーい」

仏壇が伯父さんの家から引っ越してきた日に、家族みんなでお線香を立てた。博史が仏壇に向かうのはそれ以来のことだった。

手を合わせた。なんまいだー、なんまいだー、と心の中でふざけようとしたが、仏壇の中の写真が目に入ったとたん、背中がキュッとすぼまった。

薄茶色のモノクロ写真が三枚——。

そのうち二枚は、写真館で撮ったのだろう、ピントがくっきり合った、背広姿のおじさんと、詰め襟の学生服を着たお兄さんの写真だった。二人ともまるい黒縁の眼鏡をかけて、髪を七三に撫でつけていた。

三枚目は、男の子のスナップ写真だった。ランニングシャツと半ズボンで、足元は裸足に草履《ぞうり》を履いていた。カメラに向かって笑っている。坊主頭の痩せっぽちだったが、いかにもヤンチャそうな子どもだ。

お父さんのお父さんと、一番上のお兄さんと、末っ子の弟。つまり、博史にとっては、おじいさんと伯父さんと叔父さんになる。お母さんから聞いていたが、この前はお母さんの背中に隠れるようにして手を合わせたので、仏壇の中までは確かめられなかったのだ。

男の子の年格好は、七、八歳だろうか。お母さんによると、いまの博史と同じ十歳で、空襲で亡くなったらしい。

「どうしたの？」

おばあちゃんに声をかけられ、「ううん、なんでもない」と応えて、七福神の誰かさんの人形焼きをつまんで、一口で頬張った。

魔法瓶のお湯を急須に注いでいたおばあちゃんは、「せっかちねえ、いまお茶をいれてあげるところだったのに」と笑った。「あわてて食べると、のどにつっかえちゃうわよ」

だいじょうぶだよ、と博史は笑い返し、口の中の人形焼きを呑み込んで、言った。

「ねえねえ、おばあちゃん聞いて。僕ね、お父さんと約束してたんだよ。パンダが来たら動物園に連れて行ってくれる、って」

少しだけ、大げさに言ってしまおう。

「でも、お父さん、連れて行ってくれないかもしれなくて……僕、行きたいのに、ずっと楽しみにしてたのに……」

おばあちゃんの反応しだいでは、泣き真似ぐらいしてもいいかな、と思っていた。

「動物園？」とおばあちゃんは訊き返した。

「うん、上野の」

「上野？」と、またオウム返しに訊く。

「そうだよ、上野動物園」

おばあちゃんは黙り込んだ。

「……知ってるでしょ？　上野動物園。知ってるよね？　昔からあるよね？」

おばあちゃんは手に急須の蓋を持ったまま、動かない。

「おばあちゃん？　おばあちゃん？　蓋をしないと、お茶が冷めちゃうよ」

口が小さく動いた。なにかしゃべっていた。「え？　ごめん、聞こえない」と耳を寄せると、か細く震えた声で、誰かを呼んでいた。

コウ、ちゃん。

「――え？」

急須の蓋が、手からぽとりと落ちた。おばあちゃんの口の動きが変わった。

キリンの赤ちゃん、見に行こうね、コウちゃん。

違うよ、僕は博史だよ、ヒロちゃんだし、僕が見たいのはキリンじゃないよ、パンダだよ――と言いかけて、息を呑んだ。

おばあちゃんの目は確かにまっすぐ博史に向けられている。けれど、まなざしは、博史をすり抜けて、もっと遠くのなにかを見つめているようだった。

怖くなって、博史は部屋から逃げ出した。

居間に駆け込むのと同時に「たいへん！」と声を張り上げた。「おばあちゃんがコウコツの人になっちゃった！」

泣きだしそうな顔の智恵子さんに「だいじょうぶだ、心配するな」と声をかけ、戸口に立ちつくす博史の頭を軽く撫でてから、三郎さんは居間を出た。

博史が襖を開けっ放しにしていたので、廊下から君枝さんの様子が見える。仏壇の前に座って、写真なのか位牌なのか、亡くなった家族と向き合いながら、右手で左肘の内側をつねっていた。

三郎さんに気づいた君枝さんは、寂しそうに微笑《ほほえ》んで、「ヒロちゃん、びっくりしてたでしょう」と言った。「ごめんね、かわいそうなことをしちゃった」

三郎さんはかぶりを振って部屋に入り、君枝さんと並んで仏壇と向き合う格好で腰を下ろした。

「お母さん、もう、だいじょうぶ？」

「うん……どうしたんだろうね、起きてるのに寝ぼけてたみたいで、人違いしちゃった」

「コウちゃんはちょうどいまの博史の歳で八王子のほうに行って、ああなったからね。だから間違えてもしかたないよ」

「でも、歳を取るとやっぱりだめねえ、いろんなところが錆《さ》び付いて、ネジもゆるんで」

もう頭もポンコツよね、と君枝さんは笑う。肘の内側から指が離れない。つねっていなければ笑えないのかもしれない。

三郎さんは君枝さんから目をそらし、仏壇の写真に語りかけるように「キリンの赤ちゃんのこと、俺、ひさしぶりに思いだしたよ」と言った。「優子や博史を上野動物園に連れて行ったことはいままで何度もあるのに、だめだな、ずっと忘れてた」

司郎さんは亡くなっていたが、隆一郎さんはまだ兵隊に取られる前――昭和十八年の秋、上野動物園でキリンの赤ちゃんが生まれた。その年の夏、東京が空襲を受けたときに備えてライオンやトラやクマなどの猛獣が処分されてしまった上野動物園にとっては、ひさびさの明るいニュースだった。

新聞に出たのか、ラジオで言っていたのか、家族の誰かがどこかで聞いてきたのか、とにかくそれを知った幸四郎さんが、動物園に行こう行こうと言いだして、休みの日に家族みんなで出かけたのだ。

日付は覚えていないが、真冬の服は着ていなかったので十一月頃だろうか。街路樹の梢は葉を落としていたので、もう十二月になっていただろうか。だとすれば、隆一郎さんに召集令状が来るほんの少し前だったことになる。

三郎さんは肩の力を抜き、声の響きをなるべくやわらかくして、君枝さんに言った。

「お母さん、動物園に行ってみないか」

「いまから？」

「そう。上野なら、地下鉄を一回乗り換えるだけで行けるから」

君枝さんはきょとんとして、そのおかげで左肘からやっと右手が離れた。

「俺が行ってみたいんだ。お母さんも行こうよ。智恵子と子どもたちも誘ってみるし、あと……そうだな、昭次兄さんも、南千住《みなみせんじゅ》からならすぐだから、声をかけてみよう」

君枝さんはまだ、話がよく呑み込めていない様子だった。三郎さん自身、なぜ急にそうしようと思ったのか、よくわからない。

ただ、一度口に出すと、ああそうか、そうなんだよ、と妙に納得した。

「行こうよ」

立ち上がって、仏壇の写真を見つめて「みんなで行こう」と続け、まだ黙ったままの君枝さんに、笑ってもう一言、声をかけた。

「お母さん、昔のことを覚えていてくれて、ありがとう」

慰《なぐさ》めでも励ましでもない。博史から聞くまで忘れていた。けれどそれは、思いださなかったというだけで、記憶から消え去っていたわけではなかった。

「おっきいちゃんが、コウちゃんを肩車してやったんだ。もうコウちゃんはそんなことしてもらうような歳じゃなかったけど、あいつ甘えちゃって」

剣道をやっていた隆一郎さんは、当時としては長身で、がっしりした体格だった。それでも八歳の男の子を肩車するのは楽ではない。幸四郎さんを肩に乗せて立ち上がると、足元がふらついた。

「コウちゃんが落ちそうだったから、俺と昭次兄さんが後ろに回ってお尻を支えて、節子姉ちゃんが、騎馬戦みたい、って笑って……」

君枝さんが、がんばれ、がんばれ、と拍子をとるように手を叩いてくれたのだ。

「お母さんも覚えてる?」

君枝さんはこくんとうなずいて、思い出の中と同じしぐさで手を叩いた。まなざしが遠くに向く。昔を見つめる。もう会えない人たちに微笑みかける。

「でも、あのとき、キリンの赤ちゃんいたかなあ。親のキリンを見たのは覚えてるんだけど、赤ちゃんもいたのかどうかは、はっきりしないんだ」

人の記憶というのはおかしなものだ。隆一郎さんが幸四郎さんを肩車した光景は、一度思いだしたあとはどんどん鮮明になって、手を伸ばせば触れられそうなほどなのに、肝心かなめのキリンの赤ちゃんのことは、まったく浮かんでこない。ただ、あの日は楽しかった。出来事でも場面でもなく、温もりの記憶だけは、確かに、しっかりと——思いだしたのだから、もう決して忘れない。

「お母さんはどう？　キリンの赤ちゃんを覚えてる？」

君枝さんは微笑むだけだった。そうだよね、それでいいよね、と三郎さんは部屋を出た。


居間に戻ってきたお父さんの顔は、博史の予想に反して、すっきりしていた。お姉ちゃんに気づいて「ああ、優子もいたのか」と言ったときには、笑顔にもなった。

「じゃあよかった、話が早い」

「ねえ、お義母さんどうだった？」

勢い込んで訊くお母さんを、まあまあ、と手で軽く制して、三人に言った。

「お父さん、これからおばあちゃんと一緒に上野動物園に行くから」

お母さんとお姉ちゃんは驚いて顔を見合わせ、博史も目をまるくして「今日？」と訊いた。「パンダ見るの？」

「いや、パンダはもう間に合わないな。動物園に着くのは十一時頃になるから」

「じゃあ、なにを見に行くの？」

「パンダ以外にもたくさんいるだろ。キリンとか、ゾウとか、シマウマとか」

「お父さんとおばあちゃん、二人で？」

「ああ。でも、みんなも一緒に来てくれたら、おばあちゃんは喜ぶし、お父さんもうれしいんだけど」

博史はうつむいた。不安だった。動物園に連れて行ってくれる約束を、これで果たしたと言われたら、パンダはどうなってしまうのだろう。

するとお父さんは「心配するな」と笑って言った。「パンダはまた今度、絶対に連れて行ってやるから」

ほっとした。けれど、今度は胸の内を見抜かれてしまったのが恥ずかしくなって、顔を上げられなかった。

「わたし、お母さんも行くんだったら、行ってもいいよ」

お姉ちゃんが言った。「パンダ以外の動物はひがんでると思うから、見てあげたい」

お母さんは「ひねくれてるのか優しいのか、よくわかんないね」と苦笑しながらも、「じゃあ、お母さんも付き合う」と言った。

「博史、どうする？　留守番するか？」

最初から答えがわかっている口調で、お父さんが訊いた。

顔を上げた博史に、お父さんは「おばあちゃん、博史をびっくりさせたこと、謝ってたぞ」と言った。

「……コウコツの人になっちゃったの？」

「いや、違う」

きっぱりと言った。「おばあちゃんは、昔の家族に会いたくなっただけなんだ」

お父さんだってたまにあるんだ、そういうとき、と笑って付け加えた。

＊

カンカンとランランは、週休二日制になってすぐに健康を取り戻した。公開時間を大幅に減らした上野動物園の英断が、功を奏した。優子が博史を脅していた第三次世界大戦の危機からも、救ってくれたのかもしれない。

三郎さんが博史との約束を果たしたのは、次の年の夏休みだった。時間がかかってしまったのは、三郎さんのせいではない。年明けから友だちに誘われてサッカー少年団に入った博史が、すっかりサッカーに夢中になって、日曜日は少年団の練習や友だち同士での特訓でずっとつぶれていたのだ。

その頃は、パンダの人気はだいぶ落ち着いていて、ほとんど待ち時間なしに見られたし、来日当初の頃のように一分足らずで「進んでください、立ち止まらないでください」と急かされることもなかった。

もっとも、運動場に姿を見せたのはカンカンだけで、しかも最初から最後までこちらにお尻を向けたままだった。タイヤやプールで遊ぶ姿を見るのを楽しみにしていた博史は、「せっかく来たのになあ」とがっかりはしたものの、じつはそれほど落ち込んではいなかった。

昭和四十八年夏、小学五年生になっていた博史には、パンダ以外にも好きなものはたくさんあった。飽きたわけではない。パンダはもう、いることがあたりまえになったのだ。

博史は五年生になってからもパンダの落書きを上手に描いていた。けれど、四年生の二学期に暇さえあれば描いていたパンダとは、なにかが、微妙に、確かに、違っていた。

あれから四十年を超える歳月が流れ、博史は五十代半ばにさしかかった。あの年の秋に落書きしていたパンダのことが、最近むしょうになつかしい。歳をとった、ということなのだろう。

カンカンもランランも、もう、この世にはいない。ランランは昭和五十四年、カンカンは五十五年に、ふるさとから遠く離れた日本で息を引き取った。それから何頭ものパンダが日本に来た。いま上野動物園にいるのは、雄のリーリーと雌のシンシン

——どちらも、カンカンとランランの享年を超えて、健在。

リーリーとシンシンが来日したのは、西暦で言えば二〇一一年、すでに切り替わった元号をつかえば平成二十三年だった。近いうちに行ってみようかなと思いながらも、ちょうどいまは、娘二人がともに成人して、しかし孫はまだいないという端境期で、どうも動物園は縁遠い場所になっている。

幼かった少年はおとなになり、少しずつ年老いてもきて、昔はわからなかったことをいくつも知った。けれど、昔はわかっていたことを、もっと多く、喪ってしまった。

このまえ、戯《たわむ》れにパンダを落書きしてみた。パンダの尻尾は黒だったか白だったか、思いだせなかった。

ルバング島の小野田寛郎さんが発見されたのは、昭和四十九年二月のことだった。小野田さんの「戦争」は、あの年の秋からさらに一年四ヵ月も続いたことになる。

君枝さんは、小野田さんが発見されたのを知らずに、世を去った。

君枝さんが三郎さんの家にいたのは、昭和四十八年の三月末までだった。最初の話どおり、貴之の大学受験が終わると、また昭次さんの家に戻った。それにあたっては、三郎さん夫婦と良子さんとの間に一悶着《ひともんちゃく》も二悶着もあったのだが、最後の最後は、昭次さんが「いいじゃないか、貴之も大学に受かったんだから」と三郎さんの味方についてくれたのだ。

ちなみに、貴之は志望校のほとんどすべてに落ちて、滑り止めの大学にかろうじて引っかかった。決してレベルの高い大学ではなかったが、中卒で社会に出た昭次さんは息子二人がともに大学まで進んだのを、素直に、しみじみと、「息子の代で二階級特進だ」と喜んでいた。

君枝さんは、その年の夏、膵臓《すいぞう》にガンが見つかって、秋の深まった頃に亡くなった。享年七十二。それほど長生きはできなかったが、代わりに、恍惚の人にはならなかった。

「おふくろ、親父とおっきいちゃんとコウちゃんに会えてるかなあ」

火葬場の煙突からうっすらたちのぼる、陽炎《かげろう》のような煙を見上げて、三郎さんは言った。

「会ってるわよ。コウちゃんはお母さんに甘えちゃって、おっきいちゃんは、にこにこして、それを見てるの」

節子さんが応えた。昭次さんは、喪主のくせにずっと泣きどおしで、妹と弟のそのやり取りも聞こえてはいなかったようなのだが。

そんな三人も、いまはもう、博史の思い出の中にしかいない。

昭次さんが九年前、節子さんは五年前、そして三郎さんもおととし、八十一歳で——歳の順に逝《い》った。

時が流れる。

あの年の秋が、少しずつ、遠ざかる。

「お母さん、覚えてる？　あの日、みんなで上野動物園に行ったよね」

車椅子に座る智恵子さんの顔を覗き込んで、博史が言う。

智恵子さんの返事はない。こわばった頬でじっと一点を見据《みす》え、けれどほんとうはなにも見ていないのを、博史は知っている。

車椅子の反対側から、優子も言う。

「ほら、博史がパンダを見たがってたんだけど、その前に、おばあちゃんにキリンを見せるんだって、お父さんが言って……あの頃、おばあちゃんがウチにいたじゃない、覚えてない？　もう何年前だろう。四十年以上だよ。パンダが日本に来た年の秋だよ」

だが、智恵子さんは博史とも優子とも目を合わさず、抑揚のない声で「ありがとうございます、初めまして、これからよろしくお願いします」とつぶやくだけだった。

いつものように、特養ホームを訪ねてきた息子と娘を、新しい介護士と思い込んでいるのだろう。

特養に入って三年目になる。三郎さんが亡くなったことも、おそらく、わかっていない。最期まで智恵子さんのことを案じていた三郎さんのためにも、決して微笑みは絶やすまい、と博史と優子は決めている。

再来年には還暦を迎える優子には、もう二人の孫がいる。その孫を、先週、初めて上野動物園に連れて行った。「なんのことはないわよ、こっちは息子とお嫁さんの雑用係、子守で誘われただけなんだから」と、昔と変わらず文句ばかり言いながら、パンダの感想を博史が訊くと、「可愛かったよ、うん、やっぱりいいね」と褒めてくれた。

その話をしても、智恵子さんにはなんの反応もない。嚥下《えんげ》がうまくできなくなった智恵子さんの顎にハンカチを当てて、唾液を拭っても、「ありがとう」も「ごめんね」もない。内臓には異状がなく、さまざまな検査の数値にも問題はないというから、こういう毎日がいつまで続くのか、自分たちがどこまで支えられるのか、博史にも、優子にも、わからない。

それでも、博史は言う。

「あの日は楽しかったよね、ほんとに」

優子も、うん、そうだよね、とうなずく。

「俺、細かいところは忘れてるんだけど、楽しかったっていうことだけ、しっかり覚えてる。それでいいよね、子どもの頃の思い出なんて、それでいいんだよね」

智恵子さんは、まなざしの届かない遠くを、ただじっと見つめて、初めて、ほんの少しだけ微笑んでくれた。

時は流れた。長い年月が、過ぎた。

最後に、あの年の秋――十一月二十六日に、戻る。

*

足早になったつもりはなくても、気がつくと博史は一人だけ先を進んでいた。

立ち止まって振り向くと、少し離れてお母さんとお姉ちゃん、ずいぶん後ろのほうに、お父さんとおばあちゃん、そして入場券売り場で待ち合わせた昭次伯父さんがいた。

外で見るおばあちゃんは、家の中にいるときよりもひときわ小柄で、人混みに紛れてしまいそうだった。そんなおばあちゃんを左右から挟んで、二人で守るみたいに、お父さんも昭次伯父さんもゆっくり歩く。

小春日和《こはるびより》の日曜日なので、動物園はにぎわっていた。専用の入り口が設けられたパンダ舎には、十一時を過ぎてもまだ長い行列が延びていたし、パンダを見たあとのお客さんが回ってくるのだろう、ほかの動物の檻や運動場の前にも人垣が何重にもできている。お姉ちゃんはそれを見て、「なーんだ、つまんない」とふくれっつらになりながら、少しほっとした様子でもあった。

一番のお目当てのキリン舎は、広い敷地の隅っこにある。表門から入って東園をしばらく歩き、モノレールに乗って西園に移動して、さらにまた歩かなくてはならない。

動物園に来たのはひさしぶりだという伯父さんは「そうだったっけ?」と驚いた。

「昔は表門を入ってすぐだったよな、サブ」

「うん。隣がサル山だったんだ」

「そうそう、一等地だよ。すっかり場末に追いやられちまったんだなあ……」

正しくは、追いやられたわけではない。昭和三十四年に広くて環境が整ったアフリカ生態園が西園にできたので、そちらに引っ越しをしたのだ。

だが、伯父さんの悔しさはおさまらない。「パンダみたいな新参者には至れり尽くせりのくせに、昔の功労者には冷たいんだ、日本っていう国は」と八つ当たりめいたことまで言いだして、まあまあお義兄さん、とお母さんになだめられた。

お父さんが電話で伯父さんを誘ったのを、ほんとうはお母さんは少し嫌がっていたのだ。伯父さんはいばっているわりには頼りないのだと、博史もときどき、お母さんから聞いている。

伯父さんは突然のことにびっくりしていたが、お父さんが「おっきいちゃん」と「コウちゃん」の名前を口にしたら、すぐに昔のことを思いだして、なつかしがって、「じゃあ行くよ」と言ってくれたらしい。

モノレールの西園駅で降りると、お父さんは博史と優子に言った。

「キリンを見たあとは解散だ。おばあちゃんも歩き疲れてるから、お父さんと伯父さんが付き添って先に帰るよ。でも、優子と博史は、せっかく来たんだから、お母さんと一緒に動物園の中をぜんぶ回って、たくさん見ろよ」

そんなのいいよ、僕もずっとおばあちゃんと一緒にいるよ、疲れてたら僕も荷物持ってあげるよ——と言おうとしたら、お姉ちゃんに足をギュッと踏まれた。親子水入らずのほうがいいんだよ、あんたバカだからわかんないと思うけど、と耳元で早口に言われて、もう一度、ズックの甲を踏まれた。

お母さんもお姉ちゃんの乱暴に気づいていないはずはないのに、お姉ちゃんにさんせーい、というふうにそっぽを向いた。

おばあちゃんは、よそゆきの着物に手編みの肩掛けを羽織って、草履を履いていた。動物園はたくさん歩く場所なのだから、洋服に靴のほうが楽なのに。お父さんも出がけに少し驚いた様子だったが、「やっぱり明治のひとだなあ」と、すぐに納得していた。おばあちゃんが堅苦しい格好をすることを喜んでいるようにも見えた。伯父さんもおばあちゃんを見るなり「おめかしすると、まだまだ若いなあ」と、うれしそうに笑っていた。

博史はみんなを待ちきれずに、また歩きだした。お父さんが子どもを肩車した家族連れがたくさんいる。博史はもう肩車してもらうような歳ではないので、それを見ても、もちろん、うらやましいとは思わない。あっさり追い越していくだけだった。

キリン舎までは、あと少し。どうしようかな、ここでしっかり待ってあげようかな、と足を止めて、振り向いた。

お母さんとお姉ちゃんは、さっき見たときよりもずっと遠く、ずっと後ろにいた。お父さんと伯父さんとおばあちゃんと一緒だった。

おばあちゃんは歩き疲れて――ではなく、足を挫《くじ》いてしまったのだとあとで知ったのだが、もうこれ以上は歩けない様子だった。

そんなおばあちゃんの前に、お父さんがしゃがみ込んで、背中を向けていた。おんぶするよ、と言っているのだろうか。伯父さんも、そうしろそうしろ、とおばあちゃんを諭しているみたいだった。

おばあちゃんは遠慮して嫌がっていたが、伯父さんが肩を抱くように体を寄せて、なにごとか語りかけた。そうそう、そうですよ、とお母さんも横から何度もうなずいていた。

「無理するなって言ってたわけ。年寄りになったら子どもに甘えなさいって、みんなが言ってたの」

お姉ちゃんがあとで教えてくれた。「歩けないんなら素直におんぶしてもらえばいいのに、強がって、もったいぶるんだから、時間がかかってしょうがないよね」——口調はいつものように冷ややかでも、おばあちゃんがお父さんの背中に体を預ける間際、持っていた巾着袋《きんちゃくぶくろ》を預かったのは、お姉ちゃんだった。

おばあちゃんをおんぶしたお父さんが、歩きだす。一歩ずつ、よたよたと。伯父さんがすぐに後ろに回って、万が一おばあちゃんがお父さんの背中からずり落ちてしまったときに備える。

まわりの人たちはびっくりしていたが、誰も笑ったりはしなかった。僕が代わりましょうか、と声をかける若い人もいたし、しばらく一緒に並んで歩いてくれた、職人の親方のようなおじさんもいた。

だが、お父さんも伯父さんも、お母さんとお姉ちゃんも、誰にも頼らなかった。

お父さんは、ゆっくりと、一歩ずつ、よたよたと、歩きつづけた。伯父さんは後ろから、おばあちゃんの草履に手を添えて、体の重みを半分受け止めていた。

博史はその場にたたずんだまま、じっとお父さんとおばあちゃんと伯父さんを見つめる。

がんばって――。

思わず、言った。いや、声になったわけではない。言葉が心に浮かんだ。がんばって、がんばって、と心の中で繰り返していた。

がんばって――。

別の誰かの声がかぶさった。耳に流れ込んだのではなく、不意に心の中で響いたのだ。

背後に人の気配を感じた。振り向くと、すぐ後ろに、男の子を肩車したお兄さんがいた。

長身でがっしりしたお兄さんは、髪を七三に撫でつけて、詰め襟の学生服を着て、まるい黒縁の眼鏡をかけていた。男の子のほうは坊主頭で、痩せっぽちで、秋も終わりだというのにランニングシャツと半ズボン姿で、足元は裸足に草履を履いていた。

がんばって――。

二人は博史が見ていることに気づかず、お父さんとおばあちゃんと伯父さんをじっと見つめて、がんばって、がんばって、がんばって、と応援している。

そんな二人の姿は、まばたき一つで、忽然《こつぜん》と消え失せた。怪訝《けげん》には思わなかった。そうか、そうだよね、うん、と自分でも不思議なほどすんなりと納得できた。

お父さんに向き直った。おばあちゃんをおんぶして、伯父さんに支えてもらって、お父さんは、一歩ずつ、ゆっくり歩く。その後ろに、お母さんがいる。お姉ちゃんもいる。

こっちだよ、早く、僕はここにいるよ、と博史は両手を高々と頭上に掲げて、大きく振った。両手の動きだけでは気がすまず、その場で何度もジャンプをした。

青空が揺れる。その空の青さは、何年たっても、何十年たっても——つまり、いまも、博史の胸の奥に残っている。

伯父さんが最初に気づいた。お父さんに、おい博史が応援してるぞ、と声をかけた。お父さんも、手を振り返す余裕はなくても、笑って応えてくれた。おばあちゃんはお父さんにおんぶしてもらうのが楽しいのだろう、博史のほうには目を向けなかったが、ずっと微笑んでいた。

お姉ちゃんは、気づいているから、知らん顔をしていた。

そして、お母さんは、にっこり笑って、博史に手を振り返してくれた。

ねえ、お母さん、覚えてるかな。

車椅子に座った智恵子さんは「はい、ありがとうございます、これからよろしくお願いします」と頭を下げる。

博史は「こっちこそ、よろしく」と会釈交じりの挨拶を返し、あの年の秋の青空を思いだして、泣き顔ととてもよく似た笑顔を浮かべた。

旧友再会

駅舎から出てきた人影はぱらぱらといたが、タクシー乗り場に向かったのは中年の男が一人きりだった。

それを見て、客待ちをしていた十台ほどのタクシーのうち順番がおしまいのほうの何台かは、ロータリーから走り去った。次の新幹線が着くのは三十分後で、空港と駅を結ぶリムジンバスの到着は一時間後。その間は客待ちの順番はほとんど進まないし、この時刻なら、運転手たちご用達の中華レストランのランチタイムに間に合う。

いつものことだ。平日の昼下がりに駅で客待ちをしていても、たいした稼ぎにはならない。ロータリーにいた車も、営業所からの無線連絡を待つついでに、あわよくば、といった程度の期待で暇をつぶしているだけだった。本気で稼ぎたいのなら大学病院に詰めたほうがいいし、同じ駅前でも、駅舎の反対側——南口に付けておいたほうが、まだましだ。

車列の先頭は、青田《あおた》さんの車だった。その車に乗ることになる一人きりの客は、ノーネクタイの背広姿だった。ビジネスの出張ではなさそうだが、といって観光で訪れたという様子でもない。

運転席から客のいでたちを窺《うかが》った青田さんは、そりゃあそうだよなあ、と苦笑した。出張や観光の客なら、新幹線の改札に直結した南口のタクシー乗り場を使うだろう。北口から外に出るには、在来線への乗り換え改札を抜け、長い跨線橋《こせんきよう》を渡って、またあらためて改札に切符を通さなければならない。しかも、築浅のオフィスビルが整然と建ち並ぶ南口とは違い、駅の北側には、「昭和」で時が止まってしまったような古びた街並みが広がっているだけなのだ。

リアシートに乗り込んだ客は、助手席の後ろに掲げた運転手の自己紹介カードにふと目をやって、「あれ？」と声をあげた。「運転手さん、青田健一《けんいち》って——」

カードの顔写真を見つめ、そうそう、そうだ、とうなずいて、身を乗り出した。

「あおちゃんだろ」

子どもの頃の綽名《あだな》だった。

「な、あおちゃんだ、あおちゃんだよな」

客は「俺だよ、俺」と声をはずませ、相好をくずした。「川村《かわむら》だよ、川村泰宏《やすひろ》」

ああ、と青田さんの頬もゆるんだ。顔と声では正直わからなかったが、名前で記憶がよみがえった。小学校と中学校で同級だった。会うのは中学を卒業して以来——頭の中で急いで計算をすると、川村さんも同じだったのだろう、先に「三十八年ぶりか」と言われた。「そうだよな、俺ら、いま五十三だから」

川村さんは額が広く禿げていた。青田さんの髪も、乗務中は制帽で隠れているものの、白髪《しらが》が増えて、頭頂部の地肌が透けるようになった。自己紹介カードの写真だけでは、川村さんも青田さんを思いだせなかったかもしれない。

「そうか、あおちゃんのウチ、タクシーだったもんな。後を継いだのか」

少しためらって、「はい」と答えた。いまは同窓会ではなく、仕事中だ。他人行儀な言い方をするなよ、と言ってもらえれば言葉づかいを変えるつもりだったが、川村さんは、ふうん、とうなずいて続けた。

「じゃあ社長さんだ。すごいな」

「毎月毎月、ひいひい言ってますよ」

保有車が二十台ほどの小さな会社だ。社長自らハンドルを握らないと運転手のシフトが回っていかない、慢性的に人手不足の会社でもある。

「いやあ、でも、一国一城の主なんだから、たいしたものだよ、ほんと」

「そんなことありませんよ」

「地元のなんとかクラブとか、なんとか商工会とか、そういうのにも入ってるんだろ? しっかり地元に根を張って、活躍してるってわけだよな」

川村さんの息は酒臭かった。しゃべる声も、呂律《ろれつ》が回っていないように聞こえる。

青田さんは運転席の窓をわずかに開けて、「ウチに行けばいいですか?」と訊《き》いた。もっとも、川村さんの実家がどこだったか、記憶はあやふやだった。二人は「同級生」ではあっても「友だち」というほど仲が良かったわけではない。

川村さんは「いや……」と手を横に振り、一息入れてから、行き先を告げた。

「『やすらぎの里』って、わかるかな。そこに行ってほしいんだけど」

山あいに建つ特別養護老人ホームだった。

「おふくろが入ってるんだ、去年から」

青田さんは「かしこまりました」と応えて、静かに車を発進させた。細く開けた窓から五月の風が吹き込んできた。

東京住まいの川村さんは、帰省のときにはいつも飛行機を使う。新幹線だと四時間半から五時間近くもかかるが、飛行機なら一時間四十分で着く。空港からはレンタカーで街なかを通らないバイパスを往復するので、駅前の様子を見るのは十何年ぶりだという。

「駅の名前が変わってから初めてだから、アナウンスで新西京《しんさいきょう》なんて言われても、全然ピンと来なくて」

青田さんは苦笑して、「地元の連中だって、まだ慣れませんよ」と返した。「駅の名前も住所も」

この駅は、もともと周防《すおう》駅という名前だった。十年前に周防市が隣の西京市と合併したのを機に駅名も改められ、県庁のある西京市の玄関口として、駅の南側の街づくりが一気に進んだ。

「南口なんて、昔はなんにもなくて、空き地ばっかりだったのになあ」

川村さんはあきれたように言って、「土地が空いてれば開発するのも簡単ってことか」と短く笑った。

新幹線が通ったのは四十一年前、二人が小学校から中学校に進学した年の三月だった。いままで北口だけだった周防駅の南側に、高架の新幹線に合わせた駅舎が増築され、新たに南口が設けられたのだ。もっとも、駅舎を出ても街はない。造成済みの空き地だらけで、その先は見渡すかぎり田んぼが広がっていた。当時を思うと、いまの南口のにぎわいは嘘のようだ。

「せっかくだからと思って、馴染《なじ》みのある北口から出たんだけど、まさかここまで寂れてるとは思わなかったよ」

もともと南口の街並みが整備されるにつれて、年老いるように活気をなくしていた北口だったが、西京市との合併に合わせてバスターミナルが南口に移転したことで、寂れ具合に拍車《はくしゃ》がかかった。さらに五年前にショッピングモールが国道のバイパス沿いに開業して、とどめを刺された格好になった。北口で古くから栄えていた商店街はシャッター通りになってしまい、最近では、陽の高いうちでも駅前に人影が見当たらないことが珍しくない。昔を知る世代からすれば、それも嘘のような話だった。

「あおちゃんはずっと地元だったのか」

「ええ……」

「学生時代も？」

「高卒でウチの会社に入ったんですよ」

「なんだ、大学行かなかったのか」

「勉強できなかったし、親父にも早く現場で仕事を覚えろって言われてましたから」

「そうか、でもいいよなあ、親の仕事を継ぐんだったら、べつに学歴なんかどうでもいいもんなあ」

羨《うらや》んでいるのか見下しているのか、よくわからない。声が間延びする。さっき感じたよりも、酔いは深いのかもしれない。

「俺なんかずーっと東京だよ。世田谷区《せたがや》、知ってる？　学生時代から世田谷で、就職して独身の頃も、結婚しても、世田谷ひとすじ」

川村さんは大手の不動産会社に勤めていた。マンションの営業部の部長だという。

「まあ、部長っていっても、首都圏営業部だけでも第一から第十七まであるんだけどな」――出世しているのか、そうでもないのか、青田さんには見当もつかない。

「東京に出てきて、もう三十五年だよ。ってことは、人生で半分以上……三分の二いってるか、いくよな、ほとんど」

話が先に続くのかと思っていたら、川村さんはそれきり黙り込んで、窓の外をじっと見つめた。青田さんも話を無理には継がずに、運転に集中した。もともと口数の多いほうではないし、酔った客にはよけいなことを話しかけないほうがいい、というのも心得ている。なにより、平日に母親の入所した特別養護老人ホームを訪ねるのだから、事情を知らなくとも、楽しい帰省ではないことぐらいわかる。この時刻に新西京駅に着く新幹線は、東京を朝のうちに発《た》っている。川村さんは、その車中で酒を呑んだのだ。

周防の市街地を、十分もかからずに抜けた。街を背骨のように貫いている旧国道は、バイパスに国道の座を譲ってからは交通量ががくんと減って、押しボタン式の赤信号にひっかかることもめったにない。

「バイパスを通るより、意外とこっちのほうが早いんじゃないか？」

沈黙を破って、川村さんが言った。

「そうかもしれませんね。バイパスだと、周防でも西京でも、街なかに出るまでが、けっこうかかりますから。地元の車はみんな旧道を使ってますよ」

「昔は車が混んでたよなあ。まだ高速道路もなかったから、トラックもびゅんびゅん走ってて、二十四時間営業のドライブインもたくさんあって」

長距離トラック目当てのドライブインは、昭和の終わり頃に高速道路が通ってから次々につぶれてしまい、いまは一軒も残っていない。その跡地には家電や紳士服の安売り店が建ち並び、しばらくは休日に渋滞が起きるほどにぎわっていたものの、いまはほとんどがバイパス沿いに移転してしまった。跡地にはアパートや建売住宅がぽつりぽつりと建っているが、売り物件の看板が雨ざらしになっている区画や、更地にすらなれずに廃墟《はいきょ》が残ったままの区画も少なくない。

そんな風景の移り変わりを、青田さんはずっと、途切れることなく、タクシーのフロントガラス越しに見つめてきたのだ。

車は、かつて西京市との境界だった仁保津川《にほづがわ》の橋を渡った。

あっという間だなあ、と拍子《ひょうし》抜けしたようにつぶやいた川村さんは、「やっぱり小さいよな、小さな街だよ。ガキの頃にはそんなの全然わからなかったけど」とつづけて、また運転席のほうに身を乗り出した。

「あおちゃんは、東京とか大阪とか、博多《はかた》とか広島《ひろしま》とか……もっと大きな街に出てみたいって思わなかったのか？」

青田さんは「どうだったでしょうねえ」と苦笑交じりに首をひねった。

「親の後を継がなきゃいけないから、我慢して、地元に残ったのか？」

「どうでしょうね、忘れましたよ、もうそんな昔のこと」

「無理しなくていいんだぞ、正直に言えよ」

「ほんとですよ」

「格好つけるな」

「――え？」

腹を立てる以前に、きょとんとしてしまった。川村さん自身もつい口にしてしまった言葉だったのだろう、「違うんだ、そうじゃなくて、悪い、すまん……」とあわてて謝り、背中から倒れ込むようにシートに体を深く預けた。

「ごめんな、新幹線の中でちょっと酒を呑んじゃって……悪酔いしてるな、どうも」

「車を停めましょうか？」

「だいじょうぶ。それより、あおちゃん、仕事だっていうのはわかるけど、もっと普通にしゃべってくれよ」

さっきからそれで調子が狂ってたんだよなあ、と笑う。言い訳なのか本音なのかはよくわからなかったが、青田さんは笑い返して「じゃあ、わかった」と応えた。

「そうそう、友だちなんだから」

「うん……」

「ガキの頃、けっこう仲良かったよな、俺ら。親友ってほどじゃなくても、よく一緒に遊んでたもんな」

青田さんは黙ってうなずいたが、心の中では、ちょっと違うけどな、と苦笑していた。

クラスの男子がみんなでサッカーやソフトボールをするときには確かに仲間同士でも、人数がもっと少なくなれば、別々のグループに分かれてしまう。四、五人で遊ぶときに一緒だったという記憶は、少なくとも青田さんにはなかった。

川村さんの母親のことも、さっきから思い出をたどっているのだが、なにも浮かんでこない。もしかしたら、顔を見たこともなかったかもしれない。

だが、川村さんは「いやあ、ほんと、あおちゃんに会えるなんて、懐かしいなあ」と、しみじみと、うれしそうに言う。「何十年と会ってなくても、ガキの頃の友だちってのは、すぐに、一瞬でパッと昔に戻れるよな、そこがいいんだよなあ」

青田さんは愛想笑いで相槌《あいづち》を打ちながら、心の中で今度は、まいったな、とため息をついた。『やすらぎの里』までは、まだあと三十分近くかかる。タクシーの営業としてはありがたい長距離の仕事でも、個人的にはずいぶん気疲れする時間になってしまいそうだった。

「あおちゃんのところは、親はまだ元気なのか」

「いや、もうどっちもいない。親父は俺が三十いくつのときに亡くなって、おふくろは先月十三回忌だった」

「奥さんの実家のほうは？」

「そっちも、二人とも――」

「片付いたか。じゃあ、全部すませたんだ、よかったなあ」

川村さんは笑って言った。いささか不謹慎《ふきんしん》な言葉ではあったが、伝えたいことは青田さんにもよくわかる。

「ウチなんて、俺のほうも女房のほうも、まだ両方残ってるから、大変だよ」

四人の親の老いを支え、死を看取《みと》らなければならない。

「女房と決めたんだ、お互い自分の親は自分で看る、そうしないと共倒れだからな」

だからほら、と空いた隣のシートをパンパンと叩く。「俺一人だよ、田舎に帰るときは、いつも」

母親が施設に入ったあとの実家では、八十を過ぎた父親が一人暮らしをしている。車で二時間ほど離れた街に住んでいる妹が、週末には欠かさず訪ねて様子を見てくれているが、川村さんとしても任せきりというわけにはいかない。

「いちおう長男なんだし、ダンナに対する妹の立場だってあるから、しかたない」

仕事をやり繰りして、有給休暇を使い、月に一度は平日に泊まりがけで帰省するようにしている。銀行の手続きや病院の診察など、平日でなければできないことはたくさんある。

「いまの部署は内覧会とかモデルルーム公開とかで、週末のほうがむしろ忙しいんだ。だから仕事のほうはなんとかなるし、もう一年以上になるから、だいぶ慣れたんだけど……飛行機とレンタカーだと、だんだんキツくなってくる」

「体が？」

「っていうより、心だな、メンタルだ」

飛行機だと早く着きすぎる。一時間半では気持ちの切り替えができない。東京での感覚のまま年老いた両親を見ていると苛立ってしかたないし、両親の老いに付き合った一晩を過ごして帰京すると、なかなか仕事のテンポに戻れない。

レンタカーを一人で運転しているときは逆に、時間の長さがキツい。信号のないバイパスは、運転が楽なぶん、いろいろなことを、つい考えてしまうのだ。帰京するときにはとりわけ、差し迫った今後のことや、少し先の将来のことが頭に次々に浮かんできて、空港に着く頃にはぐったりとしてしまう。

「たまには新幹線とタクシーで、うたた寝したり酒を呑んだりしながら田舎に帰ってみようか、って思ったんだ」

それが、今日――。

「ちょっと呑みすぎちゃったけどなあ」

あははっと笑って、「でも、そのおかげであおちゃんと再会できたんだから、やっぱり正解だったよ」と言った。

青田さんと川村さんは、小学五年生と六年生のときに同じクラスだった。特に仲が良かったわけではないし、いじめられたり喧嘩をしたりというのでもない。個人的な関係が成り立つほどの距離にいなかった、というのが正確なところだ。

川村さんは勉強がよくできた。しっかりした性格でもあった。明るくて、積極的で、先生からは「リーダーシップがある」とよく褒められていて、仲良しの友だちも元気のいい連中が多かったので、休み時間にはいつもにぎやかに騒いでいた。

青田さんは、その仲間には入っていなかった。無口で、おとなしく、目立たない。休み時間や放課後に遊ぶ友だちも似たようなタイプばかりだった。

ふだんは接点のない二人でも、体育の授業でサッカーやソフトボールをするときには、同じチームになったり敵味方に分かれたりして、一緒に試合をする。放課後に隣のクラスと試合をするときに「あおちゃんも来いよ、人数が足りないんだよ」と駆り出されることもあった。

川村さんは、サッカーやソフトボールの上手さはそこそこだったが、チームを組むときにはいつも中心にいた。声が大きく、負けず嫌いで、チームを盛り上げるのが得意だった。けれど、短気でカッとなるところもあって、誰かがミスやエラーをすると、あからさまに不機嫌になってしまう。試合に負けた直後は悔しさのあまり、敗因をつくった友だちを名指しで責めることもあった。

もっとも、怒りが長く尾を引くわけではない。ほんの一瞬の舌打ちだったり、しかめっつらだったり、「なにやってるんだよ！」の叱声《しっせい》だったりするだけだ。怒るのも早ければ、気を取り直すのも早い。まあいいや、と切り替えたあとは、失敗した友だちを「ドンマイ、ドンマイ」と元気づけて、「次は絶対に勝とうぜ！」とみんなに声をかけて励ます。やはり根が明るく前向きな性格なのだろう。

だが、青田さんは、その一瞬のしぐさや悔しまぎれの一言が出るたびに、ああ、また始まった、と気分が沈んだ。

球技全般が苦手な青田さん自身も、よく怒られた。けれど、それ以上に、自分以外の誰かが怒られるときのほうが嫌だった。

試合の勝ち負けにそんなにこだわらなくてもいいのに。失敗をそんなに責めなくてもいいのに。その本音を口にしたら、川村さんは何倍もの勢いと口数で反論してくるだろう。

「じゃあなんのために試合するんだよ。エラーをしてみんなに迷惑かけてもいいっていうのか？」

きっと、なにも言い返せない。好き嫌いで言うなら、川村さんのことは嫌いだった。怒られるのが怖いか怖くないかで言うなら、怖かった。

「嫌い」と「怖い」を合わせて、青田さんは川村さんのことが、苦手だったのだ。

西京市の中心部に入ると、車の流れが滞ってきた。人口三十万人を超える県庁所在地だけあって、さすがに周防よりもずっとにぎわっている。

川村さんは顔を窓につけて、街並みを見つめていた。「バイパスだとこのあたりは通らないんだよなあ、やっぱり旧道のほうがいいなあ」とつぶやく声は上機嫌で、周防を走っているときよりもずっと懐かしそうだった。

「なあ、あおちゃん、一高《いちこう》まで寄り道をしたら、けっこう遠回りになるかな」

「いや、そんなことないけど」

「じゃあ、せっかくだから、そっちに回ってもらおうかな」

「やっぱり、一高は懐かしい？」

「まあな。三年間、毎日毎日二時間近くかけて通ってたんだから、もう、それだけで懐かしいよ」

いまの会社の通勤時間より長いんだぞ、と笑う。

交通の要衝ではあっても、街としては面積も人口も小さな周防市には、高校が二校――県立の周防商業と私立の吉敷《よしき》女子学院しかなかったので、大半の生徒は、列車やバスでよその街の高校に通っていた。

川村さんも高校時代は、周防から西京まで列車通学だった。地域で随一《ずいいち》の進学校の西京第一高校に通っていたのだ。

夜明けの遅い冬場には、まだ暗いうちに家を出なくてはならない。自宅から周防駅までは自転車、西京駅から学校までも自転車なので、雨や雪の日は、学校にたどり着くだけでも一苦労になる。西京と周防が合併したいまも、距離が縮まったわけではないのだから、通学時間の長さは変わらない。

だが、西京第一高校にはそんな苦労をしても通う価値がある。地元のひとたちは皆そう思っている。江戸《えど》時代の藩校の流れを汲み、旧制中学時代から多数の政治家や財界人を輩出している名門だ。一高を出ていなければ県庁や市役所で出世はできない、という噂も、まことしやかに流れていた。青田さんや川村さんの少し上の世代までは、一高を目指して中学浪人をする生徒もざらにいたほどだ。

そんな一高に、周防に三つある中学校から受かるのは、昔もいまも、どの学校でも毎年五人いるかいないかだった。川村さんが一高や西京の街に抱く懐かしさは、だからきっと、誇らしさと同じ意味なのだろう。

「あおちゃんは、高校はどこだっけ」

「周防商業」

「思いっきりご近所だなあ」

確かにそうだった。自転車で五分、歩いても十五分かからない。

「近所だから選んだのか？」

「違う違う」

即座に打ち消したものの、半分は正解だった。「レベルもちょうどよかったし、親父もOBだったから」と弁解するように続けたあとすぐに、これもたいしたことのない理由だな、と認めた。

あんのじょう、川村さんは「欲がないっていうか、夢がないっていうか……」とあきれて言った。「まあ、でも、逆に考えれば、毎日通学に往復四時間近くかけて一高に行くのと、三十分足らずですむ商業に行くのと、どっちが幸せなのかわかんないよな、実際」

気をつかってくれたのだろうか。

本音を言えば、「夢がない」とあきれられたほうが、まだよかった。

「あおちゃんの子どもは、高校どこに行ったんだ？」

口ごもると、「子どもいるんだろ？　いいじゃないか、教えてくれよ」と笑ってうながされた。

「……一人息子で、いま、東京の大学に行ってるんだけど」

「ふんふん、で、高校はどこだったんだ？　まさか三代続けて商業とか？」

笑っていなして、そのまま話を終えたかったが、川村さんは妙にしつこく「いいじゃないかよ、俺は地元の奴じゃないんだから、誰にも言わないし、『旅の恥はかき捨て』の逆のパターンだよ」と、よく考えたらずいぶん失礼なことを言って、せがんだ。

しかたなく、言った。

「一高なんだ」

今度は川村さんのほうが、返答に時間がかかってしまった。

「そうか、すごいな、俺の後輩だ……がんばったんだなあ……」

ははっ、と笑う声は微妙に弱々しくなった。

「じゃあアレだろ、東京の大学も、一高からだったら早稲田《わせだ》とか慶應《けいおう》あたりか？　早稲田だったら大学まで俺の後輩だぞ、俺、一浪して法学部だけど」

青田さんはため息を呑み込んだ。訊いてきたのは向こうなんだから、と自分を無理やり納得させて、言った。

「早稲田の、法学部なんだ」

現役で受かったことまでは、言わない。

川村さんは返答にさらに時間をかけて、「大学まで後輩かよ、まいっちゃうなあ」と甲高《かんだか》い裏声交じりに言った。

話が途切れた。ぎごちない沈黙のなか、車は国道を左折した。

「一高まで行っても、停めなくていいからな、ぐるっと回るだけでいいぞ」

川村さんの声は、急に不機嫌になってしまった。

「……かしこまりました」

青田さんは言葉づかいを元に戻した。この一言ぐらいは、そうしよう、と思った。

川村さんはなにも言わず、腕組みをして、シートにふんぞり返った。

『やすらぎの里』は、西京市の市街を抜けた先、古くから西京の奥座敷と呼ばれてきた小さな温泉地にある。十数年前、廃業した観光ホテルが改装されて、特養施設になった。地元での評判は良くない。職員がなかなか居着かず、入所者への虐待の噂も絶えない。それでも入所の順番待ちは数十人にも及ぶのだという。

車窓に山が迫り、カーブが増えてきた。メーターは七千円を超えた。平日の昼間にしては上々の仕事だが、引き替えに、やはり気疲れしてしまった。

周防のような小さな街でタクシーをやっていれば、昔の友だちを乗せることは珍しくない。地元に残った友だちは大事なお得意さまだし、今日のように、よその街に出た友だちとひさびさの再会を果たしたことも何度かあった。

友だち同士でも、車内では客と運転手になる。その関係のバランスをとるのは意外と難しい。友だちが車から降りたあとは、懐かしさの余韻にひたるよりも、やれやれ、しんどかったなあ、とため息をつくほうが多いのだが、ここまで疲れてしまうのは初めてかもしれない。子どもの頃に苦手だった相手は、おとなになってからも変わらない、ということなのだろうか。

『やすらぎの里』の案内看板を通り過ぎた。あと一キロ。もうちょっとの辛抱だ、と肩の力を抜いたとき、川村さんが言った。

「せっかくだから、帰りもあおちゃんの車にしようかな。どうせタクシーは電話で呼ばなきゃいけないんだし、時間もかかるし、あおちゃんだって空車で周防まで帰ってもしかたないんだし、なあ」

往復で実車だと、一万五千円。仕事としては確かにありがたい話だったが、稼ぎが倍になる代わりに、疲れも倍になってしまう。待機時間が長くなるようなら、予約の仕事を口実にして断ろう、と決めた。

だが、川村さんは「すぐだから、パッと顔を出してパッと帰ってくる」と言う。

「駐車場で五、六分待っててくれよ」

「……そんなに短くていいの？」

「いいんだいいんだ、いつもそうなんだよ。どうせ俺の顔を見たって、誰だかわかってないんだから」

母親本人に会うというより、施設のスタッフに挨拶をして、母親の最近の様子を聞けば、用件は終わる。

「まあ、姥捨《うばす》て山にはしてませんよ、親のことをちゃんと気にかけてますよ、っていうアリバイづくりのようなものだ」

川村さんは自嘲《じちょう》するように言って、「誰のためにそうしてるのか、よくわかんないんだけどな」と笑った。

笑い返していいのか、よくないのか。こういうところが、ほんとうに疲れるのだ。

川村さんの酔いはだいぶ醒《さ》めていたが、素面《しらふ》に戻るにつれて、ひねくれた言い方で自分を冷ややかに突き放すようになった。機嫌が悪いのなら黙っていればいいのに、とりとめのないことを投げやりな口調でしゃべって、話はどれも尻切れトンボで終わってしまう。

「帰りも頼むよ。な、いいよな？」

数分の待ち時間であれば、断るわけにはいかない。

『やすらぎの里』に着くと、川村さんは「さーて、行きますか」と、両頬を何度か軽く手で張った。

「親と会うときは気合いを入れとかないと、心が折れちゃうからな」

笑って言って、車を降りた。

青田さんは途方に暮れた思いで、こわばった笑みを返した。


川村さんを待つ間、青田さんは自分の両親のことをぼんやりと考えていた。

父親は膵臓《すいぞう》がんで、母親は脳溢血《のういっけつ》で亡くなった。父親の享年は六十六、母親は七十二。二人とも、いまの時代の物差しで言うなら、若くして亡くなったことになる。父親は抗がん剤の副作用にさんざん苦しめられ、母親は風呂上がりに倒れてそれっきりだった。

息子としてはもちろん悲しいし、本人たちも無念だっただろう。もっと長生きしてほしかった。これは間違いなく、思う。

それでも最近は、親の介護をしている同世代の仲間の苦労話を聞くにつけて、ウチの両親は「老い」を持て余さなかっただけ幸せだったのかもしれない、とも思うようになった。

父親も母親も、寝たきりにはならなかった。シモの世話も自分できちんとできたし、認知症を発症することもなかった。

もしも両親がいまも生きていたら、二人とも八十代半ばになる。体にも心にもガタがきているだろう。「老い」を家族では支えられなくなって、どちらか一人は、あるいは二人そろって、施設に入っているかもしれない。

仕事の合間を縫って『やすらぎの里』を訪ねる川村さんの姿は、「もしも」の世界の自分自身でもあったのだ。


川村さんは十分後に戻ってきた。

玄関から駐車場に向かう途中でスマートフォンを取り出し、画面を指で操作しながら車に乗り込んだ。

「ちょっと仕事でいろんなところに電話しなくちゃいけないから、うるさくしちゃうけど、悪いな」

口調が変わった。しぐさも、急にきびきびしてきた。

「電話が終わるまで待つよ」

「だいじょうぶだいじょうぶ、待ってる時間がもったいないだろ、お互いに」

車、出していいぞ、と手で払って、ああそうだ、と顔を上げる。

「あおちゃんのタクシーで来たって教えてやったら、おふくろ、懐かしがってたぞ」

「――え？」

「嘘だよ、嘘」

なんにもわかってなかったよ、俺のことも自分のことも、と付け加えて、スマートフォンの画面に目を落とす。

青田さんは憮然《ぶぜん》として車を発進させた。面白くもなんともない冗談だ。腹立たしくて、悲しい。子どもの頃の川村さんは、短気ですぐに怒りだして、周囲に八つ当たりすることも多かったが、ひねくれてはいなかった。こんな屈折した冗談をとばすような奴のことは、きっと、大嫌いだったはずなのに。

この調子では、気疲れが倍になるぐらいではすまないかもしれない。覚悟して車を走らせたが、四十分ほどかかった帰り道のほとんどの時間、川村さんは電話で話していた。

トラブルが発生したらしい。どうやらこちら側に非があって、原因は部下のつまらないミスだったようだ。当の部下からその報告を受けた川村さんは、「なにやってるんだ！」と一喝《いっかつ》して、厳しく叱責した。

ひやっとして肩をすぼめた青田さんは、ああ、やっぱり叱るときの剣幕は変わってないなあ、と背筋を硬くした。自分が怒られるよりも、他人が怒られるのを横で聞いているほうが、居たたまれない。そういう自分自身の性格も昔どおりなんだと、あらためてわかった。

「まあいいや、いまさら言ってもどうしようもない」

川村さんは気を取り直すと、いまからやるべきことを部下に指示していった。左手に持ったスマートフォンで話しながら、右手でタブレット端末を操作して、あそこにも連絡をしろ、あの数字の確認を忘れるな、いやそうじゃないそっちのほうが先だ、と矢継ぎ早に伝える。

部下への電話のあとは、一息つく間もなく、迷惑をかけた先に連絡を取った。よんどころない事情で今日は東京にいないことを詫《わ》びて、部下のミスを謝り、明日帰京したら、その足で先方の会社に向かうことを約束して、電話を切った。

「悪かったな、うるさくしちゃって。運転の邪魔になっただろ」

「いや……だいじょうぶ」

「しょっちゅうだよ、こういうの。部長の仕事なんて、ほとんどが若い連中の尻ぬぐいなんだから」

さばさばと言う。強がりではなさそうだった。

「ほんとに、どんなに大変でも、仕事はいいよ。自分の力で勝負できるんだから」

「うん……」

「でも、親が歳《とし》をとるのは、俺の力じゃどうにもならないもんなあ」

これもきっと、本音なのだろう。

「あと一本で終わりだから」

「車を停めようか？　外に出てるよ、俺」

「そんなことしなくていいって。あおちゃんが聞きたくないんだったらアレだけど、俺のほうは全然かまわないし」

「そうか……」

「あおちゃんは優しいなあ」

うれしそうに言われた。「そういうところ、ガキの頃と全然変わってないなあ」

――そこまでの付き合いではなかったはずなのだ、ほんとうに。

西京の街なかを抜ける間に、川村さんはスマートフォンで明日の飛行機のチケットを予約した。

「明日も新幹線で、のんびり、酒を呑みながら帰りたかったんだけどなあ」

まあしょうがないか、とため息をついて、青田さんに声をかけた。

「あおちゃんのところのタクシー、予約できるんだろ？　明日頼むよ」

空港までは、新西京駅からリムジンバスが出ている。てっきり実家から駅までの予約だろうと思っていたが、川村さんは「空港まで乗るよ」と言う。「だいたい、いくら見とけばいい？」

「八千五百円から九千円ぐらいかなあ」

「三十分ぐらいだよな。それで九千円か……けっこうかかるんだな、タクシーだと」

「バイパスを通るから、時間は早いんだけど、距離が出ちゃうんだ」

微妙に言い訳めいた口調になってしまった。昔のよしみで少し割引にしたほうがよかっただろうか。冷たい奴だと思われたかもしれない。いや、それよりも、もしも「サービスしてくれよ」と言われたら、どうすればいいだろうか……と、頭の中をさまざまな思いがめぐった。

「まあいいや、わかった、だいじょうぶ、空港まで予約する」

ほっとした。

「あと、ドライバーは、あおちゃんじゃなくてもいいからな。仕事忙しいんだろ？社長さんに運転してもらうなんて、恐れ多いよ」

もっとほっとして、川村さんに合わせて笑い返した。

「何時の便を取ったの？」

「三時ちょうどのＪＡＬ」

思っていたより遅い便だった。羽田行きは、午前中にも六便あるのに。

相槌に訝《いぶか》しさが交じっていたのを察したのだろう、川村さんは自分から説明した。

明日は朝一番に、父親を西京の県立病院に連れて行かなくてはならない。前立腺がんのホルモン療法を続けている父親の、三ヵ月に一度の治療日なのだ。

治療そのものは注射を一本打つだけで、五分もあれば終わるのだが、とにかく待ち時間が長い。一時間待ちは覚悟している。

病院の次は銀行に回って、父親が申し込んだ通販の商品代を振り込み、当座の生活費をおろす。

母親が『やすらぎの里』に入ってから、父親は通販でいろいろなものを買うようになった。テレビの通販番組や新聞の折り込み広告で、「これ、いいな」と思うと、すぐに電話をかけて申し込んでしまう。

「物が欲しいっていうより、やっぱりおふくろがいないと人恋しいのかな、電話でオペレーターと話すのが楽しいみたいなんだよ」

換気扇の油汚れを落とすクリーナーなんて五種類ぐらい買ってるんだぜ、と笑ったあと、怖くてクレジットカードは渡せないよな、と笑わずに続けた。

銀行が終わると、ショッピングモールで買い物をする。毎日三度の食事は宅配弁当を頼んでいるが、酒の好きな父親には晩酌《ばんしゃく》が欠かせない。酒を買い込み、肴にする珍味や乾き物をあれこれ揃えるのが、月に一度の楽しみなのだ。

「妹のほうは厳しくて、親父に酒をやめさせたがってるんだ。糖尿も持ってるし、血圧も高いし、一人でだらだら呑んでると、どうしても量をいっちゃうからな」

実際、母親が施設に入ってから、酒の量は確実に増えてしまった。いまは焼酎の一・八リットル入り紙パックが一週間ももたずに空いてしまうペースだという。

「去年からは、好きだった釣りも、一人で行くと危ないから、やめさせてるんだ。車の運転も、そろそろ免許証を返納させなきゃいけないだろうな。でも、あれもやめろ、これもやるな、ってことになると、さすがに親父もかわいそうだし、親父にもプライドがあるし」

確かになあ、と青田さんはうなずいた。

「酒ぐらいはいいじゃないかって俺は思ってるんだけど、妹は近くにいるぶん、親父にも俺にも言いたいことがいろいろあって、最後はいつも喧嘩になる。たまに来て、いい顔をするだけなら、誰でもできる、って……」

これも確かに、なるほどなあ、とうなずくしかなかった。

「そんなふうに回ってたら、もう、あっという間に午後だよ。三時ちょうどの便でも、ぎりぎりだ」

「うん……」

「ほんとうは、今日、いますぐにでも東京に帰って、仕事の始末をつけたいんだけどな」

青田さんはハンドルを握る手に、ぎゅっと力を込めた。

明日は、俺が代わりに親父さんを連れて行ってもいいぞ——。

友だちなら、言うべきだろうか。友だちだからこそ、それは決して言ってはならない一言なのだろうか。

どちらにしても、青田さんと川村さんは、友だちではなかった。

「明日は二時に車を回してくれ」

川村さんはそう言ったあと、窓の外に目をやって「よかったなあ」と言った。

「なにが？」

「今日は『やすらぎの里』まで往復だし、明日は空港まで行くんだから、いい稼ぎになっただろ。売り上げに貢献したんだから、感謝しろよ」

いかにも冗談めかした口調だったので、青田さんも「毎度ありがとうございます」と、おどけて慇懃《いんぎん》に礼を言った。

二人で一緒に、声をあげて笑った。だが、向き合わずに交わした笑顔は、どちらも、あっけなくしぼんでしまう。

少し間を置いて、川村さんは外を見つめたまま、ぽつりと言った。

「俺、親父にもおふくろにも、長生きしてほしいなんて思ってないんだよ、最近はもう」

青田さんがなにも応えずにいると、「親不孝だよなあ」とつぶやくように言って、それっきり、車が実家に着くまで黙っていた。

この日の午後、同じ県の小さな街で、高齢者の運転ミスによる交通事故が起きた。八十代の男性が、病院の駐車場でアクセルとブレーキを踏み間違えて暴走した挙げ句、歩行者を撥《は》ねてしまったのだ。被害者は意識不明の重体だという。これでまた、高齢者が運転を続ける是非が問われることになるのだろう。

夜七時のニュースで事故のことを知った青田さんは、無線機のマイクに向かった。営業中の全車両に向けて事故のあらましを伝え、「各車、よりいっそうの安全運転に努めて、お客さまをお送りしてください」と告げた。どこまでの効果があるかはわからなくても、なにもせずにはいられない性分なのだ。

実際、高齢者による事故は他人事《ひとごと》ではない。この地域でも、高齢化は急速に進んでいる。つい数日前も、事故には至らなかったものの、空港のある常盤《ときわ》市で高速道路を逆走する車の目撃情報があったばかりだ。

バスや鉄道に頼れない地方都市や、もっと寂れた町や村では、自家用車がなくては生活が立ちゆかない。車に乗れないと、たちまち買い物にも病院にも行けなくなってしまい、大げさでもなんでもなく、死活問題になる。

しかし、だからといって、視力や運動能力が衰え、判断力も鈍ってきた高齢者が、いつまでも車を運転するわけにもいかない。認知症が疑われるようになったなら、なおさら。

同業者の集まりでも、よくその話題になる。若い世代の営業担当は「タクシーに新たな需要ができた」と張り切っているが、青田さんをはじめ五十代以上のひとの反応は意外と鈍い。商売を考える前に、身につまされてしまって、どうにも気勢が上がらないのだ。

「歳をとるのは、つらいよなあ……」

席に戻ってつぶやくと、配車係の清水《しみず》主任に「どうしたんですか、急に」と笑われた。

いやいや、いいんだいいんだ、なんでもない、と笑い返したとき、電話が鳴った。

配車係直通の番号ではなく、社の代表番号のほうだった。

乗務員の日報を整理していた総務の殿山《とのやま》課長が受話器を取った。一言二言で、応対の調子が引き締まる。

警察からの協力要請だった。老人が夕方一人で家を出て行ったきり、一時間以上たっても帰ってこない、という。

珍しいことではない。月に一度か二度は同じようなケースで警察から連絡が来る。

ひとの目が多い都市部と違って、田舎町では、外を歩いていても誰にも姿を見かけられないことが多い。迷子の子どもや徘徊《はいかい》する老人を捜すときには、タクシーも貴重な目撃情報源になるので、こうして警察から連絡と協力要請が入るのだ。

いまは夜七時過ぎ。ちょうど日没を迎えた。陽が落ちて暗くなると、ますます捜すのが大変になるし、不慮《ふりょ》の事故も怖い。

老人の家があるのは長谷町《はせまち》一丁目——青田さんは、昼間そこを走ったばかりだ。川村さんの実家も、同じ一丁目にある。

最初は、ふうん偶然だなあ、と思っただけだったが、殿山課長が復唱する老人の服装や特徴、家を出たいきさつを聞くにつれて、悪い予感が胸に湧いてきた。

老人は釣り具メーカーの帽子をかぶって、作業着の上に釣り用のベストを着ている。車で釣りに出かけようとして家族に止められ、車のキーも隠された。いったんは不承不承《ふしょうぶしょう》ながらもあきらめたらしいのだが、家族がつい目を離した隙に出て行ってしまった。

予感が、ほとんど確信に変わる。

老人の名前は、川村康太郎《こうたろう》という。

川村さんの父親だった。

清水主任が全車両に康太郎さんのことを伝えた。もちろん仕事中なので、わざわざ捜すということはできない。車を走らせていて、似たような風体の老人を見かけたら会社に一報するように、という程度の協力だった。

だが、青田さんは清水主任に代わって無線機のマイクに向かうと、強い語気で言った。

「本社より指示です、本社より指示。新西京駅、新西京駅、駅付けの車両、駅付けの全車両、長谷町一丁目方面に至急回って、お年寄りを捜してください」

駅で待機中の車だけでなく、病院やショッピングモールに付けている車にも、長谷町へ向かうよう命じた。

事務室にいる全員、驚いて顔を見合わせた。乗務員から無線で返ってくる「了解」の声も困惑を隠せない。

青田さんは無線機の前から離れると、殿山課長に「乗務員が客を乗せられなかったぶんは、俺の自腹で手当てを出す」と言った。「売り上げがへこんだぶんも、俺のほうでなんとかするから」

「いや、それはまあ、アレですけど……どうしたんですか、社長」

「同級生の親父さんなんだ」

短く答え、「友だちっていうわけじゃなかったんだけどな」と付け加えて、事務室の階下にある乗務員の休憩室に向かった。

部屋には電話待ちの乗務員が五人詰めていた。夜の早い田舎町では七時から九時頃までがタクシーの書き入れ時だが、そのうち三人を捜しに行かせた。

商売のことは、いまは考えたくなかった。

あいつのために、そこまでしなくても――。

いいんだ、かまわない、と打ち消した。

打ち消したあとで、友だちじゃないんだけどなあ、ほんと、と苦笑交じりのため息が漏れた。

殿山課長や清水主任に留守を頼み、青田さんも自分の車で康太郎さんを捜しに出ることにした。この季節、田んぼには水が張られ、山あいの長谷町一丁目には溜め池や用水路も多い。なにより山に迷い込んでしまうと、もう車からでは捜せなくなってしまう。

社屋の裏にある駐車場に回って、車に乗り込んだ。ヘッドライトを点《つ》けようとして、フロントガラスにうっすらと自分の顔が映っていることに気づいた。外が暗いせいなのか、外灯の明かりが射す角度のためなのか、ふだん洗面所の鏡で向き合う顔よりも、ずっと老け込んで見える。

ライトを点けないまま、しばらく、その顔を見つめた。

川村さんはいまごろ、必死になって康太郎さんを捜しているだろうか。康太郎さんと今日、どんなやり取りをした挙げ句に、こうなってしまったのか。悔やんでいるかもしれない。嘆いているかもしれない。今日一日のことだけでなく、いままでのさまざまなことを思いだして、腹を立てているだろうか。悔しさに歯を嚙みしめているだろうか。情けなさや自嘲する思いも、ないわけではないだろう。

皮肉なものだ。一緒に車に乗っているときよりも、いまのほうが、川村さんのことを近しく感じる。小学生の頃、川村さんが家族でマス釣り場に出かけた話を作文に書いてコンクールで入賞したことも、まさにたったいま、思いだした。

もしも――あってはならないことだが、もしも、万が一の事態になってしまったら、川村さんは自分を責め立てるだろう。深い後悔にさいなまれ、康太郎さんにも母親にも妹にも心の底から詫びながら、やり場のない怒りに拳を震わせるだろう。

けれど、川村さんの胸の奥に宿る思いは、きっと、それだけではない。

なあ、そうだよな、とフロントガラスに映る自分に無言で語りかけた。

わかるよ、しかたないよな、と苦笑したのは、こちら側の自分なのか、ガラスの中の自分なのか。

ライトを点けた。キーを回してエンジンをかけようとしたら、殿山課長が太った体を揺すって走ってきた。

「おじいさん、無事に見つかったそうです。もうだいじょうぶです」

う。別のタクシー会社の車が、康太郎さんを見つけた。旧国道を歩いていたのだとい

「国道まで出てたのか。長谷からだと、けっこうあるだろう」

「でも認知症の年寄りって、意外とずんずん歩きますからね、一目散に、脇目もふらずに」

「まあな……」

「疲れたから休むとか、疲れないように加減して歩くとかも、歳を取ると、だんだんわからなくなっちゃうんですかねえ。夏場の熱中症だって、体温が上がっても、本人は手遅れになるまで気づかないっていいますし」

康太郎さんの老いは、川村さんが思っていた以上に進んでいたのか。それとも、昼間の話は、せいいっぱいの見栄《みえ》や強がりだったのか。

いずれにしても、とにかく最悪の事態にならずにすんでよかった。いまはそれだけを、同級生のために素直に安堵して、喜んだ。

事務所に戻ると、清水主任が「乗務員には業務に戻るように伝えてあります」と報告してきた。「あと、警察からもお礼の電話をもらいました」

「これから、こういう頼まれごとが増える一方なんだろうな」

「手間賃ぐらい警察に請求したいところですけどね」

まあそう言うなって、となだめていたら、電話が鳴った。今度は配車係直通の電話――仕事だ。清水主任が電話を受けて、てきぱきと無線で配車していく。

いつもどおりの夜の忙しさに戻った。

やれやれ、と青田さんは一息ついて、自分の席に戻った。

社長室が別個にあるような規模の会社ではないし、たとえ社屋の広さに余裕があったとしても、青田さんは奥の院にこもっていられる性格でもない。内勤の社員と同じフロアの窓際に机を置いている。

椅子を回し、窓のブラインドを少し上げて、ガラスに自分の顔を映した。さっき駐車場で向き合った顔よりも、少しは生気を取り戻し、若返ったように見えなくも――。

そんなことないか、と苦笑して、ブラインドを下げた。

翌日の午後一時を回った頃、青田さんは配車の当番を務める若手の富岡《とみおか》くんに「二時の予約、俺が行くから」と言った。

「社長がですか？　でも、今日は――」

青田さんがシフトに入らなくても乗務員は足りているし、昼間に空港まで向かうのは、乗務員にとっては歩合で大きく稼げる、めったにない率のいい仕事だった。

「いいんだ、俺が行く」

ゆうべから決めていた。

社長は歩合が惜しくて自分で行ったんだ、と乗務員から陰口を叩かれるのは覚悟している。川村さんもかえって嫌がるかもしれない。

それでも、このまま——もしかしたら、もう二度と会うことはないかもしれないと思うと、最後は自分が送って行きたかった。

二時少し前に実家の前に車を付けると、すぐに玄関の引き戸が開いて、支度を調え
た川村さんが外に出てきた。

戸を閉める前に家の中に向かって、なにか声をかけていた。康太郎さんがいるのだ
ろう。声は聞こえず表情もわからなかったが、次に帰ってくるときまでの無事を案じ
ているのは、身振りだけでも伝わる。ゆうべのことがあるので、叱りつける口調にな
っているのかもしれない。いや、それとも、頼むから心配させないでくれ、と祈るよ
うに訴えているのだろうか。

車に乗り込む間際に、川村さんはやっと青田さんに気づいた。

「なんだ、あおちゃんがじきじきに運転してくれるのか」

少し驚き、困惑して、決まり悪そうな顔にもなったが、シートに座るとふんぞり返

って脚を組み、「社長っていっても、けっこう暇なんだな」と笑う。

車が走りだすと、その笑いはすっと消えた。

「警察が教えてくれたんだけど、ああいうときはタクシー会社にも連絡が行くんだな。知らなかったよ」

川村さんがなにも言わなければこっちも黙っているつもりだったが、しかたなく、

「そうなんだよ」とだけ返した。

「あおちゃんの会社にも迷惑かけちゃったな」

「そんなことない」

「迷惑だよ、大迷惑だ」

強く言い切って、「生きてるだけで、あっちこっちに迷惑をかけるんだよ、歳を取ると」と、さらに強く続けた。昨日と違って、今日は酒に酔っていない。ひねくれないぶん、感情が剝《む》き出しになってしまう。

「ほんとに悪かったな。ゆうべのうちに会社にお詫びとお礼の電話をしようと思ったんだけど、俺のほうも近所を捜し回って、疲れて、くたくただったから」

「まあ、でも、よかったじゃないか、お父さんもなにごともなかったんだし」

いったんは「まあな……」と応えた川村さんだったが、すぐに「よかったかどうかなんて、わからないよな」と言った。

ゆうべは確かに、なにごともなかった。だがそれは、「なにごと」かが起きてしまう日が先延ばしになっただけ、なのかもしれない。

「だってそうだろう？　もう親父は、体も、頭も、これから悪くなる一方なんだ。あとになって振り返ってみたら、ゆうべ用水路に落ちて、足の骨を折って、もう一人で釣りに行こうなんてことも考えられなくなったほうがよかったのに……なんてことだって、あるだろう？」

なにが起きるかわからないんだよ、もう、と続ける。

「車のことだって、自分一人で事故を起こして死ぬだけならいいけど、誰かを巻き添えにしたら、取り返しがつかないよな。へたをすれば、俺や妹の人生までめちゃくちゃだよ。カミさんや子どもたちのことを思うと、正直、それが一番怖いんだ」

親父が被害者になるパターンだって同じだよ、とさらに続ける。

「ゆうべは国道の歩道を歩いてたけど、今度は車道をふらふら歩くかもしれない。赤信号がわからなくなって、車の前にパッと飛び出して、撥ねられるかもしれない。親父はどうなってもいいんだ、自分が悪いんだから。でも、そんなの、親父を撥ねちゃったひとに悪いよ、申し訳なくってさ……」

ひと息にまくしたてる川村さんに、青田さんはなにも応えられない。勢いに気《け》おされたというより、川村さんの言うことがよくわかって、わかりすぎるから、かえって相槌が打てなくなってしまった。

車は新西京駅の南口に回った。在来線を跨線橋で越え、新幹線の下をくぐると、もう、昔ながらの周防の街並みは車窓から消えてしまう。バイパスのインターチェンジまでは、オフィス街を突っ切る格好の一本道だった。この道路が街より先にできた頃は、干拓された田んぼがどこまでも広がっているだけだったのだ。教えてやっても、若者や子どもたちにはなかなか信じてもらえない。

「あおちゃんの息子は、将来どうするんだ？」

不意に話が変わる。「やっぱり会社を継がせるのか？」

「いや、それはないよ。もう俺の代で畳もうと思ってる」

「もったいないなあ」

「そんなことないって。毎月毎月カツカツでやってるんだから。借金を息子に背負わせないうちに畳んでやらなきゃ」

西京や常盤に拠点を持つ大手のグループに入ってしまえば、会社を畳んでも従業員の生活は守れる。自分と奥さんの老後は、まあなんとかなるだろう、とのんきにかまえている。親を看ないですむ、それだけでも老後は、ほんの少し、明るい。

「じゃあ、これからも息子はずっと東京か」

「まあ、本人に任せるさ」

「いいのか？　あおちゃんのほうは」

「息子には息子の人生があるんだし」

ほほーっ、と笑われた。「立派なもんだ、親の鑑《かがみ》だな」

多少の皮肉をぶつけられるのは、覚悟していた。だが、嘘はつかなかったし、見栄も張らなかった。

「俺は――」

川村さんはそこで言葉を切ってから、「親父を施設に入れたら、周防の家や土地は処分する」と言った。「いずれは墓も東京の霊園に移して、もう周防とはお別れだ」

具体的な目処が立っているのか、いないのか。康太郎さんや妹さんは納得しているのか、そうではないのか。

青田さんはなにも訊かない。川村さんも、もう話を続けない。沈黙のなか、車はバイパスに乗って、空港を目指す。

二十キロほどの距離も半ばを過ぎて、空港まであと四、五分というところで、また川村さんが口を開いた。

「午前中、親父を連れて病院や買い物に回ったんだ。車のボディーに、擦った傷や、へこんだところが、また増えてた」

まあそれはいいんだけど、と続ける。

ショッピングモールで、酒やつまみを買い込んでいた康太郎さんが、急に昔のことを話しはじめた。

「カルピスなんだ」

「――え？」

べつにカルピスの売り場を通りかかったというわけではないのに、ほんとうに唐突に、ふっと記憶がよみがえったように、話しだしたのだという。

「お母ちゃんのカルピスは薄かったよなあ、って。おまえは子どもの頃、文句ばっかり言ってたよなあ、って」

「実際に、そうだったの？」

「ああ。だって、おふくろのつくるカルピスは、原液をケチって少ししか入れないから、半分透《す》けてるような白い色で、薄くて、あんまり甘くなくて……友だちもみんな、一口飲むと、微妙な顔になるわけだよ」

あおちゃんも飲んだことなかったか、と訊かれた。青田さんは話の腰を折らないよう、曖昧に首を傾げて笑い返しただけだった。

「俺、友だちが帰ったあと、おふくろにしょっちゅう文句を言ってたんだ。そうしたら、とうとう、おふくろが親父に言いつけて、俺、親父に叱られて、往復ビンタだった。そのことをいきなり思いだして言うんだよ、親父。しかも、いまになって、お母ちゃんはケチだったからなあ、なんて笑ってさ……」

川村さんは、ひと息に言った。さっき、まくしたてたときとは違う。息が深い。胸の奥の、深いところから声が出ている。

「そんなこと思いだすくせに、ゆうべのことはまったく知らん顔してるんだ。謝るわけでもないし、蒸し返すわけでもないし……まあ、格好悪いから、忘れたふりをしてるのかもしれないけどな」

へへっ、と鼻を鳴らして笑う。

「年寄りの頭の中って面白いよなあ。どんなふうに昔といまが切れたり、つながったりしてるんだろうなあ。ほんと不思議だったよ」

へへっ、へへっ、と笑う声が湿り気を帯びて、くぐもってきた。

青田さんも子どもの頃のことをぼんやり思いだした。カルピスか、ウチはどうだったかなあ、ウチの母ちゃんもケチだったからなあ、と亡くなった母親の、あの頃の顔が、ひさしぶりによみがえった。

「あおちゃん、どうだ、覚えてないか、おふくろの薄ーいカルピス」

「ごめん……忘れた」

でもわかるよ、なんとなくわかる、と付け加えた。

川村さんは、そうか、とうなずいて、ティッシュでハナをかんだ。

空港には予定どおり、フライトの三十分前に着いた。

料金を支払った川村さんは、いったん車を降りたあと、助手席の窓を外からコンコンと叩いた。窓を開けた青田さんに、身をかがめて目の高さを合わせてから、「一つ、忘れてたことがあった」と言う。

「……なに？」

「俺たち、ガキの頃は、べつに友だちじゃなかったよな」

笑って言った。力の抜けた、素直な笑い方だった。どう応えていいかわからない青田さんを、いいんだいいんだ、とかばうみたいに、すぐに続けた。

「でも、いまは、友だちなのかもな、そんなことないのかな、どうなんだろうなあ」

笑顔で青田さんを見て、「よくわかんないな、難しいな」とさらに笑みを深めて、体を起こす。じゃあな、元気で、と声だけ残し、空港ビルに向かって歩きだす。

青田さんはその背中に「また会おうな」と声をかけたが、届いたのかどうか、川村さんは歩きながらスマートフォンを操作していて、なにも応えなかった。

運転席のドアを開けかけた青田さんは、ふう、と息をついて、ロックレバーから指を離した。助手席の窓を閉める。無線機のマイクを口に寄せて「乗務完了、空港から帰社します」と言うと、すぐに富岡くんの「了解しました。安全運転でお帰りください」の返事が来た。

車をゆっくりと発進させた。川村さんは、もう空港ビルの中に姿を消していた。

ホームにて

1

おふくろは猛反対した。

実家に呼びつけられた僕も、「やめといたほうがいいんじゃない？」と言った。本音ではもっと強く、なに考えてるんだよ、まったくもう、とあきれはてていた。

だが、親父の決意は揺るがなかった。

「まだ人生は長いんだぞ」

それはそうなのだ、確かに。「還暦ぐらいで隠居してられるか」――親父の気持ちはわかる、わかるのだが、やはり納得がいかない。

おふくろは僕を振り向いて、ほら、あんたも黙ってないで、と目配せした。しかたない。「家でぶらぶらしててもしょうがないと思うよ、僕だって」と、まずは親父の言いぶんを認めた。実際、親父と同じように定年退職した会社の上司や先輩を見ていると、「これからは趣味に生きるんだ」「やりたいことをマイペースでやっていくからな」と言っていたひとにかぎって、リタイア後はあっという間に老け込んでいた。乾電池が切れたオモチャのように、こてん、と亡くなってしまったひとも少なくない。

でもさ、とつづけた。

「再就職先は、もうちょっと考えたほうがいいんじゃないかな」

親父は高校を卒業してから四十二年間、首都圏の大手私鉄・武蔵野《むさしの》電鉄グループの不動産会社に勤めていた。定年前の三年間は、同じく武蔵野電鉄グループの、いわゆる「孫」にあたるビルメンテナンス会社に出向し、希望すれば定年後も嘱託《しょくたく》として残ることができた。だが、親父はそれを断って、自分で再就職先を見つけてきたのだ。

「いくらなんでも、駅の立ち食いそばっていうのは、唐突すぎる気がするけど」

僕の言葉を引き取って、おふくろも「ウチではお茶もいれないくせに」と口をとがらせる。ついでに言えば、掃除洗濯家事育児いっさいもおふくろに任せきりだった。

親父は「手打ちの本格的なやつじゃないんだから」と笑った。「麺《めん》やツユは本部から送ってくるのを温めるだけだし、天ぷらやコロッケだって、ほとんどできあがってるやつに火を通すだけなんだから、誰だってできる」

僕もそう思う。だからこそ、「なんで?」と首をひねってしまう。

定年後にそば打ちに目覚めたひとの話はテレビや雑誌によく出ているし、現役時代に食べ歩いていた経験を活かしてラーメンやカレーの店を出すひとも、探せば意外とたくさんいるかもしれない。趣味が高じて、というやつだ。僕だってそれならわかる。

だが、親父はいままで、そばに対して特に強い思い入れがあったわけではない。少なくとも、おふくろと僕がそういう話を親父から聞いたことは一度もない。なのに、親父は定年後の再就職先に、そばを出す店を選んだ。しかもそれは、味だの職人の匠《たくみ》の技だのを問うような店ではない。武蔵野電鉄グループの中では、出向先のビルメンテナンス会社と、同格より少し下の「末の孫」——沿線の主要駅に『武蔵野そば』のブランドでチェーン展開している立ち食いそば屋なのだ。

正社員ではない。一年ごとに更新される契約社員で、時給に換算すると、東京都の定める最低賃金に毛の生えた程度しか稼げない。

さらに言えば、どこの駅の店舗に配属されるかもわからない。武蔵野電鉄はいくつもの路線を持ち、営業キロ数は百キロを超える。実家のあるくぬぎ台駅の近くならまだしも、遠い駅の店舗勤務になったら、通勤時間が片道二時間近くになることだってありうる。

定年前の六割の収入を保証してくれるビルメンテナンス会社の嘱託の話を蹴ってまで、『武蔵野そば』を選ぶ理由なんて、いったいどこにある?

それでも、親父に「第二の人生ぐらい、わがままを言わせてくれよ、なあ」としみじみ言われると、黙り込むしかない。おふくろも不承不承《ふしようぶしよう》ながらもうなずいた。

親父はしんみりした顔のまま、つづけた。

「立ち食いそば屋は、そばを食わせるんじゃないんだ」

「……はあ？」

「孝弘《たかひろ》、おまえ、いくつになった」

「三十六」

「会社に入って何年だ？　大学入るときに浪人してるから……十三年か、そうだよな？　じゃあ、少しはわかるだろう」

と、言われても——。

「卓也《たくや》も小学二年生なんだよな」

僕の息子、親父にとっては初孫の話も、いきなり出てきた。

「じゃあ、もっとわかるだろう」

きょとんとしたあと、途方に暮れてしまった僕に、親父は苦笑して、言った。

「とにかく、もう決めたんだから、俺の好きにさせてくれ。わかったな、よし」

話は一方的に終わってしまった。

それが、五年前のことだった。

僕とおふくろの予想を裏切って、親父は『武蔵野そば』の仕事に音を上げなかったし、契約打ち切りにもならなかった。

ただし、もともと器用なほうではなく、六十代では狭い厨房《ちゅうぼう》をてきぱきと動くことも難しい。忙しい朝のシフトからはすぐにはずされ、特急が停まったり別の路線と乗り換えができたりという大きな駅の店舗にも回されなかった。

郊外の店舗を渡り歩いて五年間。収入はほとんど上がらなかったし、この一、二年はさすがに体のあちこちにガタが来ているらしく、腰痛や膝痛用のサポーターが欠かせない。それでも、とにかく親父はクビにはならず、自分から「もうやめた」と言いだすこともなく、立ち食いそば屋の店員としての第二の人生を楽しそうに過ごしている。

そして——。

「孝弘、お父さんな、今度は青葉《あおば》ヶ丘《おか》駅だ」

三月の半ば過ぎ、珍しく酔った声の親父から電話がかかってきた。

「こっちに来るの？」

驚いて訊《き》くと、「ああ。ホームにあるだろ、そこだよ」と上機嫌に言う。「おまえ、食ったことあるか？」

「いや……ないけど」

「旨いんだぞ、青葉ヶ丘のそばは。素人はどこの駅でも同じ味だと思ってるけど、違うんだ、麵やツユは同じでも、水が違うんだ。青葉ヶ丘の水道の水は昔から評判だったけど、やっぱり旨い。ちっとも塩素臭くないし、なめらかなんだよ。だから、そばを茹《ゆ》でても旨くなるんだ。今度試しに食ってみろ」

青葉ヶ丘駅は、我が家の最寄り駅だ。青葉ヶ丘ニュータウンの開発に合わせて、三十年ほど前——僕が小学生の頃に開業した。都心からまっすぐ西に延びる本線から枝分かれした支線の終点にあたる。

「五年もがんばってきたごほうびなのかな、六年目からやっと青葉ヶ丘だ」

親父はうれしそうだったが、僕はうまく笑い返すことができなかった。

青葉ヶ丘ニュータウンの歴史は、親父のサラリーマン人生ときれいに重なる。

若い頃は不動産会社の開発事業部のスタッフとして、青葉ヶ丘ニュータウン計画の予備調査から関わってきた。造成工事の間は土木管理部にいて、役人たちの頭の固さをしょっちゅう愚痴《ぐち》りながら、街の輪郭《りんかく》づくりに励んだ。駅ができたのもその時期だ。

街の形が整って分譲《ぶんじょう》が始まるのと同時に、営業部に異動になった。僕が中学生の頃だ。あの頃の親父はほんとうに忙しかった。ひたすら仕事に打ち込んで、ノルマに追われ、家庭のことはすべておふくろに任せきりで、胃薬や頭痛薬が手放せなかった。

だが、その苦労が報われたとは、僕にはとても思えない。

もともとの計画では、支線はさらに延伸してJRとつながるはずだったのだが、ニユータウンの人口が思ったように増えなかった。開発当初の高級志向が裏目に出てしまったのだ。テコ入れで分譲価格の引き下げや土地の再分筆なども進めたが、それでかえって街のブランドイメージを損ねてしまった。典型的な悪循環——ニュータウン開発の失敗例として青葉ヶ丘の名前は語り継がれることとなった。

企業や大型商業施設の誘致も失敗つづきで、そこにバブル崩壊後の長い不況がとどめを刺した格好になって、数年前に正式に延伸計画の中止が発表された。支線は行き止まりの、いわゆる「盲腸線《もうちようせん》」になってしまったのだ。

「駅の桜はどうだ？　都心より少し寒いから、まだつぼみっていうところだろう」

「そうだね、あと十日ぐらいはかかるんじゃないかな」

「じゃあ、俺が青葉ヶ丘の店に来る頃が、花見のいちばんいい時期だな」

親父はほんとうに上機嫌で、うれしそうだった。僕の相槌《あいづち》が途中から少しずつ沈んでいったことにも気づかなかった。

十年ほど前に青葉ヶ丘の建売住宅をローンで買ったとき、おふくろはいい顔をしなかった。ストレートに親父のことを持ち出すわけではなくても、わざわざ青葉ヶ丘にしなくても……という本音は遠回しに伝わったし、僕もそれを忘れていたわけではない。

ただ、予算との兼ね合いで青葉ヶ丘の物件が最も条件がよかった。無理をすればもう少し都心に近い街の物件も狙えたが、こんなご時世に背伸びをしてローンの負担を増やすことは、やはりできない。

「青葉ヶ丘は評判いいんだよ」と僕はおふくろに言ったのだ。ほんとうは、同じ居間で黙って新聞を読んでいた親父に向けた言葉だった。

「計画どおりにはいかなくても、結果オーライってこともあるんじゃないかなあ」

不動産情報誌の切り抜きを見せた。青葉ヶ丘は「お買い得感のあるニュータウン」として紹介されていた。

もともと高級志向で開発されただけに街並みの雰囲気は悪くない。一区画ずつの敷地は広く、道幅も広い。電線を地中に巡らせているので電柱がないし、ガードレールの色やデザインも落ち着いていて、緑地も充分に確保されている。

その一方で、物件の相場は高くない。地価は都心からの遠さに見合った安さだし、建売住宅の価格も抑えられている。

開発当初は注文建築の戸建て住宅が大半になるのを前提に、塀の高さや壁の色合いなど、住民憲章として細かく制限を設けていたが、結局それは有名無実化してしまった。何度か改正された憲章はどんどん緩くなっていき、第一期分譲から十年もしないうちに廃止された。僕が引っ越しを決めた頃の青葉ヶ丘の主流は、大手ハウジングメーカーの建売住宅――それも、グレードで言うなら「中の下」クラスから、せいぜい「中の上」までだった。

「要するに、ふつうのサラリーマンの身の丈《たけ》に合わせた街になったんだよ」

「ふつうのサラリーマン、ねえ……」

おふくろは寂しそうだった。第一期分譲のときに掲げられた広告の惹句《じゃっく》が〈薫風《くんぷう》わたる羨望《せんぼう》の邸宅街、堂々の誕生〉だったことを思いだしたのかもしれない。

「もう時代が違うんだよ。昔みたいに右肩上がりで、行け行けドンドンじゃないんだから、背伸びをしてローンを組むのなんて、おっかないって」

「そうかもしれないけど……もしアレだったら、少しだけでも頭金を手伝ってあげようか？」

よほど青葉ヶ丘と縁を持ちたくないのだろう、おふくろは真顔で言って、「ねえ」と親父にも声をかけた。「生前贈与っていうんだっけ、そういうのもあるのよね？」

親父は新聞から目を上げずに、「孝弘の好きにすればいいんだ」と言った。「横からよけいなことを言うな」

新聞をめくる。少し荒っぽいしぐさになったのは、読んでいたのが、ひいきのプロ野球チームが連敗した結果を伝えるスポーツ欄《らん》だったせいなのか、そうではない理由だったのか、たぶん両方だったのだろう。

　親父はそれ以上はなにも言わず、実家をひきあげる僕を黙って見送った。ただ、おふくろがあとで教えてくれた。僕が置いていった切り抜きをしばらく黙って見つめていた親父は、「お買い得か……」とつぶやいて、静かにそれを丸めてゴミ箱に捨てたのだという。

　いまなら、あの頃よりはもう少し深く、親父の気持ちがわかる。

　苦戦つづきだった営業マン時代、親父はきっと「お買い得」という言葉は一度もつかわずにお客さんに接していたのだろう。


　青葉ヶ丘に住んでから、親父とおふくろは数えるほどしか我が家には来なかった。

　疎遠になっていたわけではない。実家には、妻の絵里《えり》と一人息子の卓也を連れて、年に何度も顔を出している。

　僕が「ウチに遊びに来る？」と誘うと、決まっておふくろが「だったらウチにおいでよ」と言うのだ。「絵里さんに気をつかわせると悪いから」

　確かに、絵里にとっては、舅《しゅうと》と姑《しゅうとめ》を我が家に招くよりも客として訪ねるほうが、少しは気が楽だろう――というのを口実に、親父に青葉ヶ丘を見せたくないおふくろの本音には気づかないふりをして、「じゃあ、そっちに行くよ」と応えてきた。

おふくろの気持ちは、僕にも痛いほどよくわかる。

青葉ヶ丘は、決して悪い街ではない。

だが、働き盛りの頃をほとんどまるごと、この街のために費やしてきた親父の苦労が報われたかどうかを考えると、僕はあの日の親父と同じように、うつむいたまま、新聞を乱暴にめくるしかないのだ。

2

四月になった。

三月の終わりが見頃だった駅前の桜は、満開のタイミングを狙いすましたように降りつづいた冷たい雨のせいで、今年はほとんど楽しめなかった。

だが、親父は『武蔵野そば』の休憩時間になると駅の外に出て、花の散り落ちたあとの桜並木を、遊歩道のベンチから気持ちよさそうに眺めている――と、絵里に聞いた。

買い物の行き帰りにときどき休憩中の親父を見かけて、たまに声をかけて話もするのだという。

「休み時間は白い調理服の上にジャンパーを羽織《はお》ってるんだけど、ゴムの長靴や白い帽子はそのままだから、ほんと、知らないひとが見たら、年季の入ったおそば屋さんの大将って感じなの」

たとえ畑違いの第二の人生でも、五年間もやっていれば、それなりに板についてくるのだろう。食べ物を扱う仕事だからという理由で、長年ヘビースモーカーだった煙草《たばこ》もきっぱりやめた。おふくろはそれをなにより喜んでいるし、絵里も「定年前よりもずっと元気そうで、若返ったみたいよ」と言う。

「仕事は、ちゃんとやってるのかなあ」

「だいじょうぶでしょ」

「うん……」

「気になるの？」

いたずらっぽく訊かれたので、あたりまえじゃないか、とムッとしたが、絵里はさらにいたずらっぽく、からかうような表情と口調でつづけた。

「お義父《とう》さんも同じこと言ってたのよ、このまえ。孝弘は仕事をちゃんとやってるのかなあ、って」

「……よけいなお世話だよ」

しかめっつらだけではおさまらず、舌打ちもしてそっぽを向いた。

絵里は取りなすように「そんなに怒らなくてもいいじゃない」と苦笑した。「いくつになっても、息子は息子なんだから」

わかっている。若い頃——まだ僕が社会人になりたてで親父も現役だった頃は、酒の飲み方からネクタイの柄《がら》に至るまで、口うるさく言われていた。父親というより、社会の大先輩のつもりだったのだろうか。仕事の忙しさや難しさを愚痴る僕に、親父は懐かしそうに相槌を打つか、「ひよっこが生意気言うな。おまえも二十年三十年やっていけばわかるんだ」と上司の味方につくか、いずれにしても先輩の余裕を見せて笑っていたのだ。

「親父、青葉ヶ丘のこと、なにか言ってたか?」

「いろいろ教えてくれたわよ。ほんとうはあそこにオフィスビルができるはずだったとか、あそこにはツインタワーのマンションを建てようと思ってたとか、いろいろ」

駅前には空き地がたくさんある。街ができて以来手つかずの区画もあれば、すでに時代がひとめぐりして建物が取り壊された更地もある。駅を囲む建物も、いかにも安《や》普請《ぶしん》のディスカウントストアだったり、消費者金融の看板で埋め尽くされたビルだったり、テナントがしょっちゅう入れ替わったすえに、一階がもう何ヵ月も空き店舗になっているビルだったり……十年ほど前に「お買い得」だった街は、どんどん値崩れをつづけたすえに、もはや買い手すらつかなくなってしまった、ということなのだろう。

「愚痴こぼしてるのか、親父」

「ううん、そんなことない。けっこうさばさばして、懐かしそうだったよ」

親父をかばってくれているのかと思ったが、絵里は真顔で「お義父さん、懐かしそうだったし、うれしそうだった」と言った。

僕は首をひねる。懐かしさはともかく、うれしさがあるというのが信じられない。こんな街になってしまったのに。家庭を犠牲にしてまで取り組んできた仕事は、結局「負け」で終わってしまったのに。

絵里は、あなたの言いたいことはわかるけどね、という顔でうなずいて、つづけた。

「少しぐらい出来が悪くても、子どもが一人前になったら、やっぱりうれしいでしょ。いまのお義父さんの気持ちって、それと似てるんじゃない？」

「いや、でも……」

言い返しかけたが、その前にため息が漏れた。気を取り直し、親父が落ち込んでないんだったらそれでいいや、と自分に言い聞かせて話を変えた。

「親父のそば、今度食べてやれよ」

「わたしが？」

「うん。べつに歩合制っていうわけじゃなくても、顔を合わせて、話もしてるんだったら、やっぱりそばを食べてやったほうが親父も喜ぶだろ。あそこのスタンドは改札の中と外で仕切りがついてるから、外の客も入れるだろ」

「でも、一人で立ち食いそばに入るって、ちょっとハードル高いなあ」

「じゃあ、卓也を連れて行ってやれよ。あいつ、立ち食いそばなんて初めてだろ。面白がるんじゃないか？」

「だって、昼間は学校があるでしょ」

「夕方でいいんだよ。夕方のそばなんておやつみたいなもんだ、中学生なんだから」

受け答えの鈍さに少しいらいらしたが、絵里は逆に、僕の察しの悪さを咎《とが》めるように、口調をあらためて「夕方はだめよ」と言った。

なんで……と訊きかけて、やっと気づいた。ああそうか、そういうことか、とうなずくしぐさにため息も交じる。

卓也は、この春の中学受験に失敗した。高望みだった第一志望はもとより、合格確実のはずだった本命にも落ちてしまった。

僕や絵里は地元の公立でまったくかまわなかったのだが、本人は親が思っている以上にショックを受けていて、青葉ヶ丘の街なかに出たがらなくなってしまった。特に夕方の外出を避けている。本人ははっきりとは言わないが、都心の私立に通っている友だちと出くわしてしまうのが嫌なのだろう。

「それに、やっぱりあなたが行ったほうがいいんじゃない？」

「俺は無理だよ」

たいして戦力にならない親父のシフトは、午後から夕方まで――毎朝七時前の快速電車で会社に向かい、帰りは終電がほとんどの僕とは、完全にすれ違いだ。

「たまには午後から年休とってもいいんじゃないの？」

僕はまたしかめっつらになり、「そういうものじゃないんだよ、仕事は」と吐き捨てた。

無理をしなくても半日ぐらいの休みはとれる。

というより、残業を連日つづけることのほうが、むしろ無理をしている。

四月になって直属の上司が替わった。新任の部長は、僕より入社年度が三期下の男――要するに年下の部長に課長として仕える立場になってしまった。

四十一歳で課長というのは、同期入社の中で特に見劣りするわけではない。ただ、後輩が直属の上司になってしまったのは、僕だけだった。

おととしからの不況で大きな打撃を受けた会社は、立て直しと同時に世代交代を一気に推し進めた。その象徴として課長から部次長を飛ばして抜擢《ばってき》された新任の部長は、確かに優秀だった。僕のこともきちんと立ててくれている。後輩の同僚として付き合うなら、これほど頼りがいのある男はそういないだろう。気分のいい奴だ。認める。頭の回転も速いし、馬力もある。これも認める。まだ業績をあげる段階には至っていないが、不況で沈んでいたスタッフの士気は明らかに高まっている。このことも、「課長のフォローのおかげですよ」と言ってくれる気配りも含めて、やはり彼の力なのだろう。

頭越しの抜擢人事がありそうだという噂が流れた時点では憤然《ふんぜん》としていた同期の連中も、あいつが部長になるんだったら納得するしかないな、という様子に変わった。

僕自身、冷静な目でみれば、そう思う。

それが悔しい。派閥だのコネだのゴマすりだので決まった人事も悔しいが、まっとうすぎる形で年下に追い越されてしまうことにも、また違う悔しさがあるのだと知った。

理不尽《りふじん》な人事なら、恨みや憤《いきどお》りをぶつける先がある。愚痴をこぼすこともできるし、相槌を打ってくれる味方にも事欠かないだろう。なんの意味もない繰り言だとしても、自分を被害者にしてしまえば、とりあえず楽になる。だが、いまの僕にはそれすらできない。

だから、ひたすら働く。仕事をどんどん抱え込んで、昼間は外を駆け回り、夜はオフィスで最後の一人になるまでパソコンに向かう。

「意外だったな」

同期の連中と飲み会をしたとき、一人に言われた。「俺なら、やる気をなくして、すねちゃうけどな……」

僕も最初はそう思っていた。だが、そんなことをしたら負けに負けを重ねるみたいで、自分がもっとみじめになってしまう。

「一発逆転を狙ってるのか？」とからかうように訊いてくる奴もいた。「オレさまの真の実力を見せてやるーって」

僕は苦笑いを浮かべて、かぶりを振る。局長や役員に仕事で評価されたいという気持ちがないと言えば、嘘になる。だが、そのためにがんばっているというわけでもない。

「なんか、意地を張ってる感じするよ」とも言われた。「横から見てると、ちょっとイタいんだよなあ」

僕はそっとため息をついて受け流す。

なぜこんなに働くのか――。

うまく言えない。自分でもよくわからない。

「まあ、どっちにしても、これで俺たちの世代が見捨てられることは間違いないだろうな」

誰かが言った。「人数だけ多くても、若い奴らみたいにパソコンやネットをものごころついた頃から使いこなしてるわけじゃないし、そもそも厳しい競争に向いてない世代だし……」

僕たちの入社はバブルの終わり頃だった。売り手市場の大量採用にぎりぎり間に合った。それがいま、裏目に出てしまっているわけだ。

「でもなあ、会社に入ってからはずーっと不景気で、いいことなんかなにもなかったぜ、俺たち」「ろくに苦労もせずに会社に入れただけでも幸せなんだってさ、若い奴らに言わせると」「苦労してないのは俺たちのせいじゃないんだけどなあ」「でも、苦労するのもあいつらのせいじゃないんだし」「結局、俺たちが負け組の世代になるってことなのか」「世代のせいにするなって。個人だよ。自分に力があれば上に行けるし、なかったら捨てられる、それだけのことだろ？」「きれいごと言うなよ。じゃあ、俺たち、自分の力をちゃんと発揮できたのか？　若い頃なんて、ぜんぶバブルの後始末だったじゃないか。敗戦処理をいくらやってもアピールなんかできないだろ」「言われたことをただこなしてるだけじゃだめなんだってば」「言われたこと以外のことを勝手にやってＯＫなんだったら、組織なんてなんのためにあるんだよ」「屁理屈言うなって」……。

酒の酔いが回っても、さっぱり気勢があがらない。

そして誰かが、泣き言の仕上げのように言うのだ。

「負けたんだな……」

うなずく奴は誰もいなかったが、反論の声もあがらなかった。

終電で青葉ヶ丘駅に帰り着くと、シャッターの降りた『武蔵野そば』を横目に見ながら、改札に向かってホームを歩く。親父が厨房でどんなふうに働いているのか、想像ができるようでできない。想像したくないのかもしれない。

学歴が高くなかった親父は、年下の連中に昇進で先を越されたことは何度もあったはずだ。直属の部下になってしまったこともあるだろう。

そのとき親父はなにを思っていたのか。

訊いてみたいからこそ――決して、訊きたくはない。

3

「ねえ……ちょっと」

五月半ばの日曜日、朝刊を手にした絵里に起こされた。

「これ、お義父さんなんじゃないの？」

「……うん？」

「お義父さんのこと、新聞に出てる」

「はあ？」

驚いて起き上がると、絵里は「ここよ、ここ」と記事の場所を指差しながら、新聞を差し出した。

新入社員や転職したばかりのひとたちが五月病になってしまうのを防ごう、というテーマの企画記事だった。

その中に、読者投稿のエッセイが載っていた。書き手はSさんという三十代の男性会社員で、『立ち食いそばの奇跡』という見出しがついている。

Sさんは、去年の暮れから仕事でトラブルが相次いだせいで、心身ともにすっかり疲れ果てていたのだという。

年度末で忙しさがピークに達した三月の終わりに、体がついにSOSを発した。目覚まし時計が鳴っても、体が鉛のように重くてベッドから出られなかったのだ。必死に自分を奮い立たせて昼過ぎに家を出たものの、自宅の最寄り駅にたどり着くのがやっとだった。会社に向かう気力は尽きていた。「休んでもいいんだ、休んだほうがいいんだ、休むべきなんだ、休まなければならないんだ」と理屈ではわかっていても、ホームの端《はし》にたたずんだまま、改札に引き返すことができない。

死を考えた。いや、「考える」という余裕すらなく、ただぼんやりとホームの下の線路を見つめて、もういいや、もういいや……と心の中でつぶやいていた。駅のアナウンスが、間もなく通過電車が来ることを告げた。つぶやきが変わった。ああ、そうか、そうすればいいのか……。

電車が近づいてきた。頭がくらくらして、足元がふらついた。

そのときだった。ホームの立ち食いそばのスタンドから漂ってきたツユの香りに、ふと我に返った。と同時に、急におなかが空いてきて、朝からなにも食べていないことも思いだした。

引き寄せられるようにスタンドに入り、かけそばを注文したら、卵入りの月見そばが出た。「間違いですよ」と店員に言うと、おじいさんと呼んでもいいような年配の店員は、「サービス」とぶっきらぼうに言った。きょとんとするSさんをよそに、そのおじいさんは洗い物に取りかかりながら、もっとぶっきらぼうにつづけた。

「体が温まったら、休む元気も出てくるさ」

おじいさんはSさんを見ていたのだ。ホームにたたずむSさんの姿から、自殺のサインをも読み取っていたのかもしれない。

Sさんは、エッセイをこんなふうに締めくくっていた。

〈そばは温かくて美味かった。カツオのだしがきいたツユのしょっぱさが胸に染《し》みた。

途中で鼻水が垂れてきて、涙まで勝手に出てきた。ツユの最後の一滴まで飲み干して、どんぶりをカウンターに置くと、「よし休もう、明日からのために今日は休むんだ」ときっぱりと決められた。おじいさんの言っていた「休む元気」とは、こういうことだったのだろう。

私は家に帰って、ベッドにもぐりこんで、夕方までぐっすりと眠った。こんなによく眠れたのはひさしぶりのことで、目覚めたときには死の誘惑はすっかり消えていた。

おじいさんは朝の通勤時間には店に出ていないので、お礼を言おうと思いながら、なかなか会えなかった。四月になってようやく仕事が一段落したので休みをとって昼過ぎに駅に行ってみたが、もうおじいさんは別の店舗に異動したとのことだった。

本気で捜せば、見つけられるだろう。それでも私はあえて、そのままにしておくことにした。あのおじいさんは、もしかしたら、一人のサラリーマンの命を救うために現れた幻だったのかもしれない。

仕事に行き詰まっている人、悩んでいる人、疲れ切って、死ぬことさえ考えている人……みんなに「あなたの駅の立ち食いそば屋さんに寄ってごらん」と言ってあげた

い〉

絵里は「どう？　お義父さんのことだと思わない？」とはずんだ声で訊いてきた。

僕は「どうだろうなあ……」と首をかしげて新聞を置いた。エッセイには店や駅の名前は書かれていない。確かに「市」までは出ていたSさんの住所は、『武蔵野そば』を展開している武蔵野電鉄の沿線ではある。「おじいさん」のような店員も、そう多くはないだろう。ぶっきらぼうな態度も、なんとなく親父を彷彿《ほうふつ》させる。それでも、この程度の材料で、親父だと決めつけるのは、さすがに無理スジというものだろう。

だが、絵里は僕を起こす前に、ネットで調べていた。『武蔵野そば』には三十を超える店舗があるが、そのほとんどは、改札外——つまり、武蔵野電鉄の電車に乗らなくても利用できる場所にある。

「でも、このエッセイだと、お店はホームにあるんだよね」

「うん……そうだな」

「ホームにお店がある駅は、五つしかないの」

五つとも調べてみた。すると、それはそのまま——改札の内外から利用できる青葉ヶ丘駅店も含めて、親父が配属された店舗に重なる。

「朝は店に出てないっていうのも同じだし」

「……うん」

「だから、やっぱり、このエッセイに出てる店員さんって、お義父さんじゃない？」

確かに、言われてみれば、そう考えるのが一番自然のような気がする。

けれど、「そうだな」とは言えない。

「なんで？」

絵里は不服そうに言った。「わたしは、その店員さんがお義父さんだったら、うれしいけど……あなたは、そうじゃないの？」

僕は黙り込んでしまう。

「別人のほうがいいの？」

なにも答えられない。

無言のままの僕に焦れた絵里は、「じゃあ、本人に訊いてみる」と言った。「それがいちばん確実よ」

ちょっと待ってくれ――と言う前に寝室を出てしまった。リビングから、僕の実家に電話をかけるのだろう。

僕は、やれやれ、とため息をついてベッドから出る。

自分でもよくわからない。確かに、親父のことかもしれない、とは思っているのだ。だが、それをすんなりとは受け容れられない。絵里の言うように、親父ではないほうがいいと思っている……のかどうかも、わからない。

服を着替えていたら、絵里が寝室に戻ってきた。しょんぼりとした顔で、「違ってた」と言う。「お義母《かあ》さんが電話に出たから、お義父さんに訊いてもらったんだけど……そんなことはしてない、って……」

そうだろ、と僕は苦笑いでうなずいた。

だが、心の中では逆に、やっぱり親父のことだったんだな、と確信を持って思った。

絵里は、朝食を終えた卓也にもエッセイを読ませた。「おじいちゃんみたいなひとが出てくるのよ」「そっくりさん?」「うん、他人は他人みたいなんだけどね、でも似てるの」「ふうん」「まあとにかく読んでごらん。ほんとにおじいちゃんみたいなんだから」……。

意外と絵里も未練がましい。そして、ふだんは「お義父さんって無口だから、なに考えてるのかわからなくて」とぼやくくせに、意外と親父の言葉をあっさり信じている。

親父は確かに口数が少ない性格で、前へ前へと出るのを嫌うひとでもある。不器用と言えば不器用だし、勤勉で実直ではあっても、決して目端の利く優秀なサラリーマンではなかったのだろう、と——僕自身が社会に出て、少しずつわかってきた。だからこそ、エッセイに出ていたそば屋のおじいさんは親父だ、と思う。

思うからこそ、ひたすら仕事に追われて家族のことなど顧《かえり》みなかった親父が、見ず知らずのSさんを「休む元気」という言葉で励ましたなどというのは、認めたくない。

認めたくないからこそ、ほんとうは、胸の奥の奥の奥にひっそりとある本音では——Sさんのことを、うらやましいな、とも思っているのだ。

卓也がエッセイを読み終えた。中学生になったばかりなのだから、さすがにまだこのエッセイのテーマを身に染みて感じるのは難しいだろうと思っていた。

ところが、卓也は、「おじいちゃんと似てるでしょ？」と訊く絵里には生返事をするだけで、広げた新聞を見つめたまま、つぶやくように言った。

「このひとの気持ち、なんとなく、わかる……」

僕と絵里は思わず顔を見合わせた。

「読んでたら、おそばが食べたくなったんでしょ。お母さんもそうだったの。お昼、おそばにしようか」

絵里はぎごちなく笑いながら言った。

僕も「そうそうそう、『月見』の卵が温まって、ちょっと白っぽくなったところがまた美味いんだよな」と大げさにうなずいた。

卓也は、まあね、と付き合いのように頬をゆるめて、やっと新聞から目を上げた。

「青葉ヶ丘の『武蔵野そば』、六年生のときに食べてる友だち、いたよ。『チャレンジセミナー』だと、夕方になにか食べとかないと途中でおなか空いちゃうから」

青葉ヶ丘にも進学塾はいくつかあるが、中堅校狙いがせいぜいというレベルの教室ばかりだった。難関校を目指す子は、首都圏でも有数の進学塾『チャレンジセミナー』に電車で通っていた。

「『武蔵野そば』って、いなり寿司とかおにぎりもあるんだよね。あと、天ぷらを半分サクサクで食べたあと、残りはツユにひたしてフニャフニャにしてから食べるとか、卵はそのまま食べるほうが美味《おい》しいとか、かき混ぜたほうがいいとか……みんな、けっこう盛り上がってたんだよね」

Sさんのことから話がそれた。

それでも、根っこのところは同じなのかもしれない。

『チャレンジセミナー』に通っていた友だちは全員、第一志望の学校に合格した。やはり受験指導についてはたいしたものなのだ。

卓也もほんとうは『チャレンジセミナー』に通いたがっていたが、帰りが遅くなるのを案じた僕と絵里が、地元の塾に行かせた。そのせいで受験に失敗したとは思わない。ただ、後悔は残った。卓也自身が恨みがましく言わないぶん、その後悔は、受験から三ヵ月以上たったいまも、薄れはしても消えてはいない。

卓也は「じゃあ、勉強するね」とリビングを出て、自分の部屋に入ってしまった。いつものことだ。日曜日の午前中は、ラジオの英会話講座をタイムシフトで聴いている。午後からは勉強したり、本を読んだり、ゲームをしたりで、外へはあまり遊びに行かない。日曜日は、私立中学に通っている友だちとばったり出くわしてしまうかもしれないから、なのだろう。

「意外とがんばってるんだな、英会話」

なるべく軽い声をつくって、絵里に言った。「ゴールデンウィークあたりで飽きちゃって、挫折《ざせつ》するかと思ってたけど」

「お父さんにはまだ内緒にしてててって言われてるんだけど……あの子、アメリカに留学したいんだって」

高校時代か、できれば中学のうちに、ホームステイをして向こうの学校に通いたいのだという。だから英語を独学でがんばっている。他の教科も、参考書を使って、授業よりずっと早いペースで進めている。

僕は黙ってうなずいた。驚きや戸惑いはない。目標を立てて努力している息子を頼もしく思う気持ちもない。胸にあるのは、ただ、やるせなさだけだった。

「ちょっと意地になっちゃってるんだろうね」

絵里も寂しそうに笑う。「私立に受かった友だちをどこかで逆転しないといけない、って思ってるんだろうね」

「最初のうちだけだよ。まだ中学校にも慣れてないんだし、新しい友だちと遊ぶようになったら吹っ切れるさ」

絵里はなにも応えなかったが、僕はかまわず出かける準備に取りかかった。今日も会社に出る。昨日の土曜日もそうだった。仕事はいくらでもある。やらなくてもいい仕事をどんどん抱え込んで、ひたすら働くことでしか、僕は後輩の上司に仕える自分の「負け」を忘れられない。

だから――。

せめて卓也には、「負け」を背負い込んだままでいてほしくはないのだ。

「ドライブ、最近ずーっと行ってないね」

絵里がぽつりと言った。

「……卓也も、もう親と一緒に遊びに行くような歳じゃないだろ」

ずるい言い方をしている。自分でも思ったから、玄関のドアを後ろ手に閉める音が、ふだんより耳障《みみざわ》りに響いた。

我が家から青葉ヶ丘駅までは徒歩十五分――その道のりのほとんどが、夜には街灯の明かりだけが頼りになってしまうとは、ニュータウンを開発した頃の親父たちは夢にも思っていなかったはずだ。

空き地が多い。あと何年待っても、その空き地すべてに家が建つことはないだろう。計画どおりに家が建ち並んでいたなら、塾から帰る卓也を心配することもなかった。『チャレンジセミナー』に通わせていれば、受験もうまくいったかもしれない。

もちろん、それを言い出せばきりがない。絵里が車の免許を持っていれば卓也を駅まで迎えに行けた。そもそも、僕が毎晩もっと早く帰宅できれば、迎えに行く役目は僕でよかった。その前に、予算的に少し無理をしてでも、もっと駅から近い物件を買っていればよかった。

いまさらなにを言っても遅い。わかっているのに悔やんでばかりいる。少し――かなり、疲れているのだろうか。

空は青く晴れわたって、サラッとした風がおだやかに吹いている。文字どおりの五月晴れだった。そういえば、朝のニュースで「絶好のお出かけ日和《びより》になりました」とお天気キャスターが言っていた。こんな日に家族でドライブに出かけたら、さぞ気持ちがいいだろう。近場でもいい。のんびり昼寝をしてから、散歩がてらショッピングセンターに出かけるだけでも楽しい日曜日になるだろう。そしてそれは、僕自身が「今日は休もう」と決めてしまえば、簡単に叶えられるはずなのだ。

だが、僕は駅に向かって歩きつづける。黙々と、うつむいて、歩く。なんのために、とは問わない。考えを巡らせるのが億劫《おっくう》だった。足取りが重いのか軽いのかもわからなくなっている。

エッセイを書いたSさんも、あの日、こんなふうに駅に向かっていたのかもしれない。


朝十時の駅は、休日でも閑散としていた。

いつものように、跨線橋《こせんきょう》の階段を上る前に『武蔵野そば』をちらりと見たら、店内がなにか騒然《そうぜん》としていた。背広姿の男たちが何人もいる。いかにも及び腰といった様子でひどくあわてながら、厨房にいる店員に声をかけている。

怪訝《けげん》に思って足を止めると、「社長、困ります」という声が店内から聞こえてきた。

「もういいから、ほら、早く出て行け。そばも食わんのに店の中にいられたら、お客さんの迷惑だろう」

応えたのは、年配の店員だった。すっかりはげた頭に、いま、白い調理帽をかぶったところだ。親父と似たような年格好だが、親父よりずっと貫禄があって、どこかで見覚えもある。

背広姿の男たちは、身を縮めながら店の外に出た。Tシャツにジーンズの若い男が一人交じっている。彼が本来の店員なのだろう。

思いだした。厨房に立っているのは『武蔵野そば』をチェーン展開している会社の社長だ。たしか、名前は落合《おちあい》という。この四月に就任したばかりで、就任にあたってのいきさつが話題になって、新聞やテレビのニュースでも大きく取り上げられていたのだ。

もともと落合社長は、武蔵野電鉄グループの中枢にいた。若い頃から頭角を現していたやり手で、電鉄部門か観光・ホテル部門のトップに立つのが確実視されていた。そんな落合社長が、グループ企業の中で傍流も傍流、本社から見れば「末の孫」程度の位置付けになる『武蔵野そば』の社長に就任したことで、さまざまな憶測が流れた。経営陣の派閥争いに敗れたのではないか、健康に問題があるのではないか、いや逆に、『武蔵野そば』を総合外食産業として拡大展開していく野心があるのか……。

本人は新聞やテレビの取材で、それらの憶測をすべて否定した。三十代の一時期、電鉄本社から『武蔵野そば』に出向していたことがあったらしい。将来の幹部候補生としての研修の一つだったのだが、若き日の落合社長はデスクワークだけでは飽きたらず、自ら望んで厨房に立ち、そばを茹でた。『武蔵野そば』の客、すなわち駅や鉄道の利用客とじかに触れ合ったことは、いまでも大きな財産になっている。その恩返しをしたくて、ファストフード店やコンビニに押されどおしの『武蔵野そば』のテコ入れのために社長に就いたのだという。

正直に言って、ちょっときれいごとすぎるよな、という気はした。キナ臭い真相をごまかしているだけだとも思っていた。だが、こうして周囲を困らせても厨房に立ちたいというのは、やはり、思い入れがあるのだろう。遠目には調理着姿が意外とさまになっているようにも見える。

落合社長は新聞の切り抜きをカバンから取り出して、客にも見えるように冷蔵庫にマグネットで貼った。

どんな記事か気になって、迷いながらも店に近づいていった。この距離では記事の中身まではわからない。ただ、大まかなレイアウトからすると、もしかしたら……。

近づきすぎた。「いらっしゃいませ！」と思いのほか威勢のいい声をかけられた。逃げられない。しかたなく、かけそばの食券を買って店に入った。

4

冷蔵庫に貼られていたのは、やはりSさんのエッセイの切り抜きだった。

落合社長も僕の視線に気づいて、そばを一玉入れたテボザルを寸胴鍋のお湯に浸けながら「いい話でしょう」と言った。「今朝の新聞に出てたんです」

「ええ……読みました」

そうですか、と頬をゆるめた社長は、丼を手に取って、鍋のお湯にさっとくぐらせた。

初めて見る手順だった。意外そうな顔になったことにも気づいたのだろう、社長の表情はいっそうゆるんだ。

「丼をちょっと温めるだけで全然味が違うんです。お客さんが立て込んでて忙しいときには対応できないんで、マニュアルにはないんですけど、手の空いているときぐらいは、この程度の一手間はかけさせてもらわないとねえ」

丼の外側についたお湯を布巾でぬぐうと、すぐさま寸胴鍋からテボザルを引き揚げる。湯切りの手つきはぎこちなかったが、たちのぼる湯気でメガネが曇ってもかまわず、お湯のしぶきが腕に散っても熱がるそぶりは見せず、丁寧《ていねい》に湯を切っていく。湯切りのすんだそばを丼に移し、ツユを張る。薄切りのカマボコを一枚、薬味のネギを少々、そして、ごくあたりまえの手つきで、生卵を割り入れた。

「あの……月見じゃなくて……」

あわてて言いかけると、待ってましたという顔で「サービスです」と答えた。Sさんのエッセイに出てきたおじいさんの店員と同じ——含み笑いには「わかるでしょう？」という茶目っ気もこもっているのだろう。

ツユを一口啜《すす》った。丼の縁《ふち》が温まっているので、くちびるに伝わる感触がなんともいえずやわらかい。

顔を上げると、「お客さん、日曜日でも仕事ですか」と訊かれた。

「ええ……」

「青葉ヶ丘にお住まいなんですか」

うなずくと、「じゃあアレですよ、仕事が早く終わる日があるなら、平日の夕方あたりにおそばを食べに来てください」と言う。「いまと同じように丼を温めてくれるはずだし、とにかく元気が出ますよ」

「……そうなんですか？」

「ええ、そりゃあもう」自分のことのように胸を張る。「新聞の切り抜きに出てた立ち食いそばのおじいさん、いま、ここの店で働いてるんですから」

親父のことを知っているのか——？

「ああ、ごめんなさい、よけいなおしゃべりしてるとそばがのびちゃいますよね」

さあ食べてください、と手振りでうながされた。

そもそも腹が減っていて店に入ったわけではなかったのだが、そばというのは融通の利く食べ物で、箸を動かしているだけでもズルズルと口の中に入っていき、ほとんど嚙まなくても喉を滑り落ちていってくれる。卵は温まりきる前に、黄身をくずさずに一口で啜り込んだ。それが僕の好みだ。卓也はどうだろう。さっき訊いておけばよかった。

そばは食べきったが、さすがにツユは残して、丼を返却コーナーに置いた。セルフサービスの冷水を飲んで、口の中の塩辛さと胸の奥のためらいを洗い流してから、僕は言った。

「ウチの親父なんです」

「え？」

「エッセイに出てたおじいさんの店員さん、ウチの親父なんです」

ぽかん、と穴が開いたような沈黙がしばらくつづいたあと、落合社長はあらためて僕を見つめた。いままで会ったことはないはずなのに、ひどく懐かしそうなまなざしになっていた。

そして、社長は自分の正体を明かし、Sさんのエッセイを読んでむしょうに厨房に立ちたくなったんだとも言って、「それも、ここの店じゃないと意味がないんだ」と自分の決心を嚙みしめるように、きっぱりとした声でつづけた。

「ずうっと昔、私は、ここの店の厨房にいたんだ」

一戸建てやマンションの分譲が思うように進まず、新たな土地の造成や企業の誘致も失敗つづきで、「このままでは青葉ヶ丘はゴーストタウンになるぞ」と噂されていた頃――いわば、街が「負け」つつあった頃の話だ。

「きみの親父さんは、ウチの常連だった」

不動産営業の最前線にいた親父は、なんとかこの状況を打開しようと、必死に働いた。朝一番の電車で青葉ヶ丘に来て、終電まで埃《ほこり》っぽい街を駆けずり回っていた。駅前にコンビニはない。食堂もない。朝、昼、晩の三食をすべて『武蔵野そば』ですませることも珍しくなかったという。

電鉄本社の若きエリートとして沿線開発を担当していた社長は、自ら『武蔵野そば』の厨房に入って、青葉ヶ丘ニュータウンの現状や課題をこの目で見つめてきた。

「立場は違っても、私も彼も、青葉ヶ丘をなんとかしたかった。その思いが同じだったから、そばを食ってる短い間にいろんな話をしたり、情報を交換したりしてきた」

僕の写真も見せてもらったことがある――という。

「親父さん、家族の写真をいつも持ち歩いてたんだぞ。きみのこと、しょっちゅう自慢してたなあ……でも、遊びに連れて行ってやれないのがつらいって、ときどき愚痴もこぼしてた……」

社長はホームに目をやった。横顔に宿っているのは、懐かしさだけではなくなっていた。

僕は想像する。

冬の夜、冷え冷えとしたホームでそばを啜る、いまの僕よりも若い親父の姿を。丼からたちのぼる湯気に顔を埋め、鼻を赤くして、親父は黙々とそばを食べているのだ。

僕は想像する。

蟬時雨《せみしぐれ》の降りそそぐ真夏の昼下がり、ワイシャツの胸をはだけてタオルで汗を拭きながら、冷やしそばをかき込む親父の姿を。秋の夕暮れ、遠くの山々の稜線《りょうせん》が夜の闇に紛れかけた頃、そばに天ぷらやコロッケを載せて、ささやかなごちそうを愉《たの》しむ親父の姿を。まだ若い桜並木が淡いピンク色に染まった春の朝、さあ栄養をつけて今日もがんばるか、とそばに落とした生卵を啜り込む親父の姿を。

そして、僕は想像する。

ニュータウン開発の「負け」が濃厚になったあとも青葉ヶ丘に通いつづけ、途方に暮れた本音を押し隠して、与えられたノルマを懸命にこなそうとする親父の姿を……。

社長はホームに目を向けたまま、ぽつりと言った。

「結局、私が青葉ヶ丘にいたのは一年だった。電鉄の本社が開発に見切りをつけたんだ。もうこれ以上の資金投入はできない。あとは、まあ、どこにでもあるような郊外の住宅地でいいじゃないか、って……ずるい撤退宣言だな。私も、さっさと本社に戻って来い、って言われた」

親父に伝えると、寂しそうに「そうですか」とうなずくだけだったという。親父にも覚悟はできていたのだろう。働き盛りの三十代から四十代の日々を、負けいくさに費やしてしまった。後悔はあったのか。なにかや誰かを恨んだりはしなかったのか。次のプロジェクトこそは絶対に成功させてやる、と決意を新たにしていたのだろうか。それとも、もうサラリーマン人生の後半での一発逆転はあきらめていたのだろうか。

訊いてみたい。いろいろなことをゆっくり親父と話してみたい。そんなふうに思ったのは初めてだったかもしれない。親父は喜ぶだろうか。照れてしまうだろうか。まだ早い、生意気を言うな、とにべもなく断られたら……それはそれで、悪くない。

社長が『武蔵野そば』で働いた最後の日は、ちょうどいまの季節——五月の日曜日だった。

親父は平日と変わらない時間に青葉ヶ丘の駅に着いた。客が来てくれるかどうかわからない分譲物件の現地案内会のために、その日も広告ののぼりを持って夜まで路上に立ちつづけるのだ。

「あの頃は日曜日でもほとんど青葉ヶ丘に通い詰めだったからな、親父さん」

「ええ……」

「寂しかったか?」

僕は苦笑交じりにかぶりを振った。小学生ならともかく、中学生にもなれば、日曜日に家族で遊びに出かけるのを楽しみにするようなことはない。むしろ親父が家にいるほうが気詰まりで、日曜日の朝、親父とおふくろの「じゃあ、行ってくる」「帰りは?」「青葉ヶ丘から会社に寄って書類をつくるから、やっぱり終電かな」「ごはんは?」「適当にやるよ」「生野菜、ちゃんと食べてね」という話し声が玄関から聞こえると、布団の中でホッとしていたものだった。

社長も、そりゃそうだよな、と苦笑いを返してつづけた。

「そういうときの寂しさって、ほんとうは、子どもよりも親のほうにあるのかもな」

「わかります……」

「親の気持ちなんてガキの頃にわかるわけがないし、子どもの気持ちは、親がわかった気になればなるほど、あっさり裏切られるんだ」

小さくうなずいた。胸にかすかな痛みと苦みがある。息子として胸がざらつくのと、父親として感じる痛みや苦みが、半分ずつだった。

「あの日のお父さんは、朝からずっときみのことを気にしてたんだ」

「そうなんですか？」

「試合だったんだ、野球部の。市の大会で決勝戦まで進んだんだってな」

ああ、あの日だったのか、と記憶がつながった。親父は「息子の学校が決勝まで進んだんですよ」と、とてもうれしそうに、誇らしげに言っていたという。それを社長から聞いて、僕の頰も少しゆるんだ。「息子」本人ではなく「息子の学校」の快進撃を喜んでくれるところが、いかにも親父らしい――どこがどんなふうに親父らしいのか、うまく説明することはできないけれど。

早起きして朝食抜きだった親父は、青葉ヶ丘駅に着くと、いつものように『武蔵野そば』に入り、いつものように、かけそばを注文した。

試合は午後からだった。すぐに引き返せば、じゅうぶんに間に合う。

社長は「休めばいいじゃないか」と言った。目の前のホームには、折り返しで都心に戻る電車が出発時刻を待っている。もういいだろ、あんたはずうっとがんばってきたんだし、どうせ今日も一日中ねばったとしても、誰もお客さんは来ないと思うし、たとえ契約が一本や二本取れたとしても、もう勝負はついてるんだから……。

かけそばに生卵を割り入れた。「仕事をがんばる元気も大事だけど、休む元気だって要るからな」と言った。Sさんのエッセイにあったのと同じ——「親父さんが真似したんだよ」と社長はいたずらっぽく笑う。

「まさかあの話を親父さんが憶えてるとは思わなかったし、だいいち、バイトで店員やってるとはなあ……」

まいったまいった、と社長は首をかしげながら話をつづけた。

親父はそばをたいらげるまで丼から一度も顔を上げなかった。ツユを飲み干すと大きく息をついて笑い、ホームの電車にちらりと目をやったあと、改札に向かって歩きだした。

「それが親父さんと会った最後だよ」

社長の声に、駅のアナウンスがかぶさった。都心に向かう快速電車が間もなく発車する。

「親父は……結局、あの日も終電まで仕事でした」

せっかく社長が渡した「休む元気」を親父は受け取らなかった。そのくせ、Sさんには「休む元気」を与えた。

働きどおしだった自分の人生を振り返って後悔することがあるから、若い世代には「休んだっていいんだぞ」と伝えたかったのだろうか。それが正解のような気もする一方で、そんなに単純なものじゃないだろう、とも思う。いずれにしても、自分が「休む元気」を受け取らなかった理由も、Sさんにそれを与えた理由も……やっぱり親父は訊いても話してくれないだろうな、と苦笑した。

「なんだか……働くことって難しいですよね、理屈では割り切れないことばっかりみたいだし、でも、なんとなく理屈はちゃんと通ってるような気もするし……」

つい弱音を吐いた。四十歳を過ぎていまさらなにを言ってるんだよ、と自分でも少しあきれた。だが、悪くない気分だった。

社長は「そういうものだろ、仕事っていうのは」と笑って、返却コーナーに置いた僕の丼に手を伸ばした。

その手を制して、僕はもう一度、ツユだけの丼を両手で持った。少しぬるくなったツユを啜ると、カツオのだしが利いた塩辛さに頬が引き締まった。

丼を置いて、店を出た。「親父さんによろしくな」と社長は最後に言った。「もしよかったら近いうちに一杯飲みませんかって言っといてくれ」

「はい……」

「仕事のことも、なんていうか、アルバイトの店員っていうのもアレだから、ちょっとこっちも考えたいんだ。その相談もしたいから、うん、一度ゆっくり会おう」

もちろん、その言葉は伝える。だが、親父はたぶん社長の誘いには乗らないだろうし、社長自身もそれは最初からわかっているんだろうな、という気もする。

かすかに汗がにじんだ額を、五月の風が撫でていく。

僕は改札をちらりと見て、ホームに停まった快速電車に向き直り、さらにまた改札に目をやった。卓也はまだ家にいるだろう。絵里は卓也とどう接すればいいのか、一人で思い悩んでいるだろう。僕が日曜日返上で働くことを望んでいるひとは、ほんとうは、誰もいないのだろう。

社長がかけそばに落としてくれた生卵は、いま僕の胸の中で「休む元気」になっているのだろうか。それとも「休まない元気」が、いま、胸に宿っているのだろうか。

答えはわからない。わからないまま僕はホームにたたずんで、改札と電車を交互に見つめながら、「そういうものだよな……」と苦笑交じりにつぶやく。何度も、何度も。

ドアが開け放たれた電車の乗降口から、車内の吊り広告が見える。女性誌の広告だ。モデルの外国人女性が着ている服は、もう夏の装いだった。

ホームに発車メロディーが流れる。

僕は、ふう、と息をついて歩きだした。

どしゃぶり

1

古い友人は、用件を切り出す前に「びっくりしたよ」と言った。「雰囲気がまるっきり違っちゃったな」

いま入ってきたばかりの店の戸口を振り向き、外の通りにあらためて目をやって、「ほんと、こんなになってるとは思わなかった……」とため息をつく。

「ひさしぶりにサンロードに来た人は、みんなそう言うよ」

私は苦笑して、古い友人——松井《まつい》に椅子《いす》を勧めた。

商談用のデスクとは別に、レジ台の横に小さな円卓と椅子のセットがある。応接コーナーというほど大げさなものではないのだが、ここに座って店の前を行き交う人をぼんやり眺めるのが私のお気に入りで、気の置けない常連客や商店街の仲間たちとは、たいがいここで用をすませる。

松井とも、話が本題に入ればデスクに移るにしても、しばらくここで、ひさびさの再会を喜びたかった。

「マッちゃんと会うのって何年ぶりだ？」

「二十年ぐらいか」

「いや、もっと長いだろ。へたすれば三十年近いんじゃないか？　その間に、俺なんてコレだから」

私は、つるんと禿《は》げた自分のおでこを軽く叩いて、「ウチは親父もじいさんもそうだったから、覚悟はしてたんだけどな」と笑う。

四十を過ぎて、一気に来た。五十五歳のいまは、もみあげから後頭部にかけて、かろうじて残っている程度だった。

「マッちゃんはいいよな、まだふさふさしてるもんなあ」

「その代わり、ほとんど白髪《しらが》だ」

「いいじゃないか、頭がよさそうに見えて」

まあ見た目だけじゃなくて実際に頭がいいんだけどな、と笑って付け加えたが、松井は興味なさそうにそっぽを向いた。確かに中学時代から勉強の成績はずば抜けていたが、傲慢《ごうまん》なところもあって、友だちにも木で鼻を括《くく》ったような対応をすることが多かった――いまのように。そして私は、祖父の代からの商売人というせいもあるのか、腰の低さには自信があるが、ときどき優柔不断になり、相手に媚《こ》びてしまうこともある――いまが、まさに、そう。

松井は店の奥に目をやって、「娘さん？」と訊《き》いた。

違う違う、と私は手を横に振る。奥の流し台で麦茶とお菓子の用意をしているのは、家業の家具店の傍《かたわ》ら経営している介護用品の販売・レンタル代理店のスタッフだった。

「ウチは結婚が遅かったから、娘が高校生で、息子なんてまだ中学生だ」

「そうか……」

「いま、介護のほうは俺も入れて四人で回してる。家具屋の仕事よりずっと忙しいんだ。営業の外回りが二人、事務と経理がこの子、彩香《あやか》ちゃん。みんなまだ若いけど、よくやってくれてる」

な、そうだよな、と彩香さんに声をかけた私は、はにかむ彼女に松井のことを紹介した。

「中学時代の同級生なんだ。野球部でバッテリーも組んでた。マッちゃんがピッチャーで、俺がキャッチャー」

「店長、野球やってたんですか？」

「こう見えても、キャプテンで四番だぞ」

「強かったんですか？」

「強豪だ。市の大会でベスト8なんだから」

胸を張って答え、「まあ、学校の数は全部で十三しかなかったんだけどな」とオチをつけると、彩香さんも、あらら、とズッコケる真似をして笑う。

野球部の話でもっと盛り上がりたかったが、松井の反応は鈍かった。話に加わろうとせず、また店の外を見ていた。

昔といまの商店街の違いに、よほど驚いたのだろう。びっくりしただけでなく、ショックを受けているのかもしれない。

無理もない。私自身、この風景が目に馴染《なじ》むまで何日もかかった。本音を言えばいまも、しっくり来ているわけではない。レジ台横の椅子に座って、どうなんだろうなあ、これでよかったのかなあ、と首をかしげ、でもまあ、いまさらなにを言っても遅いんだもんなあ、と自分に言い聞かせるのが常なのだ。

麦茶とお菓子を円卓に置いてひきあげる彩香さんに、私は「カタログ出しといてくれ」と声をかけた。「入浴介助セットの載ってるやつがいいな」

「持って行きます」

「いや、そっちに置いとくだけでいい」

商談用のデスクに顎《あご》をしゃくった。デスクで向き合うと、松井は新規の顧客になってしまう。もう少しだけ、古い友だち同士として、昔話に付き合ってほしかった。

松井は「入浴介助セット」のところで眉をぴくっと動かしたが、あとは黙って、店の外をじっと見つめるだけだった。

私も松井と同じように、外を見る。うっすらとブラウンの色がついたショーウィンドウ越しでも、道路の照り返しの強さはよくわかる。よく晴れた真夏の午後だ。このあたりは盆地なので、夏の夕方にはしばしば雷交じりの激しい夕立に見舞われる。昨日もそうだった。今日はどうだろう。路面に落ちて跳ねる、白く煙《けぶ》った飛沫《しぶき》を店の中から見る日が来るとは、子どもの頃は夢にも思っていなかった。

「——ヒメ」

松井が、外を向いたまま言った。

なつかしい綽名《あだな》だ。家具屋だから「かぐや姫」、そこから「ヒメ」が綽名になった。小学生の頃は苗字《みようじ》の伊藤《いとう》から「イトちゃん」で、高校時代からは「イトさん」「イットん」と呼ばれていたので、「ヒメ」と呼ばれるのは、中学時代の仲間と会っているときだけだ。

「アーケード、いつから工事してるんだ？」

「二月頃だったかな。そこからずーっと、毎日やってる」

「屋根をはずしたのは？」

「先月」

日付も覚えている。「七月十五日に、最後のパネルをはずしたんだ。それに合わせてサンロードでイベントもやった」

「どんなの？」

「……けっこう恥ずかしいタイトルなんだけどな」

前置きして伝えた。〈さよなら&ありがとう、ボクらのオリンピックアーチ〉——やっぱり照れくさくなった。松井も「なんだ、それ」と、やっと私のほうを見て笑った。

私の店『家具のいとう』がある本町《もとまち》サンロードは、長さが四百メートルほどの商店街だった。駅やバスターミナルから買い物に出かけるにはいささか不便な立地で、安さや新鮮さや品揃えもたいしたことはないが、私が子どもだった頃には、市内随一のにぎわいを誇っていた。

他の商店街に先駆けて設置したアーケードが大いに当たったのだ。

アーケードの設置は、昭和の東京オリンピックが開かれた年だった。それにあやかってアーケードも「オリンピックアーチ」と名付けられ、落成の祝賀イベントには、『家具のいとう』の先々代——私の祖父が、聖火リレーの最終ランナーとして登場した。

いかにも手作りのちゃちなトーチを右手に高々と掲げ、左手で当時二歳だった初孫の私を抱っこしている祖父の写真は、大きく引き伸ばされ、額に入れられて、自宅の客間の鴨居《かもい》に何年も飾られていた。

そのアーケードが、今年撤去された。老朽化により大規模な耐震工事が必要になり、費用の負担と集客効果が天秤にかけられて、撤去が決まったのだ。

三年前に商工会で話し合いが始まった当初、役員だった私は存続派のリーダー的な存在だった。「アーケードは商店街の『顔』なので残すべきだ」と訴え、市や県の補助を得るべく陳情も繰り返した。

だが、店舗数が全盛期の四割に減ってしまったサンロードに行政が向ける視線は、冷ややかなものだった。市民の支持もほとんど集まらない。一九八〇年代初めをピークに、商店街の売り上げは減りつづけている。もう盛り返すことはないだろう。最後は、撤去派の連中の「俺たちができることは、息子や孫の代にせめて重荷を押しつけずにいてやることだけじゃないのか？」という言葉に押し切られた。市の人口が減って、近隣地区も含めた経済圏が年ごとに縮んでいくなか、サンロードのアーケードは「歴史的な使命を終えた」という慰めとともに、見捨てられてしまったのだ。

撤去の工程は、いま、最終盤に差しかかっている。すでに屋根のパネルはすべて取りはずされ、道路を跨《また》いで架かる梁《はり》も、商店街の入り口から出口に向かって一つずつ撤去される。

『家具のいとう』の店先にも、いまは太い梁が架かっている。それがあるせいで、屋根がなくなっても、視界がぱっと抜けて広がるわけではない。むしろ赤茶色の鉄骨が剝き出しになって頭上にのしかかっているところに、なんともいえない圧迫感を抱いてしまう。

しかし、それもあと一ヵ月足らずで終わる。予定では八月三十一日——子ども時代の感覚なら夏休み最後の日に、店先の梁が取りはずされることになっている。

すでに自分の店の梁がなくなった商店街の仲間に聞くと、梁が消えると、空を見上げる視線をさえぎるものがなくなって、ずいぶん気持ちがすっきりするものらしい。

「人工のアーケードで雨風や陽射しを防ぐっていうのは、よく考えてみたら不自然だよ、おかしいだろ、病的だったんだよ、っていう気にもなるんだよなあ」——ほんとうだろうか？

いずれにしても、サンロードからアーケードはなくなった。私や松井の世代がものごころついた頃からあたりまえだった風景が、大きく変わった。

でも、しかたない、それが時代の流れっていうものなんだ、と自分に言い聞かせている。納得しているのかどうかは、自分でも、よくわからない。

アーケード撤去のいきさつを、松井は黙って聞いた。店の外を見つめるまなざしも動かない。私と同じように寂しさを感じてくれているのかいないのか、そもそもこの話に興味があるのかないのか、無表情な横顔からはなにも読み取れなかった。

「悪いな、せっかく帰ってきたのに、しょぼくれた話になっちゃって」

「いや……そんなことない」

「田舎の商店街はどこも大変だよ」

「ヒメは、この店、子どもに――」

「俺の代でおしまいだ」

長女の菜々美《ななみ》にも長男の弘樹《ひろき》にも店を継がせるつもりはない。そもそも「俺の代」をまっとうできるかどうかもわからない。家具店の経営は赤字続きだった。介護用品の仕事がうまくいっていなければ……と思うと、ぞっとする。

「まあ、でも、子どもが一丁前になるまではがんばるしかないよ」

「高校生と中学生だっけ?」

うなずくと、松井はフッと鼻で笑ってから、「先が長いな」と言った。よくやるよ、ご苦労さん――声にしたわけではなくても、そんな一言も付け加えたような口調だった。

少し鼻白んでしまったが、中学の頃からマッちゃんはそうだったよな、クールで皮肉屋だったもんなあ、と気を取り直した。

実際、先は長いのだ。いま中学三年生の弘樹が大学を卒業するとき、私は六十四歳になっている。三十代の終わりまで独身だった。二十代の頃から恋人は何人かいたが、結婚のハードルが高かった。寂れた商店街に店を構える、個人経営の家具店の跡継ぎ——これをプラスの条件と見る女性は、私が期待していたよりずっと少なかったわけだ。店舗と自宅は別、自宅は市内でそこそこの環境の良さを誇る城東《じょうとう》地区、というのも好条件にはなりえなかった。二世帯住宅を早々と建てていたことも、むしろマイナスに作用しただろうか。とにかく結婚で苦労したことも、子どもたちに店を継がせたくない理由の一つだった。

「そういえば——」

子どもの話が出て、思いだした。

「マッちゃん、野球部にいた小林《こばやし》って覚えてるか」

「コバだろ。中学校の先生やってるんだよな」

「あいつ、いま城東中の教頭なんだよ」

「へえ、そうなのか」

松井は初めて声をはずませた。屈託《くったく》の消えた笑顔に中学時代の面影が覗《のぞ》く。城東中学校は私たち三人の母校だった。

「ウチの子も城東中だ。お姉ちゃんはこの三月に卒業したけど、弟のほうは三年生だから、あと半年、世話になる」

それでな、と私は含み笑いを浮かべ、おどけて声をひそめた。「コバの奴、もうすぐおじいちゃんになるんだ」

「――え？」

「長男の嫁さん、臨月なんだよ。今月の終わり頃が予定日だ」

初孫だった。城東中の同期生で孫ができるのは、私の知るかぎり、小林が初めてになる。

「もう俺たちもそんな歳になったんだなあ、って……なんだか、まいっちゃうだろ？」

松井も「だよな」と苦笑交じりにうなずいた。「五十五って、そういう歳か」

「うん……そういう歳だ」

「なるほどなあ……そうなんだなあ」

首をかしげて遠くを見た松井は、肩で息をつくと、店を訪ねた本題を切り出した。

「それで、レンタルの申し込みって、どうやればいいんだ？」

口調が変わる。昔話の時間は終わった。ここからは現実の厳しさを嚙みしめなければならない。

「じゃあ、あっちで話そう。くわしく説明するから」

私はデスクを手で指し示した。そこには、彩香さんが準備した介護用品のカタログが何冊も積み上げられていた。

松井がひきあげてから一時間ほどすると、今度は小林が店に来た。さっきまで松井が座っていた椅子に腰かけて、ハンカチで首筋の汗を拭い、扇子《せんす》で風を送りながら、彩香さんが出した麦茶を一息に飲み干した。

「アーケードがないと夏場は暑いなあ、やっぱり」

でっぷり太った小林には、陽射しの強さがひときわこたえるのだろう。もともと夏が苦手なたちだ。アーケードのあった頃はあった頃で、風の通らない蒸し暑さをぶつくさ言っていたものだった。

「でも、すっかりご常連さまなんですから、メタボ解消になるんじゃないですか？」

彩香さんがからかうとおり、小林は最近しょっちゅう店に顔を出す。ベビー家具のカタログをチェックしたいというのが口実だが、やはり出産予定日が迫って落ち着かないのだろう。

松井が来たことを伝えると、「そうか、なつかしいなあ」と汗の伝う顔をほころばせた。

小林と松井は高校も一緒だったので、私より関係は深いし、共通の友人の数も多い。それでも、十年以上会っていないし、年賀状のやり取りもしていない。七年前にあった高校の同窓会にも松井は顔を出さなかったらしい。高校時代の友だちとは誰とも付き合っていないんじゃないか、と小林は言う。

「で、マッちゃんはどうだった？　元気にやってたか？」

私は少し考えて、逆に訊き返した。

「コバ、『はちまる、ごーまる』って知ってるか？」

「なんだ、それ」

「介護の業界で、最近よく言われる言葉なんだ」

はちまる——八〇は、親の歳。ごーまる——五〇は、子どもの歳。

「要するに、八十代の親と五十代の子どもだよ。もともとは引きこもりの高齢化問題から来てる言葉なんだけど、老老介護とか、周囲からの孤立とか、子どもが職を失ったときの生活とか、子どもがガンや脳梗塞《のうこうそく》になったらどうなるんだ、とか……他人事じゃないんだ、俺たちみんなにとっても」

それを前置きにして、小林の問いに答えた。

「マッちゃんもいま、『はちまる、ごーまる』なんだ。引きこもりじゃないけど、バツイチの独身だから」

「なんだ、あいつバツイチなのか」

「十年ぐらい前に別れたみたいだ。子どもも一人いたんだけど、奥さんのほうに行っちゃって」

離婚の細かい経緯は話そうとしなかった。私も無理には聞き出さなかった。子どもがいまいくつで、息子なのか娘なのかも、わからずじまいだった。

「はちまる」のほうは、母親。父親は六年前に亡くなった。その後は母親が一人で実家を守っていたのだが、最近めっきり体が弱り、認知症の兆候も出てきた。今年の春に父親の七回忌の法要を終えた。それを一つのけじめにして、母親を引き取ることになったのだ。

「こっちに帰ってくるんじゃなくて？」

「うん、東京で……引き取るっていっても、施設に入れちゃうんだけどな」

「そうか、あいつ、大学も東京だったな」

「高校時代も成績良かったんだろ？」

「良かった良かった。けっこういい大学に現役で受かったはずだし、就職も、たしか、大手の商社だったんじゃないかな」

そのとおりだった。財閥系の総合商社で、若い頃は鉱山開発を担当して、毎月のように中南米に出張していた。松井が手がけた鉱山から産出されるレアメタルは、いまのＩＴ技術にも相当な貢献を果たしているらしい。

いまは同じグループの関連会社にいる。仕事の内容は、話さなかったし、訊かなかった。小林にも――まあ、べつに言わなくてもいいな、と黙っておくことにした。

「でも、実家はどうするんだ。あいつ、きょうだいいたか？」

「一人っ子だ」

「だよな、じゃあ空き家になるだろ」

「親戚の人に土地も建物も買い取ってもらうって言ってた」

足元を見られて、相場よりずっと安く買い叩かれ、間に入った別の親戚にも法外な仲介料を取られてしまったらしい。

実家の引き渡しと母親の施設への入居は、九月になる。今回はその準備で帰ってきた。会社の夏休みだけでは足りず、有給休暇をほとんどすべて使って、一ヵ月弱を捻《ねん》出《しゅつ》した。今回の帰省で家財道具のあらかたを処分し、母親が住民票を移すにあたっての、さまざまな手続きをすませなければならない。

小林は「けっこう長く、こっちにいるんだなあ」とのんきに言っていたが、仕事柄リサイクルショップとの付き合いも多い私は、実家の処分がどれほど面倒なことか、よく知っている。毎日が目の回るような忙しさで、役所が閉まるお盆の期間を含んだ一ヵ月足らずでは時間切れになってしまうかもしれない。

さらに厄介《やっかい》なことがあった。おととい帰省した松井は、まず最初に、母親が急速に年老いていることを思い知らされた。正月に帰省したときにはできていたことが、いまはもうできない。大型連休に帰省したときに感じていた不安が、予想よりずっと早く的中してしまった。

いまさらバリアフリーのリフォーム工事をするわけにもいかない。かといって、このまま放っておいて、万が一ケガでもされたら、施設への入居も覚束《おぼつか》なくなってしまう。

レンタルの介護用品で急場をしのぐことにした。インターネットで地元の業者を探した。そして私の会社を見つけ、なつかしさがあったのかどうか、とにかく見積もり依頼の電話をかけてきたのだ。


話の途中で、ごろん、と大きな音が外から聞こえた。おそろしく重い岩が、お手玉のように放られて落ちた、そんな音だ。落ちた先は地面ではなく、空――顔を見合わせた私と小林は、すぐにお互い了解した顔になった。

雷だ。外に目をやった。ブラウンの色が付いたガラス越しではあっても、いつのまにか照りつける陽光が消えていることがわかった。ただし、タイル敷きの路面はまだ明るい。向かいの洋品店とその隣の生花店の店先の様子も見て取れる。まぶしくないのに明るい。それがなんの予兆なのか、この街に暮らす人なら、誰でも知っている。

「ヒメ……これ、来そうだな」

小林の言葉に、私もうなずいて、「来るな」と応えた。

夕立のこと――。

この街は、山間部と平野部の境目に位置している。北に目をやれば峻険《しゅんけん》な山々が連なり、南に目をやれば広大な平野が広がる。そんな独特の地形のせいもあって、天候が不安定なことで知られている。落雷の数は全国でも有数の多さだし、雹《ひょう》が降って農作物に被害を及ぼすこともある。夏の暑さはＮＨＫのニュースでもお馴染みだが、その一方で、遅霜《おそじも》の被害も毎年相当なものになっている。真冬には乾いた強い風が吹きわたって、春から初夏にかけて発生する竜巻は、数年に一度、死者も含む大きな被害を生んでしまう。

雷交じりの夕立も多い。午後の空が晴れわたっていればいるほど、夕方になると天気が急に崩れて激しい雨になる。

今日も、この空模様なら、間違いない。

陽射しがないのに妙に白々と明るくなって、それに気づくと、ほどなく暗くなる。まるで夜になったかのような闇が広がり、それを引き裂いて、稲妻《いなずま》が光る。落雷の轟《ごう》音《おん》が響く。光と音の間隔が短くなると、雷雲が街の真上にさしかかっている証《あかし》だ。

「コバ、車は？」

「サンロードの駐車場に駐《と》めてる」

答えたあとで、「いいかげんに車を通してくれると助かるんだけどな」と、イヤミの針をちくりと刺す。

アーケードがあった頃、サンロードには歩行者と自転車しか入れなかった。道幅はトラックが充分すれ違えるのだが、あえて自動車やバイクは進入禁止にした。それは当然なのだ。屋根が付いていれば空気がこもる、そこに自動車やバイクを入れてしまうと、排気ガスで大変なことになってしまう。だが、屋根がなくなったいまは──。

「車で店の前まで行けたほうが絶対に便利だと思うけどな。ヒメだって、仕入れとか搬入のときに、車を店の真ん前まで入れられたほうがいいだろ」

商工会でも、そこは大きな議論の的になっている。私自身、車輛《しゃりょう》通行の解禁の意義はわかっているのだ。それでも、「車での買い物の勝負になったらショッピングセンターに勝てるはずがない」という声や、「お年寄りや小さな子どものいる家庭がのんびり買い物できるっていうのは、大きなアピールポイントだろう」「万が一サンロードで深刻な交通事故が起きたら、ほんとうに終わりだぞ」という声にも納得してしまう──なにしろ、家具店の商品の大半は持ち帰りができないのだから、そもそも「車で店先まで行けるかどうか」の重みが青果店や文具店やCDショップとは違うのだ。

ごろん、と雷がまた鳴った。音はさっきより近づいている。

「こういうときに困るんだよ、車が近くに駐められないと」

「……うん、わかるよ」

「どうするかなあ、帰るかなあ」

雷が鳴った。今度は、がしゃーん、と頭上で弾けるように。雷雲がいよいよ迫ってきた。車に駆け戻るなら、いまだ。

小林が椅子から腰を浮かせると、いままで一番大きな——空が割れてしまうのではないかという轟音が響いた。

店の外を行き交う人たちも、小走りになったり自転車のペダルを踏み込んだりしている。

雷が鳴る。さらに鳴る。雷鳴の音はますます大きくなり、一瞬のまぶしさも、カメラのフラッシュを超え、骨を透かすレントゲンにまでなってしまった。

いま外に出れば、夕立が降りはじめる直前の、埃《ほこり》っぽいような、焦げくさいような、独特のにおいがたちこめているだろう。

去年までとは違う。『家具のいとう』の店内にいて、空の明るさや空気のにおいを感じたことは、去年までは一度もなかった。店に入ってきたお客さんに「いやー、すごい夕立だぞ」と教えられるまで、外の天気には気づかなかったし、それを気にする必要もなかった。アーケードとは、そのための屋根なのだ。

「じゃあ、俺、帰るわ」

そそくさと店を出ようとした小林だったが、ガラスの引き戸を開ける寸前、「だめだ……」とつぶやいた。「降りだしたよ」

この時季の夕立は、最初のひとしずくが落ちてから本降りになるまで、あっという間だ。

『家具のいとう』から駐車場までは二百メートルほどある。ずぶ濡れになるのは目に見えている。

かえってそれであきらめがついたのか、小林はさばさばとした顔で席に戻って、「雨があがるまで、お邪魔するかな」と言った。

私にも異存はない。彩香さんに麦茶のお代わりを頼んだ。

彩香さんは冷蔵庫に向かう前に、「確認お願いします」と、出来上がったばかりの松井の伝票をプリントアウトして持ってきてくれた。

支払いはかなりの金額だった。使うのは三週間でも、契約は最低でも一ヵ月だし、そもそも一ヵ月契約は長期のそれに比べて、うんと割高に設定されている。

室内の段差を解消する据え置き型のスロープや、浴槽に沈めておくベンチ、強力な吸盤で浴室のタイル壁に取り付ける手すり……。松井がメモ書きした実家の間取り図を参考にして、私は、「これがあれば便利で安心かな」と、グッズをいくつか紹介した。「そんなの要らないよ」と言われるのを覚悟しての提案が大半だったが、松井は説明もろくに聞かずに「じゃあ、これも頼む」「付けてくれ」と受け容れて、どんどんレンタル料がかさんでしまったのだ。

母親の体をそこまで案じているのか、投げやりになっているのか——なんとなく見当がつくから、それ以上は考えないようにした。

小林は戸口にたたずんで、降りだした雨を見ている。傘を差した人が店の前を通りすぎた。アーケードが撤去されるまで、傘を差す人の姿をここから見たことはなかった。

「なあ、ヒメ」

「うん？」

「最近、夕立のときに中学生の頃を思いだすんだよなあ。ヒメはどうだ？」

「ああ、わかる。俺も、いま……野球部のことを思いだしてた。マッちゃんとひさしぶりに会ったからかな」

「あと、歳を取ったからかもな」

「うん……それもある」

私たちのやり取りを聞いていた彩香さんが、「野球部と雨って、関係あるんですか？」と訊いてきた。「雨天中止ですよね、ドームじゃないんだし」

「関係あるんだよ、それが」

私が言うと、小林も振り向いて「昭和の部活だからな」と続けた。

きょとんとする彩香さんをよそに、私と小林は顔を見合わせて笑った。

稲妻が光る。ほぼ同時に空が鳴る。路面に落ちて跳ね返る雨で、店の前が白く煙った。

私たちの中学時代——昭和五十年代初めは、スポーツといえば野球だった。部活動でも野球部は花形で、私たちの年は四十人を超える一年生が入部した。

それが夏休みまでに半分に減り、二年生に進級するときに二十人を割り込んで、夏の市大会を終えて引退するまで続けたのは十三人しかいなかった。

歩留まりが悪い一番の理由は、理不尽《りふじん》な伝統にあった。

先輩後輩の上下関係にうるさい時代ではあったが、野球部は特に厳しかった。先輩には絶対服従で、校内ですれ違うときの挨拶はもちろん、遠くで見かけただけでも、先輩の前までダッシュして挨拶しなくてはならない。万が一それを見逃したことに先輩が気づいたら、あとで一年生全員がグラウンドの端から端までウサギ跳びで往復させられたり、腹筋と腕立て伏せを二百回ずつやらされたり……。近視なのに眼鏡をかけずにいた小林は、しょっちゅう先輩を見逃して、そのたびに私たちも巻き添えを食らうのだ。

指名されて部室に呼び出され、「気合を入れてやる」と尻をバットで打たれることもある。ケツバットと呼んでいた。ひどいときには同じ日に二度、別々の先輩から呼び出されてしまう。私もやられた。おとなしいぶんナメられてしまうのだ。先輩たちに生意気だと目をつけられていた松井は、もっと数多くやられた。一方、先輩の受けが良かった小林はめったにやられない。連帯責任もキツいが、好き嫌いで差を付けられるのは、一年生同士でギスギスしてしまうので、もっとキツい。ケツバットの狙いは、じつはそこだったのかもしれない。

なにより嫌なのは、雨の日だった。

雨が降るとグラウンドが使えないので、体育館の裏でキャッチボールやトスバッティング程度の練習しかできない。先輩たちはそれに飽きると、一年生に「ホームラン打ってこい」と命じる。指名された一年生は雨の中、グラウンドに出て、バッターボックスに入り、幻のバットを振る。幻の打球がスタンドに入ったのを見届けて、小走りに一塁へ向かう。ユニフォームはずぶ濡れだし、走ると泥が跳ねて汚れる。二塁、三塁と回って、最後はホームにヘッドスライディング——ユニフォームはもちろん、顔も腕も泥まみれになってしまう。それを見て、先輩たちは腹を抱えて笑う。底意地の悪い先輩なら「ファウル！」と言って、やり直しをさせる。「ランニングホームラン！」と全力疾走させる先輩もいるし、四人の一年生を走らせて「満塁ホームラン」にする先輩もいる。

俺たちが三年生になったら、絶対に――。

「こんなことやめような」とは、一年生の誰も言わなかった。

実際、私たちが三年生になってからも、伝統は続いた。一年生は私たちの姿を見かけると校舎の三階から一階まで駆け下りて挨拶したし、私自身は一度もやらなかったが、ただの鬱憤《うっぷん》晴らしでケツバットを繰り返す同期の男は、確かにいた。雨の日のホームランも変わらない。泥まみれの顔を雨で洗う一年生が心の中でつぶやく「俺たちが三年生になったら、絶対にやってやるからな……」という言葉も、きっと同じだったのだろう。

おととしの春、城東中に入学した弘樹が野球部に入りたいと言ったとき、私が真っ先に思ったのは、あの伝統はいまも続いているのだろうか、ということだった。ケツバットは紛れもない暴力だ。厳しすぎる挨拶や連帯責任、雨の日のホームランも、親として見過ごすわけにはいかない。

小林に電話をかけて尋ねると、「わかるわかる」と笑われた。小林も二年前に教頭として母校に戻ってきたとき、真っ先にそのことを調べていた。

「こういうご時世だから、どこの学校でも部活の体罰やパワハラが一番怖いんだ。なまじ自分自身が昔のことを知ってるぶん、心配になるんだよなあ」

だが、それは杞憂《きゆう》だった。

「伝統はぜんぶなくなってる」

挨拶は廊下ですれ違うときだけでいい。ケツバットもない。部室の中という密室での話なので念入りに聞き取り調査をしたが、だいじょうぶだった。雨の日のホームランも、現役の部員たちは「なんスか、それ」ときょとんとするだけだったし、長く城東中に勤務している教師や事務職員も、そんな光景は見たことがないと言っていた。

「考えてみれば、俺たちの頃からもう四十年だぞ。時代は変わったんだって」

小林は、こんなことも教えてくれた。

「いま、部活の先輩は『くん』付けなんだ」

「『さん』じゃなくて?」

「ああ。同級生は呼び捨てで、先輩には『小林くん』とか『伊藤くん』だ」

「じゃあ、『さん』は誰も使わないのか?」

「教師が使うんだ」

「女子に?」

やれやれ、と苦笑された。

「男子は『くん』で、女子は『さん』なんていう分け方、いまでは通用しないぞ。みんな『さん』で呼ぶんだ」

もっとも小林自身、ついうっかり「くん」「さん」を使ってしまい、若い教師からやんわりたしなめられることも多いのだという。

「しかたないよな、俺たちはずーっと、人生のほとんどをそうやって生きてたんだから、いまさら変えるのって難しいよ」

「だよな……」

会社で働いている三人の顔を思い浮かべた。彩香さんを「ちゃん」で呼ぶのはセクハラになるのだろうか。営業の男性スタッフ二人を「くん」と呼んではいけないのだろうか。だとすれば呼び捨てにするしかない。私の素直な感覚では、「さん」は年長者や目上の人に対する呼び方で、歳が二回りも下の若い連中には、やはり使いたくないのだが。

「とにかく、野球部のことは心配しなくていい。もう昔とは違うんだから、弘樹くんにも安心して入って来いって言ってやってくれ」

「何年前にやめたんだろうな」

「そこまではわからないけど、俺たちの後輩のどこかの代の奴らが思いきってやめてくれたんだ。嫌な思いをするのは自分たちまででいい、後輩にはやらせない、って」

偉いよ、皮肉抜きでたいしたもんだよ、と小林は言った。私もそう思う。キャプテンとしてなにもできなかった自分の弱さに、四十年ぶりに深く恥じ入った。

「練習時間も短くなってるし、日曜日は休みだし、練習のあとのグラウンド整備も全員でやるから、俺たちの頃みたいに帰りが七時を回ったりしないよ」

「そうか……」

「あと、一年生からバッティング練習までできるんだぞ」

昔は一年生のうちはバットを振らせてもらえなかった。ノックも受けられない。練習はランニングやウサギ跳びやスクワットばかりで、あとはずっと球拾いと声出しだった。

私たちの頃は、顧問教師は形だけのもので、グラウンドにはめったに顔を出さなかった。毎日の練習は三年生が取り仕切る。一年生の扱いも、毎年変わらず引き継がれていた。

野球部に入ったのに、野球の練習ができない。私も釈然《しやくぜん》としない思いを胸に抱かないわけではなかったが、それが野球部の決まりだからしかたないよな、と案外さばさばと受け容れていた。そして三年生になって新入生を迎えたときには、キャプテンとして一年生に言った。「おまえらは基礎体力をつけろ。野球はそれからだ」――自分たちがかつて言われた言葉をそのままなぞって、一年生には球拾いと声出しと基礎練習しかさせなかった。

「よっぽどしっかりしたキャプテンのいた時代があったんだな」

自嘲《じちょう》をさらに深めて私が言うと、小林は「熱心で実力主義の先生が顧問だったのかもしれないな」と応え、「あと——」と続けた。「一年生の親が学校に文句をつけて、それでいろんなことが変わったのかもしれない」

なるほど。ありそうな気がする。人格者のキャプテンが登場するより、そちらのほうが現実的だろうか。

「昔はのんきだったよ、親も生徒も。のんきというか、従順というか……子どものことは学校任せ、先生任せで、あとは先生よろしくお願いします、だったもんな。子どもにも、先生の言うことをちゃんと聞きなさいよ、と最初に釘を刺して、あとは放ったらかしだ。学校も親も、楽といえば楽だったんだよ」

でもいまは違うからなあ、とため息を挟んで、小林は続けた。

「スマホの時代に子育てをするのは大変だ。俺はもう子どもがみんな成人したから、親としては逃げ切った感じだけど、仕事ではずーっと付き合うしかないんだもんな、いまどきの中学生ってやつと。因果な時代に因果な仕事をやらされてるよな、ほんとに……」

そこからしばらく愚痴《ぐち》に付き合わされた。

私たちは、学園ドラマと刑事ドラマ全盛期に少年時代を過ごした。中学時代の小林が将来の夢に「刑事」と「学校の先生」の両方を挙げたのも、当然、ドラマの影響だった。ずいぶんふやけた初志ではあっても、とにもかくにも貫徹はできたのだ。

小林の愚痴を受け流しながら、中学時代の将来の夢に「家を継ぐ」としか書けなかった悔しさと寂しさを、ひさしぶりに思いだした。

弘樹から聞く野球部の様子は、小林の話から予想していた以上に、和気あいあいとしたものだった。

先輩と後輩の差がほとんどない。「くん」付けこそしていても、先輩を平気な顔でからかったり、ツッコミを入れたりする。先輩も後輩にウケるとご機嫌になるのだという。

「なんだそれ、お笑いタレントの部活なのか」と私があきれると、「だって――」と言い返す。入学式の翌日におこなわれた部活動のオリエンテーションで、野球部のキャプテンは「笑いの絶えない、明るく楽しい野球部です!」とPRしたのだという。

時代は変わったのだ、やはり。

ケツバットの話をすると、弘樹はあっさり、きっぱり、「そんなことされたら、オレ、一発でやめるし、警察に行くよ」と言った。

挨拶の話には、「あ、ウチらの先輩は真逆だから」とかぶりを振る。「大きな声で挨拶されるとみっともないから、絶対にやめてくれ、って」

雨の日のホームラン――。

「なんでそんなことしなきゃいけないの?」

私は返す言葉に詰まって、「だよなあ……」とうなずくしかなかった。

あの頃の野球部を賛美するつもりはない。

けれど、いろいろな伝統や決まりがなくなってしまったことを、少しだけ寂しく思っていることも確かだった。

あの頃の自分は、ほんとうに、情けないぐらいにびくびくしていた。校内を歩いているときは、先輩がどこかにいるんじゃないかと、気が気ではなかった。誰それが昨日ケツバットされた、という話が流れてくると、今日は自分なんじゃないか、と怖くてたまらなかった。雨の日のホームランに指名されてヘッドスライディングをしたあとは、泥まみれになったユニフォームよりもさらに重いものが背中にのしかかって、なかなか立ち上がれなかった。

あんな思いは、もう二度と味わいたくないし、自分の息子にはなにがあっても味わわせたくない。それはもう、迷いなく断言する。

けれど、理不尽や納得できないものを胸に抱きながら、野球部はそういうものなんだから、と受け容れていた十三歳の自分のことが、いまの私は、決して嫌いではない。

「偉いぞ」と褒めたたえるつもりはないが、「まあ、おまえもいろいろ大変だったな」と肩を軽く叩くぐらいのことはしてやってもいいか、と思っているのだ。

2

再会から一週間後、「マッちゃんがこっちにいるうちに、俺も会いたいよ」と小林が言いだして、居酒屋に集まることになった。

もっとも、せっかく松井と私が時間を空けたのに、当の小林は急用ができて、まだ姿を見せない。

「とりあえず先に飲《や》ってようぜ」と二人で乾杯したものの、座持ちのする小林がいないと気勢は上がらない。話題も暗すぎる。私は松井にレンタルした介護用品の使い心地を尋ね、松井は私に、家財道具を処分するリサイクル業者の選び方についてレクチャーを受けた。これでは盛り上がりようがない。

やがて話題は中学の同期生の近況になった。

野球部でも学校のクラスでも、地元に残っている同期生は、それほど多くない。

東京や大阪に出て行った連中はSNSでつながって、ときどき集まることもあるらしい。都会にいると、同郷の仲間への人恋しさがつのるのかもしれない。

かえって地元組のほうが、いつでも会えると思うからなのだろうか、お互いに疎遠《そえん》だった。私と小林も、城東中の教頭と生徒の親という関係がなければ、いまほど親しく交わることはなかっただろう。

「呑み会でも毎年やってれば、また違ったのかなあ」

私はビールを啜《すす》って、「せっかく地元で商売をしてるんだし、もっと大事にすればよかったよ」と言った。

「大事にするって、なにを？」

「だから、昔の友だち同士のつながりっていうか……」

「ああ、そういうことか」

松井はうなずいて、「ヒメらしいな」と笑った。褒められたのかどうか、よくわからないまま、私は話を続けた。

「せめて野球部の同窓会ぐらいはやりたいんだけどな」

十三人の同期生のうち、消息がつかめているのは九人だった。残り四人は、実家も引っ越していて、どうやってもわからない。松井の連絡先も、いままでは実家の住所や電話番号しか知らなかった。介護用品のレンタルの手続きで携帯電話の番号は把握《はあく》できたが、東京の住所はまだ訊いていない。

「半分以上なら充分だろ」

松井はさばさばと言って、焼き鳥にかぶりついた。私ほど寂しがってはいない。というより、寂しがる私にあきれているようにも見える。

「ヒメには悪いけど、もし野球部で同窓会をやることになっても、俺は行かないからな」

「……なんで?」

「だって、わざわざ東京から帰ってくるのって、もうしんどいよ。こっちにおふくろがいて、田舎に帰るついでがあるならともかく、今度からはもう、帰っても泊まるウチもないんだから」

松井はジョッキや皿の並ぶテーブルをぼんやりと見つめて続けた。

「実家を処分して、墓じまいもして、田舎と縁を切る……っていうのは、そういうことだと思うんだよな、俺」

私は黙ってうなずくしかなかった。

乾杯の生ビールからレモンサワーに切り替えたところで、ようやくスマートフォンに小林からのショートメールが来た。

〈悪い、もう少しかかる〉

追いかけて、さらに一言――。

〈松井を引き留めておいてくれ〉

だが、そのメールを読む私の向かい側で、松井は腕時計を気にしていた。母親を一人にしておくのが、やはり心配なのだろう。

話が途切れたままだと、席を立ってしまうかもしれない。そのほうがいいんじゃないかと半分は思いながらも、小林の頼みを無視するわけにもいかない。

「ウチの息子も野球部なんだ。だから、俺たちのずーっと後輩ってことになる」

野球部の話をしよう。

「で、いまの城東中の野球部、すごいことになってるんだ」

これなら笑える話になる、かもしれない。

野球部は、いま、三年生にとっては最後の大会になるリーグ戦を戦っている。

「リーグ戦って?」

松井は訊き返した。「夏の市長杯だろ?」

「そう。あの頃はトーナメントだったけど、それだと負けたらおしまいだろ? 初戦で負けたら一試合で終わっちゃうわけだ」

「しかたないだろ、負けたんだから」

まったくの正論だった。だが、その正論が根本的に間違っている、というのが、いまどきの考え方なのだ。

「いま、市内の中学校は十二校あるんだ。俺たちの頃より一つ減った。一校ずつの生徒数もだいぶ減ってるんだけど、学校の数は十二ある。これをトーナメントで組んだら、決勝まで勝ち進んでも四試合しかできない。組み合わせによっては三試合だ。弱い学校なら初戦敗退で、三年生は一試合しかできずに引退ってことになる」

それはいかがなものか、という議論が十数年前、二十一世紀に入った頃に出てきた。そのタイミングで、世代交代を掲げた若い市長が当選したこともあって、中学校のすべての部活動を対象にした市の大会が、トーナメント戦からリーグ戦に切り替わったのだ。

「十二校をAとBの二つのブロックに分けて、六校総当たりのリーグ戦にすれば、どの学校も五試合ずつできるだろ。で、それぞれのブロックの上位二校が決勝トーナメントを戦うわけだ。準決勝で負けても三位決定戦がある。そうすれば、七試合できるんだ」

運営する側は試合数が増えれば負担も大きくなるが、部員のことを思えば、一度負ければおしまいのトーナメントより、最低でも五試合が確保されているリーグ戦のほうがいい。

「なんだよ、それ」

松井はあきれて、怒りすら感じさせる口調でまくしたてた。「一試合でもたくさんやりたいから、負けたらおしまいだから、みんな必死にがんばるんだろ？　違うか？　最初から五試合キープしてもらうなんて、甘えるのもいいかげんにしろよ」

言いたいことはわかる。だが、それが時代の流れというものだった。

私は自然と「いまの時代」側に立って説明することになる。

「でも、試合がたくさんあれば、そのぶんたくさんの部員を試合に出してやれるだろ。一発勝負だったら補欠の下っ端まで出番は回ってこないけど、五試合あると思ったら、いろんな割り振りができるじゃないか」

中学校の部活動の趣旨からすれば、目先の試合の勝ちにこだわるよりも、一人でも多くの部員に出場のチャンスを与えるほうが、教育の理念に適っている。

実際、この数年で、近隣の市でもトーナメント戦をリーグ戦に切り替えるところが増えてきた。評判を聞きつけて、別の県の担当者が試合を視察に来ることもある。

「考えてみれば、現実の世の中って、ほんとはリーグ戦なんじゃないか？　勝ったり負けたりするんだよ。トーナメント戦は一回負けたら終わりだけど、そんなことないと思うんだよ、世の中って。最初に二連敗しても、三連勝すれば勝ち越しなんだし、負けても、その負けをいかに次の試合につなげるかを考えればいいわけだし、あえて捨てる試合もあるかもしれないし……とにかく、試合があるとか、打席に立てるとか、それが大事だろ。そういう発想も、俺、ありだと思うんだよな」

松井はなおも納得のいかない顔をしていたが、それを制して、私は続けた。

「いきなりセコい話になるんだけど、リーグ戦になったおかげで、ウチの息子も試合に出てるんだ」

弘樹は、三年生になってもレギュラーポジションは獲れなかった。最後の市長杯は、背番号19──三年生部員が十九人いるうちの十九番目。トーナメント戦なら、とても試合に出られるような序列ではない。

「でも、はっきり言って、今年の城東中は弱いんだ。俺たちの頃も弱かったけど、それとは比べものにならないぐらい弱い」

和気あいあいをモットーとしている城東中野球部は、弱小チームとして他校からカモにされていた。特に今年、弘樹の代は弱い。去年の秋に新チームが発足して以来、まだ公式戦で勝ったことがない。

市長杯のリーグ戦でも、連敗記録を更新して、現在は〇勝三敗──後半の二試合を残して、決勝トーナメント進出の望みは早々に絶たれていた。

「ここまで弱いと、もう、勝ち負けよりも、一人でも多くのメンバーを試合に出すことのほうがテーマになってて……息子も、三試合とも出場した」

いずれも大差をつけられた三試合の出番の内訳は、代走が二度に、外野の守備が一度──代走はただ塁に出ていただけだったし、守備のほうも打球が来ないまま、一イニングで交代になった。

「でも、ずーっとベンチに座ったままよりいいよな。カミさんが撮ってきてくれた試合の動画を観てると、やっぱりうれしいし、チームのみんなが応援してくれるのを聞いてると、ちょっと感動したりしてな」

松井はレモンサワーを黙って啜り、腕時計にまた目をやって、ふーう、と不機嫌そうなため息をついた。

「なあ、ヒメ」

「……なんだ？」

「野球部のことなんてどうだっていいし、おまえの息子さんのことは、もっとどうでもいいんだけど、一つ教えてくれよ」

顔はうつむきかげんのまま、目だけ、私に向けた。

「世の中って、ほんとうにリーグ戦なのか？」

答えられなかった。松井の、言葉というよりまなざしに、身がすくんだ。

「俺は、トーナメント戦なんだと思うけどな。負けたら終わりだ、終わりなんだよ」

言葉を返せない。うなずくこともできないし、かぶりを振ることもできない。

「俺は、負け越しが決まったら、もう試合したくないよ。一回で充分だ、負けるのなんて」

松井はまた腕時計に目を戻し、私はなにも言葉を継げず、ぎごちない沈黙が流れかけたとき、店員の「いらっしゃいませーっ」の声に迎えられて、小林が店に入ってきた。

「いやあ、悪い悪い、待たせたな」

ハンカチで汗を拭きながら、席に着く前に店員に「ビールビール、中ジョッキ」と声をかける。空気が変わった。松井も「コバ、太ったなあ」と失笑して、張り詰めていたものがゆるんでくれた。

クールで傲慢なところもあるエースと、人当たりはよくても優柔不断なキャプテン、そして陽気で調子の良いムードメーカー——中学時代の役回りは、四十年たっても、そんなに大きくは変わらないものかもしれない。

テーブルについた小林は、中ジョッキ半分のビールを一息に飲んで喉を潤《うるお》すと、「マッちゃんに頼みがあるんだ」と、いきなり口調をあらためて言った。

「頼み、って？」

「マッちゃんはいつまでこっちにいる？」

「……二十八日に東京に帰るけど」

「最高だ」

小林はガッツポーズをつくって言った。

「こっちにいる間は毎日忙しいのは重々わかってるんだけど、野球部のOBとして、助けてほしいことがあるんだよ」

「はあ？」

「野球部の練習、見てやってくれないか」

顧問の佐野《さの》先生が夕方、交通事故で入院した。野球部の練習を終えて原付バイクで帰宅する途中、出会い頭に乗用車とぶつかってしまったのだ。

「俺もさっきまで病院にいたんだけど、右の膝を骨折しちゃって、ちょっとしばらくは練習を見るのが無理そうなんだよ」

今日が八月十日で、退院予定日は二十一日か二十二日だという。

「で、いま、市の大会は、俺たちの頃と違って――」

「リーグ戦だろ？　さっき、ヒメに聞いた」

「そうなんだよ。ウチの学校は残り二試合あるんだけど、それが、二十日の日曜日と、その次の二十七日の日曜日なんだ」

最終戦には佐野先生が間に合いそうだが、二十日の試合は無理だ。ほかの教師に急いで連絡を取ってみたが、それぞれ自分の仕事があったりプライベートな予定が入っていたりして、うまく都合がつかない。

「プライベートな予定なんて関係ないだろ、やらせろよ」

松井が言うと、小林は「それができれば苦労しないんだよ」と、また噴き出した汗をおしぼりで拭う。「教頭なんて、管理職ではあっても上司っていうわけじゃないんだ。そうでなくても、学校の先生は働き過ぎだって言われてるんだから」

「だったら、コバがやればいいだろ」

「うん、もちろん、俺がピンチヒッターをすれば一番いいんだけど、とにかく——」

息子の嫁がコレだから、とおなかがふくらんだ様子を手振りで示した。「いつ産気づくかわからないし、しっかりそばにいてやりたいんだ」

頼む、と小林は両手で松井を拝《おが》む。

「明日からっていうわけじゃないんだ」

明日の八月十一日は山の日の祝日なので練習は休みだし、十三日から十五日まではお盆休み。そして十二日の土曜日は、本来は練習のある日なのだが、いまの野球部には「休みと休みに挟まれた日も休みになる」というオセロのようなルールがあるので、これも休み。最後の二戦を前に、つごう五連休——そういうところも、私には釈然としないのだが。

「だから、練習は十六、十七、十八、十九の四日だけで、あとは試合の二十日だ。練習も午後イチに始まって四時には終わるから、なんとか頼めないかな」

さっきの松井とのやり取りを知る由もない小林は、私まで話に巻き込んで「ヒメ、おまえからも頼んでくれよ、野球部の保護者会のメンバーなんだから」と言いだした。

私がとっさにうつむくと、松井は「じゃあヒメでいいだろ」と、逃げる首根っこをつかむように言った。

私はあわてて顔を上げ、「いや、店があるから無理なんだ、悪いけど」と首を横に振った。「それに、息子が選手で親父が監督ってのはまずいよ」

「べつにいいじゃないか。息子を試合に出してやりたいんだろ？　じゃあ監督になって、スタメンで使ってやれよ」

「……そんなこと、できるわけないだろ」

「そうか？」

軽く返された。冷ややかに笑われた。つまらないことにこだわるんだなおまえは、と見下されているのが、わかった。

「いや、やっぱり部員の親はまずいよ、ほかの親からクレームが来るのが目に見えてる」

小林がとりなしてくれなければ、気色《けしき》ばんで「なんだよ、その言い方」ぐらいは言ったかも……無理だっただろうな。そういう性格なのだ、とにかく私は。

松井は、今度は小林に「クレームなんて相手にしなきゃいいんだよ」と言い放った。小林が「いや、それは――」と返すのを、わかったわかった、と面倒臭そうに何度もうなずいて制してから、言った。

「やるよ」

小林とも私とも目を合わせず、「中学の部活を引退してから野球なんて全然やってないけど、どうせ弱いんだろ、じゃあ俺ぐらいでちょうどいいな」と笑った。

小林は困惑しつつもほっとした様子で、「助かるよ、マッちゃん」とまた両手で拝んだ。

松井はレモンサワーを啜り、ちらりと私を見て、「勝たせるぞ」と言った。「最後まで一度も勝てずに引退でもいいんだなんて、そんなの、おかしいだろ」

私は少し間をおいてから、そうだな、とうなずいた。松井の言うとおりだ。私も同じことを思う。だが、私と松井とでは、同じことを思っていても、同じところにはたどり着かないような気もした。

起き抜けの用足しをしてトイレから出ると、廊下を駆けてきた弘樹は、「おはよう」の挨拶もそこそこに、「お父さん、大ニュースだよ！」と声をはずませた。

八月十六日――お盆休みが明けて、今日から野球部の練習が再開する。

「サノっちが怪我して入院したでしょ？　次の試合には間に合わないからピンチヒッターの監督が来るんだって」

ゆうべ、キャプテンの望月《もちづき》くんが小林から電話で知らされ、望月くんが野球部のLINEに流したのだ。

「で、びっくりなんだけど、その監督、コバブーの野球部時代の友だちなんだって。だから、お父さんとも友だちだよね」

小林は、生徒たちから陰で「コバブー」と呼ばれている。太っているからブーなのだ。本人も知っているが、目くじらを立ててやめさせたりはしない。いつか私が、甘いんじゃないかと糺《ただ》したら、「まあ、悪口ってほどでもないんだし、親しみを込めてるつもりなんだから、べつにいいか、って」――へたに叱るとパワハラだのなんだのって、うるさいしな、と本音を付け加えた。

「松井っていう人で、エースだったんだけど、覚えてる？」

「ああ、お父さんとバッテリー組んでたんだから」

「仲、良かったの？」

「まあ……そうだな」

わがままなエースをなだめるのに苦労しどおしだったことは、もちろん言わなかった。

ふだんの子どもたちは、朝食のときが一番あわただしい。菜々美は寝坊して朝食抜きで高校に行ってしまうこともしょっちゅうだし、弘樹も「おはよー」から始まって「いただきます」と「ごちそうさま」をへて「行ってきまーす!」まで、あきれるほど早い。

そんな我が家の朝も、夏休みは多少のんびりできる。

弘樹と菜々美は、朝食を終えたあとも食卓に居残って、母親の由紀子《ゆきこ》と一緒にデザートのスイカを食べながら、とりとめのないおしゃべりを続けた。

毎晩帰りの遅い私にとっては、学校が休みの日の朝は、一家団欒《だんらん》を実感できる貴重な時間だった。

『家具のいとう』の営業時間は、午前十一時から午後八時まで。会社帰りに立ち寄る客を逃したくないので、あまり早い時刻にシャッターを下ろすわけにはいかないのだ。八時に店を閉じたあとも片付けや帳簿の整理に手間取ると、帰宅は十時を回ってしまう。

定休日は毎週火曜日。それ以外は、週末はもちろん、祝日も店を開ける。年末年始は大晦日と元日だけは休むが、年末はボーナス商戦、年明けには一月二日の初売りがある。このお盆も、休むどころか、火曜日の昨日も定休日を返上した。会社や学校が休みで、家族で大きな買い物に出かけられるときこそが書き入れどきという、因果な商売なのだ。

ただし、問題が一つ。シンプルかつ深刻な問題を『家具のいとう』は抱えている。この店には、店長はいても従業員がいない。シフトを組んで、順番に休みを取りながら店を回していくわけにはいかないのだ。

彩香さんに配達中の留守番ぐらいは頼めても、一日中任せるわけにはいかないし、なにより、介護のほうのスタッフを家具店の仕事で使うのは、やはりけじめがつかない。

菜々美からは「ブラック企業だよ」と悪く言われるし、由紀子にはいつも体を案じられているが、もしも店を休んだ日に大きな買い物をしてくれるはずだった客が来たら……と思うと、やはり、怖くて休めない。貧乏性なのだろう。

「それで、ヒロくん、どうなの？」

由紀子が訊いた。「来週の試合も、出られそう？」

「無理無理無理」――本人の前に、菜々美がからかって答えた。「いままで出してもらっただけでもラッキーなんだから、ぜーたく言わないの」

「そんなことないよ、だいじょうぶだよ。モッくんと約束してるもん。三打席目で、オレ、ピンチヒッター」

望月くんが、弘樹に三打席目を譲ってくれるのだという。待望の初打席になる。

「でも、望月くんってショートだろ」

私は言った。外野手の、しかも背番号19の弘樹が望月くんの代わりに守るのは、さすがに無理だろう。

「だいじょうぶ、オレ、代打だけで、守るのは新庄《しんじょう》が交代することになってるから」

新庄くんは二年生で一番うまい。背番号は弘樹のすぐあとの20を付けている。

「四打席目も回ってきたら、新庄がそのまま打てばいいから、あいつ、守れるし打てるし、ラッキーだよね」

それはつまり、弘樹よりも新庄くんのほうが戦力として期待されていることにほかならないのだが、弘樹は「モッくんってマジにいい奴、友情あるよね」と上機嫌に笑って、スイカの最後の一切れをかじる。

やれやれ、と私はため息を呑み込んだ。生徒同士で勝手に選手交代の約束をして、それを顧問の教師が受け容れるなど、私の感覚では考えられない。だが、いまの野球部は、練習メニューも試合での選手起用も、部員の自主性を最大限に重んじる。

小林も「それでけっこううまく回ってるから、不思議だよな」と、あきれたような、感心したような、複雑な表情で言っていた。「優しいんだ、みんな」

特定の部員に損な役回りを押しつけたり、力のある部員が楽しいところを独占したりするのではない。望月くんを中心に、練習ではなるべく部員全員が同じメニューをこなせるように工夫して、試合でも一人でも多く出番が回るよう考えている。もちろん、それでは強くならないし、試合にも勝てない。「でも、生徒たちはかまわないんだ」と小林は言った。「試合の勝ち負けよりも、みんなで楽しく野球をやるほうが大事だ、って」

小林の顔は微妙に怒っているように見えた。話を聞く私の顔も似たようなものだっただろう。もしもそこに松井がいたら、もっと強く、ふざけるな、と吐き捨てていたかもしれない。

「でもさあ」

菜々美が言った。「そんな約束してても、新しい監督が守ってくれるかどうか、わかんないんじゃないの?」

ぼうっと思い浮かんでいた松井の顔が、不意に、目の前に本人が現れたみたいに生々しくなった。

「えーっ? マジーっ?」

弘樹は驚いて声をあげた。たちまち顔が不安そうになる。

「だいじょうぶよ」

由紀子が励ました。「監督の人もピンチヒッターなんだし、自分が入る前に決まってたことをひっくり返したりしないわよ」

ね、そうよね、と由紀子にうながされた私は、ぎごちなく笑ってうなずいた。

だいじょうぶだよな、マッちゃん――。

心の中に浮かぶ松井に語りかけた。

平気平気、ちゃんとやるって――。

応えたのは松井ではなく、横から顔を出した小林だった。

松井は無言だった。表情も動かない。話が聞こえているのかいないのか、ただじっと遠くを見つめるだけの顔を、私は強くまばたきをして消し去った。


その日は店に出ていても落ち着かなかった。特に、野球部の練習が始まる午後一時からは、松井のことがずっと気にかかっていた。

家具屋というのは、ひっきりなしに客が訪れる商売ではない。店先に出て「らっしゃい、らっしゃい！」と呼び込みをするような売り方でもない。

店を開けていること、そこに店員がいること――それだけを守っていれば、あとはなにをするでもなく、黙って座っているだけで営業時間は過ぎていく。

私も手持ちぶさたなまま、何度も壁の時計に目をやった。そのたびに、そろそろウオーミングアップのランニングが始まっただろうか、いまはシートノックの頃だろうか、いや、フリーバッティングのほうが先かな……と野球部の練習に思いを馳《は》せた。

「店長、なにか時間が気になることあるんですか？」

彩香さんに訊かれた。「いやいや、べつに、なんでもない」と苦笑交じりにかぶりを振っても、パソコンの画面に目を戻す前にまた時計をちらりと見てしまう。

ちょっとだけ、練習を見に行こうか。さっきから思っている。事情を話せば、彩香さんなら気持ちよく留守番を引き受けてくれるだろう。しかしそれは、彩香さんに申し訳ないというだけでなく、やはり練習を見に行くことじたいが松井に対して失礼というか、裏切りというか、ルール違反というか……。

「それにしても、まぶしいなあ」

話を変えた。目の上に手のひらで庇《ひさし》をつくって、店の外を眺める。

「エアコンの効きも悪くなっちゃいましたよね。先月の電気代、けっこうかかってましたもんね」

「そうなんだよ、まいっちゃうよ」

アーケードの屋根をはずして初めて迎える夏は、予想以上に暑い。気温だけでなく、陽射しがこんなに強いとは思わなかった。舗道《ほどう》の照り返しもキツい。敷き詰めたタイルが白いせいだ。アーケードの商店街では、明るさを確保することが最優先になる。商工会のメンバーで話し合ってこの色にした。それがいまは完全に裏目に出てしまった。

「日よけを付ける話、結局どうなったんですか？　オーニングっていうんでしたっけ」

「だめだめ」

顔をしかめ、手を横に振った。「あんなにするとは思わなかった」

先週、同じように商品の陳列に悩んでいる青果店の細野《ほその》さんと一緒に、外装業者を呼んだのだ。できればリモコンで出し入れできるタイプにしたかったが、見積もりで出された金額は、予算をはるかに超えていた。早々にあきらめた私に対し、細野さんのほうは、扱っているのがナマモノだけに、背に腹は替えられない。奥さんと相談して手動タイプを買ったものの、やはり毎日の出し入れに一手間かかるのが億劫《おっくう》だとぼやいていた。

「細野さんって、いま五十肩だから、ハンドルを回すのも大変らしい。グルッと一回転させるたびにうめき声をあげてる、って奥さんが言ってたな」

やだぁ、と彩香さんは苦笑して、「それにしても、アーケードがなくなって初めてわかること、けっこうありますね」と言った。「陽射しとか、雨の問題とか、あと、やっぱり埃っぽくなって、看板とか窓が汚れるようになりましたよね」

「うん……」

「それに、いまは梁だけ残ってるから、よけい残骸《ざんがい》っていうか廃墟っていうか、なんか、終わった感がすごくありますよね」

「終わった感、か……そうだな」

「日よけになるほど太くないのに、目に入ると、やっぱり邪魔で、うっとうしくて」

「うん……」

「梁がはずれたあとって、どんな感じなんでしょうね」

「クリーニング屋の大将なんかは、空が広々としてすっきりしたって言ってたけどな」

「じゃあ楽しみですね」

まあな、と私はうなずいた。小さな、曖昧なしぐさになった。

視界をさえぎるものがなくなるのは、もちろん悪いことではないだろう。広くなった空を見上げるときの心地よさも想像できる。

それでも、そのあとで胸に宿る微妙なほろ苦さも、なんとなく、思い浮かぶのだ。

「あったものがなくなるのは、俺なんかはやっぱり寂しいけどなあ」

「おじいちゃんみたいなこと言わないでくださいよ、店長」

あはは、と彩香さんは明るく笑った。

私も笑い返して、仕事に戻る。微妙なほろ苦さは、いまのやり取りのあとも、胸の片隅に、確かにあった。

午後五時過ぎに、営業の永原《ながはら》くんが外回りから戻ってきた。得意先の老人介護施設から新型の歩行器のオーダーが入ったらしく、彩香さんに在庫を確認する表情は見るからに活き活きしていた。

ほどなく、もう一人の営業担当の池田《いけだ》くんも、ガッツポーズとともに店に飛び込んできた。「これからはレジャー関連が狙い目ですよ」と、先月から日帰り温泉施設の運営会社に通い詰めていた甲斐《かい》あって、折り畳み式車椅子のリース契約が大量に獲れそうだという。

永原くんも池田くんも、そして彩香さんも二十代後半で、まだ介護には縁遠い。せいぜい親が祖父母を看《み》ている程度だ。そのぶん変な屈託を持たずに、あっけらかんと「次は温泉の脱衣場に紙おむつのディスポーザーを置いてもらおうかなあ」と笑うのだ。

彼らの若さがまぶしいし、うらやましい。三人とも素直で、明るくて、元気がよくて、いいスタッフだといつも思う。それは、もう、間違いなく。

だが、ときどき、むしょうにこんな言葉を彼らにぶつけてやりたくなる。

おまえたちには、わからないんだ――。

「なにがですか?」と三人に訊かれても、答えられない。三人は「じゃあ、どういうふうに、僕たちはわかってないんですか?」とも訊いてくるかもしれない。私は今度も答えられず、「俺にもわからん。でも、わかってないことだけは、わかるんだ」と開き直るしかないだろう。幼い子どもが理由もなく急にむずかって、地団駄《じだんだ》を踏みながら泣きわめくのと同じだ。

三人は「だいじょうぶですか?」「疲れてるんですよ」「初老期うつ病かもしれませんよ、一度病院に行ったほうがいいんじゃないですか?」と心配してくれるだろう。優しい若者たちだ。言葉だけでなく、心から私のことを案じる表情やまなざしが、ありありと想像できる。

だからこそ、やはり、言いたい。

おまえたちには、わからないんだ——。

彩香さんたちが定時の午後六時でひきあげたあとも、私の店番は続く。ここから閉店の八時までが、一日で最もくたびれる。

忙しさで疲れるのではない。忙しくないことに疲れてしまう。客はぽつりぽつりとしか入ってこないし、買い物をしてくれる客は、そのうち半分にも満たない。

七時前に、小学生の女の子を連れたお母さんが店に来た。

「ちょっと子どものベッドを見たいんですけど、教えてください」

お母さんは、てきぱきとした口調で希望を伝えた。LEDスタンドがビルトインされていて、宮付きで抽斗《ひきだし》とコンセントがあって、底板はすのこ、その下に収納ボックスがついているタイプ――リクエストをすべて満たす展示品は一つしかなかった。

「これだけ？」

お母さんは不服そうに言う。「家具屋さんでしょ？　専門店なんだから……」

インターネットで買い物をするのがあたりまえになって、いわゆる「リアル店舗」の品揃えに物足りなさを感じる客が増えた。しかし、広さが限られた売り場で、しかも家具というかさばる商品を並べるのは、検索結果をパソコンやスマートフォンの画面に表示するのとはわけが違うのだ。

幸い、一つきりの展示品を女の子は気に入ってくれた。実際に横になってマットレスの寝心地も確かめて、「これにする！」と言った。お母さんのほうは、まだ微妙に物足りなさを残しながらも、「じゃあ、このベッドに決めちゃおうか」とうなずいた。

私はほっとして、「では、こちらでお届けの日などを承《うけたまわ》ります」と商談用デスクに案内した。女の子はすぐに、はずんだ足取りでデスクに向かいかけたが、お母さんに呼び止められた。

「行かないのよ、そっち」

「――え？」

　女の子だけでなく、私まで声をあげそうになった。

　お母さんは「ちょっと待ってて」とベッドにスマートフォンを向けて、外観を何枚か写真に撮ったあと、メーカー名や型番、価格の書かれた商品札を撮影した。

「この番号がわかれば、どこでも注文できるんですよね？」

「ええ……そうですけど……」

「じゃあ、まあ、これ、第一候補っていうことで、また来ます」

「あの、もしよかったら、お取り置きもできますが」

「あ、いいですいいです」

「べつに予約金はかかりませんし、キャンセルもだいじょうぶですけど……」

「そんなのしなくていいです、はい、どーも」

　困惑する私をよそに、お母さんは「行くわよ、帰るよ」と女の子を手招いた。

「買わないの？」

　しょんぼりする女の子に、お母さんは少しだけ声をひそめて、早口で言った。

「日曜日に『ゆめタウン』に行くって言ったでしょ、さっき」

『ゆめタウン』は、市街地から車で十五分ほどのところにある大型商業施設で、全国展開している家具チェーンがテナントとして入っている。

そういうことか、とようやく合点《がてん》がいった。最初から『家具のいとう』は、下見というか、洋服でいう試着のために使われただけなのだ。

懸命に愛想笑いを浮かべて「またのお越しをお待ちしています」と二人を見送ったあとは、むなしさと徒労感でぐったりとなった。

寝具コーナーの隣に三種類並ぶマッサージチェアの中から最新型のものを選んで、へたり込むように腰を下ろした。

スイッチを入れ、目をつむり、揉み玉の刺激に身も心も委《ゆだ》ねていると、無意識のうちに「うーっ……」と声が漏れる。その声の尻尾《しっぽ》につなげるように、つぶやいた。

「継がせられないよなあ、菜々美にも弘樹にも……やっぱりなあ……」

十年ほど前まで、『家具のいとう』にはパートタイムの従業員が二人いた。

二十年前、私が父親から店を継いで三代目になったときには、正社員が二人とパートが一人だった。

元号が昭和から平成になった三十年前には、まだ現役だった父親と三代目修業中の私に加え、社員二人、パート二人で、店を回していた。

さらに一九七〇年代後半、団塊《だんかい》の世代が社会に出て、家庭を持つようになる頃には、家具もほんとうによく売れた。買い換えが一番盛んな三月や四月は社員とパートだけではまかなえず、配達要員でアルバイトの大学生も雇い入れていたほどだった。中学生だった私も、春休みは野球部の練習以外の時間はほとんど店の手伝いでつぶれていた。

あの頃を思うと、いまはほんとうに寂しくなった。

個人経営の家具店に輝かしい未来があると思うほど、私も楽天的な性格ではない。救いと言えば、店舗が賃貸ではないので、家賃や地代を支払う必要がないということぐらいのものだ。

菜々美にも弘樹にも、店を継いでほしいと言ったことはない。亡くなった父親は、晩年は酒に酔うと「おじいちゃんはヒロちゃんが継いでくれたら安心してぽっくり逝《い》けるなあ」「ナナちゃんがムコを取って店を継いでくれてもいいんだぞ」としょっちゅう言っていたが、そのたびに私は「やめてくれよ、子どもたちには子どもたちの人生があるんだから」とたしなめていたものだった。

実際、菜々美は小学校の高学年、難しい年頃に差しかかったあたりから、先回りして「わたし、店はぜーったいに、百パーセント、カンペキに継がないからね」と何度も宣言している。

弘樹はどうなのだろう。「オレ、継がないよ」と言ったことはないが、「オレ、継ぐからね」と言ったわけでもない。そこまで考えるほどおとなになっていない、というのが一番正確だろうか。

将来の夢は、二人ともよくわからない。しっかりと話したこともない。私が水を向けても、いつも「そんなの、いま言われたってわかんないよ」で逃げられてしまう。もしも菜々美や弘樹が「自分はこういうことをやりたいから、『家具のいとう』の場所で新しい店や会社を出させてほしい」と言いだしたら、喜んで店を畳むつもりだ。だが、いまの二人を見ていると、そういう代替わりも難しいかもしれない。

「だってさあ、お父さん、考えてよ。こんな田舎のちっちゃな街に、未来なんてあると思う？　ないでしょ？　あるわけないじゃん」

菜々美ならそう言うだろう。確かに、県庁所在地でも企業城下町でもなく、新幹線が停まるわけでもない人口十数万人の地方都市に、明るい未来は望めない。

再来年、菜々美が大学進学や就職を考えるときには、進路をめぐって一悶着《ひともんちゃく》も二悶着もあるはずだ。覚悟している。その翌年は弘樹だ。菜々美の場合はデコボコのデコ――凸でぶつかり合う予感がするし、弘樹はボコ――凹のほうで、親として思い悩むことが多いだろう。どちらにしても、親というのは大変だよなあ、と思う。

「そうだよ、大変なんだよ」

小林はすっかり先輩気取りで言うのだ。「だから、なるべく若いうちに親の苦労はすませておいたほうがいいんだよな」

松井はどうなのだろう。離婚して、子どもとも別れてしまった松井は、いま、なにを思っているのだろうか。

夫としてうまくいかず、父親としてもまっとうできなかった。それでいて、認知症の症状が出てきた母親の息子という立場だけは捨てることができない。

しんどいだろうなあ……。

私にそう思われてしまうことが、なにより松井には悔しいだろうというのは、わかっているのだが。


マッサージチェアのタイマーは十五分で切れる。揉み玉の動きが停まって、ああ、いま寝てたのか、と気づいた。

起きたあとも頭がぼうっとしている。時計を見ると七時半だった。あと三十分。コーヒーを淹《い》れて目を覚まそうかとも思ったが、今日はもういいや、たまにはいいだろう、という気持ちのほうがまさった。

マッサージチェアから立ち上がると、手早く後片付けをすませて、店じまいをした。八時になる前にシャッターを下ろしたのは、今年に入って初めてだった。

べつにいいよな、店では俺が一番偉いんだから、俺が帰りたいときに帰ればいいんだよな、そうだよな、と続けて思い、そうやっていちいち理屈の筋道をつけなくていいんだよ、と自分を少し叱った。

帰宅して夕食をとっていると、由紀子と入れ替わりに風呂からあがった弘樹が、濡れた髪のまま「お父さん帰ってるの？　早くない？」とダイニングに駆け込んできた。

「大ニュース、大ニュース！」

「どうした？」

朝と同じことを、朝よりも勢い込んで言った。

野球部の練習のことだろうと見当をつけて——だから微妙な不安とともに、訊いた。

「ねえねえ、松井さんって、ほんとにエースだったの？　っていうか、マジに野球部？」

「——え？」

「だってさあ……」

言いかけてプッと噴き出し、そのまま、笑い声で続ける。

「すごいへたなの。キャッチボールもできないんだよ」

「できないって、どういう意味？」

「距離が近いうちはよかったんだけど、ちょっと離れて、本気の半分ぐらいの力で投げるようになったら、もうだめなの。暴投なんかじゃないのに、全然捕れなくて。だって、こーんなふうになってるんだもん、捕れるわけないよね」

弘樹は身振りを交えて教えてくれた。真正面の球を、松井はわざわざ半身になって、つまり腰が退けた体勢で、グローブをつけた左手だけで捕ろうとする。しかも、グローブを差し出すタイミングも位置も悪いので、ボールはその先をすり抜けていく。

「ボールがグローブにかすりもしないの、オレ、キャッチボールの空振りって初めて見ちゃった」

また噴き出して笑う弘樹に、松井とキャッチボールをした部員が誰なのか訊いてみた。

「松井さんもエースだったんだから、ピッチャー同士のほうがいいってことになって、ヤマぴーと組んだんだけど」

「山下《やました》くんか」

「そう、エース対決」

なるほどな、と状況が少し見えてきて、相槌《あいづち》が低く沈んだ。

弱小チームとはいえ、中学三年生のエースの放る球には、それなりにスピードや球威がある。山なりの球を受けているときはなんとかなっても、距離が広がって、山下くんが力を入れて投げ込んでくるようになると、反射的にひるんで、腰が退けてしまうのだろう。

　中学卒業以来四十年のブランクは、やはり大きかったのだ。グローブを差し出すタイミングやボールとの距離感も、四十年も野球から遠ざかっていれば、一日で取り戻すのは難しい。

　松井自身あせっていたらしい。おかしい、こんなはずじゃない、なんでだよ……といった様子で、何度も首をひねっていたという。

　グローブは最初は佐野先生が部室に置いていたものを借りていたが、途中で一年生に言って、部室にある共用グローブを全部持って来させた。

「でも、どんなのをはめても全然だめなの。もう笑っちゃうよね、グローブのせいにするな、っての。練習のあと、部室の中でみんなで大爆笑しちゃったよ」

「……おい、ヒロ、お父さんの友だちなんだから、あんまりバカにした言い方するなよ」

　弘樹は、ひゃっと肩をすぼめたが、「でもね」と続けた。

　松井のキャッチボールは、投げるほうもひどいものだった。ボールがまったく届かない。ワンバウンドやツーバウンドですむのならまだしも、ほとんどが地面に叩きつけるようなゴロで、そうでないときにはすっぽ抜けて、あさっての方向に飛んでいく。

「ほら、プロ野球の始球式で、女の子のアイドルが、めちゃくちゃな暴投しちゃうじゃない。あんな感じなんだよ。これはグローブ関係ないよね？」

不承不承《ふしょうぶしょう》、うなずいた。

「で、今度はボールに文句つけてたんだよ。最初は新しめのボールを使ってたんだけど、指にひっかかりすぎるからよくないって言って、古いツルツルしたボールに替えたんだけど、それでもだめだから、もう、みんな笑うのを必死に耐えて、ほとんど罰ゲーム……」

「──おい、笑うことないだろう」

強い口調になった。弘樹はまた肩をすぼめ、「だから笑ってないって、耐えたって言ってるでしょ」と返す。

「笑いたくなるのが、よくないんだ」

「だって……」

「人が失敗してるのを見て、なんで笑いたくなるんだ。おかしいだろう、一所懸命やってるんだぞ」

「……ごめんなさい」

「いいかげんにしろよ、ほんとに」

「……はい……ごめんなさい」

「まあいい、あとは？　キャッチボールだけじゃないだろ、練習」

キツくなりすぎている。これでは詰問《きつもん》と変わらない。弘樹の表情にも、困惑を超えて、怯《おび》えが覗いていた。落ち着け、と自分に言い聞かせた。俺がアツくなってどうするんだ。

弘樹の髪はまだ濡れている。「とりあえずドライヤーしてこいよ、大事な試合の前に風邪ひいちゃうぞ」と無理に笑って言った。

弘樹もすぐに気を取り直し、洗面所に向かう。ふだんは物足りなさばかり感じる息子の素直さと幼さが、いまはありがたかった。

ダイニングに一人で残されると、さっきマッサージチェアで紛らせたはずのぐったりとした疲れが、またよみがえってきた。

「だから、やめればよかったんだよ……」

松井には、四十年のブランクがあっても、まだやれる、だいじょうぶ、という自信があったのだろうか。

「でもなあ……」

つぶやいて、続く言葉は呑み込んだ。自分のしゃべる声を聞きたくなかった。俺たち、もう五十五歳なんだぞ――。

コバなんて、あと半月ほどでおじいちゃんになるんだぞ――。

松井は、いまごろ、筋肉痛で困っているだろうか。湿布薬を肩の後ろや背中にべたべた貼って……。

さえない場面を、あえて、あはは っと笑い飛ばすために想像したかった。

だが、思い描く光景は、途中であっさり止まってしまった。松井の湿布薬は、誰が貼ってくれるというのか。それに気づくと、あとはもう、ため息をつくしかなかった。

認知症の症状が出てきた八十代の母親と、妻子と別れて独り身になった五十五歳の息子は、土地と家屋と家財道具の処分を進めている我が家で、いったいなにを話し、どんな一家団欒をして、どういうときに、どういうふうに笑い合っているのだろう。

洗面所のほうから、ドライヤーの音と一緒に、弘樹の歌が聞こえてきた。ドライヤーの音でごまかせると思っているのか、洗面所の鏡の前で歌手にでもなったつもりなのか、髪を乾かすときにはいつも、アイドルのヒット曲やアニメのテーマソングを歌っている。

菜々美はしょっちゅう「うるさいなあ！」と文句をつけるし、私も、声の大きさよりもむしろ選曲に言いたいことはあるのだが、いま、ふと、違うことを思った。どうでもいいような歌が聞こえる我が家というのは、あんがい、悪くないものかもしれない。

小林の家でも、もうじき二世帯住宅の二階から赤ん坊の泣き声が聞こえる毎日になる。それも悪くないし、本人の前で言うと調子に乗るから黙っているのだが、本音では、とてもうらやましい。

だが、松井は――。

一人暮らしの東京の自宅も、母親と二人でいる実家も、静かなのだろう。

その静けさは、菜々美や弘樹が独立してしまったあとの我が家の静けさでもあるはずだし、一人で店番をしているときの『家具のいとう』が、自然とそれに重なってしまう。

やっぱり、もう夕方六時で店じまいしてもいいのかな。少し、いや、かなり真剣に、思った。

髪を乾かして戻ってきた弘樹に、キャッチボールのあとの松井の様子を聞いた。

練習のメニューは、トスバッティング、フリーバッティングと続く。その間は、松井はずっとバックネット裏から練習の様子を見守り、ときどきアドバイスを送った。

「もっと踏み込めとか、肘を畳めとか、けっこういいこと言うんだよね。マジに、松井さんの言うとおりにやったら、ヒットが出るようになった奴もいるし」

守備陣を試合と同じポジションにつかせ、ランナーやアウトカウントやイニングの設定もきめ細かく変えておこなうレギュラーバッティングになると、さらに松井の指導は熱の入ったものになったらしい。

「作戦を考えるのが好きなんだって、自分でも言ってた」

「そうか、じゃあ、やっぱり松井に来てもらってよかったじゃないか」

ほっとして言ったが、弘樹の反応は「うん、まあね……」と煮え切らない。

「どうした？」

「送りバントとか、ほんとは、みんな、やりたくないんだよね。だって、やっぱり思いっきり打ちたいでしょ？　せっかく野球やってるんだから」

だが、松井は、ランナーを先に進めることを最優先にする。ランナーが一塁にいたら二塁へ、二塁なら三塁へ、三塁ランナーはなんとしてでもホームイン……というのを基本中の基本にして、ランナーがいる設定では必ずバントをやらせて、そのバントの打球の方向も、一塁側と三塁側で細かく、厳しく、決める。

「コンちゃんなんて四番なのに、ずーっとバントをやらされて、キレそうになってたよ」

「紺野《こんの》くんか。あいつは思いっきりバットを振り回す子だもんなあ」

「でしょ？　絶対にバントなんて向かないんだよね。でも、松井さんって、いちいちうるさいわけ。初球でバントしたら、早すぎるって怒ったり、最初からバントの構えをしたら、そんなことするなってダメ出ししたりして……マジ、怒ってばかりなの、全然褒めないんだよね、みんなのこと」

しだいに風向きが怪しくなってきた。

守備練習の時間になると、松井はまた忙しくなる。自らノックをして、守備陣を鍛えなければならない。

「でも、全然ひどくて。サードにノックするのにショートの正面の打球になったり、どう見ても三遊間ヒットでしょっていうのを打ったり、あと、外野のノックなんて全部ボテボテのゴロだし、レフトとライトのノックはほとんどファウルで……」

キャッチャーへのファウルフライのノックに至っては、一球もバットに当てることすらできなかったらしい。

ノックのあとは、ベースランニングやランナーに出たときのリードの取り方を練習するはずだったのだが、松井は、用事があるからと言って途中で帰ってしまった。

「よっぽどショックだったんじゃない？」

弘樹はそう言ったあと、あわてて手で口を塞《ふさ》いだが、私は聞き咎めたりはしなかった。もう、その気力もない。

「……明日は来るって言ってたか？」

そう訊くのがやっとだった。

弘樹は「来るんじゃないかな。休むって言ってなかったし」と答えたあと、続けた。

「でもさあ、お父さんには悪いけど、ぶっちゃけ、あんまり役に立ってないけどね」

「いや、まあ、そう言うなよ。ボランティアでやってくれてるんだから」

「役に立たないっていうか、迷惑かも」

「でも、あいつは、バントとか盗塁とかヒットエンドランの作戦はうまいぞ。だから、次の試合、勝てるんじゃないか？」

だが、弘樹は「勝ってもどうせ決勝トーナメントには進めないし」と言ってからそっぽを向き、「でも」と続けた。「次の試合は絶対に勝つって言うんだよね」

「松井が？」

「うん。だから、いままでのレギュラーも補欠も、学年も関係なくて、うまい選手だけ試合に出す、って」

一年生や二年生は張り切っていたらしい。

一方、三年生の補欠の下っ端——レギュラーの選手との「友情」で試合に出してもらっている連中は、たちまち不安に駆られてしまった。弘樹も、もちろん、その一人だった。

「すぐにモッくんが代表で言ってくれたんだよ、もう選手交代の約束をしてるから、って」

「……どうだった？」

「関係ない、って」

そこまでは淡々としていた弘樹だったが、感情の高ぶりをこらえきれなくなって、「ワケわかんねーっ」と声を張り上げた。「なんなんだよ、いきなり入ってきて、コバブーの友だちだからって、そんな勝手なことやっていいわけないっしょ、おかしいっしょ、マジ……」

私は弘樹の横顔を見た。悔しさなのか、悲しさなのか、目が潤んでいるのがわかった。さっきの、松井を小馬鹿にして、おとなをなめたような口ぶりも、根っこはここにあったのかもしれない。

「松井さんって、オレがお父さんの息子だっていうこと知らないのかなあ。そんなことないよね？　知ってるよね？　伊藤って野球部に一人しかいないし、コバブーが教えてるよね、絶対」

私は無言で目をそらす。弘樹もそれ以上はなにも言わず、「あー、眠くなった」とお芝居をして、目をこすり、涙を拭った。

「ボク、もう寝るね」

いつもは生意気に自分を「オレ」と呼ぶ弘樹が、珍しく小学生の頃のように「ボク」をつかった。弱気になっているのか、殊勝になっているのか、幼い頃に欲しいものをおねだりしていたときのように「お父さん、お願い、松井さんにボクを試合に出すように頼んでよ」と甘えているのか、「友だちだったら、お父さんが頼んだら聞いてくれるよね、それが友情でしょ」と試しているのか……。

私はニュースに気を取られているふりをして、弘樹がダイニングを出ていくまでテレビの画面から目を動かさなかった。

「ゴロゴロ言いはじめたよ」

風呂からあがった由紀子が教えてくれた。さっき洗面所で雷の鳴る音が聞こえたという。夏の終わり、八月も半ばを過ぎると、夜になってにわか雨が降りだすことが増える。

「近い？」

私が訊くと、「ううん、だいぶ遠かった」と言う。「だから、このまま、雨にはならないんじゃないかな」

「そうか……」

相槌が沈んだ。一瞬、雨を期待したのだ。通り雨ではなく朝まで降りつづいてくれれば、明日はグラウンドが使えず、野球部の練習は休みになるだろう。

「ねえ、ヒロから聞いたよね？　野球部の話。なにか言ってた？　日曜日の試合のこと」

「ああ……あいつ、出番がないかもしれないみたいだな」

「どうする？　ヒロの頼みを聞いてあげるの？」

「頼みって？」

「だから、松井さんにヒロのこと――」

由紀子は言いかけて、「あの子、あなたにお願いしなかったの？」と怪訝そうに続けた。

弘樹は、由紀子には「お父さんにお願いして、松井さんに頼んでもらう」と言っていたらしい。「オレが自分で言うから、お母さんは先によけいなこと言わないでよ」と口止めもした。

「いや、まあ、なんとなく伝わってきたけど、はっきりとは言わなかったぞ、あいつ」

私は首をかしげて、「やっぱり、親に頼るっていうのは、プライドが許さなかったのかもな」と苦笑した。もしもそうなら、息子のことを少し見直してやってもいい。

「でも、あの子があなたにお願いしたい気持ちになるのも、ちょっとわかるのよ。ずっと練習がんばってたのに一度も試合で打ったことがないのはかわいそうだ……って、望月くんもキャプテンだから責任を感じて、それで自分の打席を譲ってくれたんだって」

そんなの「責任」を感じるようなことじゃないだろう、そもそも「かわいそう」っていう発想がおかしいんだ、と言いたいのをこらえて、話の続きを聞いた。

「逆に、ヒロのほうも、望月くんが松井さんにケンもホロロに断られたのを気にしてるの。それはそうよね、自分のために打席を譲ってくれて、コーチにお願いまでしてくれた望月くんが……どうもね、松井さん、すごく冷たい言い方をしたみたいなの。だから、モッくんがかわいそうだって、あの子もあの子なりに責任を感じてるのよ」

ここでも「責任」が出てきて、「かわいそう」が登場する。たぶん、言葉としてはつかっていなくても、どちらもまとめて「友情」の話になるのだろう。

「なるほどなあ、優しいよなあ、いまどきの中学生は」

私は感心した笑顔をつくった。微妙な皮肉を込めたつもりだったが、由紀子は真顔で、諭すように、「いいことじゃない、それ、すごく大事だと思うよ」と言った。

話が途切れた。耳をすませたが、雷の音は聞こえなかった。もう雷雲は、山並みの向こうに流れていったのだろうか。

「それで……どうするの？　松井さんに一言、あなたのほうから言ってみる？」

まさか。すぐさま、強く、かぶりを振った。

「そんなことできるわけないだろ。実力主義で、みんな横一線でがんばってるんだから、ヒロだけ親のコネで特別扱いなんて、ありえないって」

だいいち松井が聞き入れるはずがないし、それ以前に——。

「友だちだぞ、俺とあいつは。息子を試合に出してくれとか、みっともないことを言わせないでくれよ」

「だよね……ごめん、ヘンなこと言っちゃって」

由紀子は素直に引き下がってくれたが、逆に自分自身が、心の中で訊き返した。

そうなのか——？

みっともなさや格好悪さが気になる関係は、友だちなのか——？

由紀子はもう、この話を蒸し返すつもりはなさそうだった。だからこそ、私はわざと軽く、笑いながら続けた。

「あんな奴に頼みごとをして断られたら、アタマに来ちゃうもんなあ」

マッちゃん、やっぱり俺たちは友だちじゃないのかもな——。

由紀子はちょっと困ったような苦笑いで応えた。

外は静かだった。雷の落ちる音でも、どしゃぶりの雨音でもいい、なにか耳の奥の奥、体の芯《しん》まで届く大きな音が欲しかったが、庭から聞こえてくるのは、虫の音だけだった。

3

翌日、松井は真新しいグローブを持って城東中のグラウンドに姿を見せた。弘樹によると、プロ野球の有名選手が使っているのと同じモデルの軟式用——練習後にスマートフォンで調べたら二万円台の高級品だったという。

ノックバットも買ってきた。野球部の備品のバットは何年も使い込んだ木製だが、松井が新調したのは、カーボン製の最新モデルだった。こちらも一万数千円。さらに天然革のバッティンググローブまで買ってきた。これも安くはないはずだ。

昨日の不甲斐《ふがい》なさがよほど悔しかったのだろう。それを晴らすために、何万円も注ぎ込んだのだ。

弘樹からその話を聞かされた私は「あいつらしいなあ」と苦笑して、晩酌《ばんしゃく》の缶チューハイを啜った。

「昔からそうなの?」

「負けず嫌いなんだ」

「でも、べつに誰かと勝負してるわけじゃないのに」

「自分の思ったとおりにできないことが嫌なんだよ」

「わがまま、ってこと？」

「そうじゃなくて……理想が高いっていうか、自信があるから、できなかったときが悔しいわけだ。カッコよく言ったら、自分と勝負してるんだな、あいつは」

「なんで？」

きょとんとした顔で訊かれた。あまりにも素直で屈託のない口調に、私は面食らってしまって、思わず「なんで、って？」と訊き返した。

弘樹の答えは早かった。

「だって、自分と勝負したら、どっちにしても自分が負けるんじゃないの？」

人差し指を立てた腕を自動車のワイパーのように左右に振りながら、「こっちの自分が勝ったらあっちの自分が負けるんだし、あっちの自分が勝ったら、今度はこっちの自分が負けるんだし……」と首をひねり、「ワケわかんないんですけどー」と笑う。

そうじゃなくて、と説明しようとしたが、ふと思った。

自分と勝負をしたら、必ず自分が負ける——。

弘樹の言っていることは、あんがい本質を衝《つ》いているのかもしれない。

松井のノックは、昨日よりは多少ましになったものの、やはりミスばかりだったらしい。キャッチボールもだめだった。暴投も多かったし、球を捕るほうは、むしろ昨日よりも失敗が増えた。何度も何度もグローブの土手に当てて落としてしまうのだ。

「新品のグローブだと革が硬いから、うまく開いたり閉じたりできないんだよ。ヒロもグローブを買ったばかりの頃はそうだっただろう？　使ってるうちに柔らかくなるから、だいじょうぶだ」

「でも、その頃にはもうサノっちが退院してるでしょ」

「……まあな」

「新しいの買っても全然意味ないよね。お金がもったいないだけじゃん」

「……うん」

日曜日の試合を含めて、あと三日で松井の仕事は終わる。新品同様のグローブやノックバットやバッティンググローブを東京に持ち帰って、なにか使い途があるのだろうか。

自分と勝負をしたら、必ず自分が負けるんだよ、マッちゃん――。

チューハイはまだ少し残っていたが、ぬるくなったし、気も抜けてしまった。新しい缶を冷蔵庫から出した。強い炭酸の刺激が欲しかった。勢いをつけて飲むと、冷たい泡が喉に飛び散った。夕立で大きな水たまりができたグラウンドに、さらに無数の雨粒が降りしきる光景が、ふと浮かんだ。

次の日の午後、銀行に出かけていた彩香さんが、店に戻ってくるなり「夕立、来そうですよ」と言った。「けっこうヤバい雲が出てます」

「へえ、そうか」

彩香さんと入れ替わって外に出て、空を見上げた。西のほうに、もこもことした入道雲が湧いていた。何層にも連なった、分厚い雲だ。縁のほうは陽射しを浴びて、まばゆいほど真っ白だったが、おなかのあたりには微妙な濃淡を持つ翳《かげ》りがある。陽射しがさえぎられているわけではないのに、空全体の青の色合いが変わった。明るさの調整目盛りが一つか二つ、暗いほうに寄った感じだった。確かにこれは夕立になりそうな空模様だ。

「やっぱり降りそうだな」

「はい……」

風も吹いてきた。どこかの店でつけているエアコンの風が外まで来たのかと思うほど、ひんやりとした風だった。これも、夕立の前触れになる。

「昔は、サンロードの一日の売り上げは、夕立が来ると二割増しになるって言われてたんだ」

「みんなが雨宿りでアーケードに入るからですか？」

「そう。さすがにウチは、家具を雨宿りのついでに買う客はいないけど、文具店やドラッグストアは、夕立特需ってのが、けっこうバカにならなかったんだぞ」

「夕立特需って、笑っちゃいますね」

「有線放送を流してた頃は、夕立が降りはじめると音楽が切り替わるんだ」

「へえーっ、そうだったんですか」

「ベタなんだけど『雨にぬれても』がかかると、それが合図になって、ビニール傘を目立つところに出したり、雨合羽を店先に並べたりして……」

懐かしい店と人を、ふと思いだした。

「『ミートショップ本町』なんて、コロッケが名物だったから、雨宿りの客を狙って大急ぎでどんどんコロッケを揚げるんだ。まさに臨戦態勢だよ。でも、夕立って、すぐに雨があがるときもあるだろ。そうなったら、つくりすぎになって、しかたなく半額セールやったりしてた」

「やだぁ」

「商業高校の大先輩なんだけど、おっちょこちょいの大将だったなあ」

商店街の人気者だった『ミートショップ本町』の大将も、三代続いた店を五年前に畳んだ。いまは七十を過ぎて、工事現場の誘導員をしている。跡地は、しばらくは携帯電話のショップが出ていたが、それも閉店してしまったあとはずっと更地——見栄《みえ》を張って「フリースペース」と呼んでいても、時間貸しの駐車場すらつくれない中途半端な広さの空き地が、商店街のそこかしこにある。

「じゃあ、アーケードがあった頃は、空が明るくなったとか暗くなったとか、天気はほとんどわからなかったんですね」

「うん。時計がないと時間もはっきりしなくて、中学生や高校生が店の前を歩くのを見て、そうか、もう夕方か、って」

声の尻尾をさらうように、風が吹き渡る。少しずつ強くなってきた。電線が風に煽られてたわみ、口笛のような音をたてる。

「昔は、いまみたいな音も——」

「聞こえない聞こえない。台風ぐらいにならないと風も吹き込んでこないから、まあ、おだやかなものだったな」

「いまは、雨風にさらされちゃって」

冗談めかした彩香さんの言葉に、私も「まったくだな」と笑い返し、そのあとすぐ、世間の雨風は厳しいよなあ、と心の中で付け加えて、口元をすぼめた。

「でも、どっちなんでしょうね」

「なにが？」

「アーケードのおかげでよかったところと、アーケードがあったせいでだめだったところ、どっちが大きいと思いますか？」

難しい質問だった。いろいろな意味で。

とりあえず「どうなんだろうなあ」と間をとって、空を見上げた。「まあ、両方同じぐらいだよな」

ごまかしの答えというのはわかっていたが、それ以外には、いまは、やはり答えられない。

彩香さんも少し申し訳なさそうに「ですよね」とうなずき、「すみません、ストレートすぎる質問しちゃって」と頭をぺこりと下げてから、店に戻っていった。

あとに残った私は、あらためて通りの左右に目をやった。午後三時過ぎのサンロードに、人影はほとんどない。ずいぶん遠くのほうで、猫が通りをのっそり横切っていくのが見えた。急いで渡らなくてはならないほどの人通りはない。四時や五時になっても、身のこなし方はたいして変わらないだろう。

猫をぼんやり見送りながら、来月の商工会の議題がカラス対策だというのを思いだした。ウチは午前十一時開店だし、食べものを扱ってはいないので実害はほとんどないが、朝早くから店を開ける喫茶店《きっさてん》やベーカリーや豆腐店は、ゴミを漁られて難儀していているらしい。

空はひときわ暗くなり、風もさらに強くなった。山のほうからは小さく雷鳴も聞こえる。

たとえ夕立が来ても、この商店街はもう雨宿りには使えない。「夕立特需」という言葉や『雨にぬれても』の話を、菜々美や弘樹にしたことはあっただろうか。二人はなにも知らないだろうか。ほかの店ではどうなのだろう。何十年かたって自分たちの世代がみんな世を去ってしまったら、ここに昔アーケードがあったことを、いったいどれだけの人たちが覚えていてくれるだろう……。

四時半頃には、空は陽が暮れたかと思うほど暗くなった。ひんやりとした風も電線を鳴らしつづけた。雷鳴は明らかに近づいていたし、間隔も狭まっていた。

照度センサーのついている街灯が灯り、店の前を行き交う人影もぴたりと絶えた。ゴロン、と雷が頭上で鳴った。まだ落雷には至っていないが、スマートフォンの気象アプリで確かめると、落雷情報は周辺地域にすでに複数出ている。

五時前に市内の営業から戻ってきた永原くんが、「雲の中で光ってましたよ、もう」と報告した。

「ちょっと休憩だな」

パソコンの電源を切り、ケーブルも抜いた。彩香さんも手慣れた様子で壁からLANケーブルと電話線を抜く。

「まあ、雨があがるのを待つしかないんだから、のんびりすればいいさ」

私は画面が暗くなったパソコンの前から離れ、商談用のデスクに移った。

「店長、余裕ですね」と永原くんが笑う。彩香さんも「なんか、うれしそうじゃないですか?」と、からかうように言った。

そうかもしれない。欲を言えば、あと二、三時間早ければ、もっとよかった。そうすれば、城東中の野球部の練習も中止になっていたはずだ。

いまから降ってくれてもいい。グラウンドが水浸しになれば、うまくすれば明日の練習が中止、もしくは時間を遅らせて始めることになるかもしれない。松井が恥をかき、悔しい思いをする機会は、少ないほうがいい。グラウンドに立つ時間は、一日でも、半日でも、一時間でも、短いほうがいい。

「でも、男の人って、そうですよね。夕立とか台風とか、なんか、バーンとちゃぶ台をひっくり返すような瞬間、好きですよね」

彩香さんが訳知り顔で言うと、永原くんはもっと分別くさく「ストレスが溜まってるんだよ、オトコは」と返す。

「あ、いまのセクハラじゃないですか」

「出た、セクハラ警察」

「ひどーい、店長、どうなんですか、これ」

強い風が吹きわたって、出入り口のガラス戸を揺らした。風の速さより圧に驚いた。ドン、と叩きつけてくるような強さだった。

ショーウィンドウのガラスはそれなりに丈夫なものを塡《は》めてあるが、あくまでもアーケード時代のものなので、吹きさらしになったいまの雨風に耐えられるかどうか、じつは全幅の信頼を置いているわけではない。

今年はまだ台風は来ていない。本番のシーズンは九月、十月——その前に業者に来てもらって、耐久性を確認したほうがいいかもしれない。

さっきの彩香さんの質問がよみがえる。

アーケードがあってよかったところと、よくなかったところ。答えはまだ出せなくても、俺たちがアーケードに守ってもらっていたことは確かだよな、と認めた。

守られていたのか、甘やかされていたのか——。

その問いの答えは、やはり、わからないままだった。

五時を回ると、雷鳴は少しずつ遠ざかっていき、鳴る間隔も広がっていった。風がおさまった。空も明るくなってきた。

「空振りでしたね」と彩香さんが言った。

夕立には、そういうことがよくある。降りだす寸前までいきながら、ぎりぎりのところで雨雲や雷雲が街をかわして流れ、そのまま遠ざかったり消えたりするのだ。

「ラッキー、助かったな」

永原くんはさっそくパソコンの電源を入れ、ＬＡＮケーブルを挿し直し、ルーターも再起動して、仕事に戻った。

「最近はゲリラ豪雨とかすごいですから、よかったですよ、降らないで」

車での帰り道を心配していた彩香さんも、ほっとした様子だった。

そこに、隣の市に出かけていた池田くんが戻ってきた。

「いやー、まいっちゃいましたよ……死ぬかと思ったっス」

隣の市は、ひどい雷雨だった。

「もう、雷が落ちまくって、稲妻も光りまくりで、空も地面も割れるんじゃないかって感じで、バリバリ、バリバリ、ドッカーン、っスから。それが二十分ぐらい続くんスよ、もう地獄っスよ」

車を運転していても、身の危険を感じるほどだったらしい。

「だって、雨もすごかったんスよ。ワイパーなんて全然追いつかないし、国道も冠水しちゃってて、対向車がトラックだと、水が跳ね上がって、こっちのルーフの上に、水の塊《かたまり》が、ドッゴーン、バッシャーン、っスから……フロントガラスなんて真っ白で、一瞬視界ゼロっスよ、マジ、死ぬかと思ったー……」

明るく元気なぶん、話を大げさにする癖がある池田くんだが、話半分としてもかなりの夕立だったのだろう。実際、彩香さんが調べると、隣の市には大雨・洪水警報と雷注意報と記録的短時間大雨情報がまとめて出ていた。

「まあ、事故らなくてよかったよ、お疲れお疲れ」

私は池田くんをねぎらい、調子に乗った彼が「危険手当とか、どうっスか」と言いだしたのを苦笑いでいなして、若い連中の誰とも目を合わさずに、ため息をついた。雨と雷の半分でもいいから、こっちに回してほしかった。それが偽らざる本音だった。

帰宅した私を、子どもたちは二階から「お帰りなさーい」と迎えたきり、ダイニングには下りてこなかった。

菜々美にはよくあることだが、いつもは寝るまでに最低でも一度は顔を見せる弘樹が、今夜は私が夕食を終える頃になっても部屋から出てくる気配がない。

その理由を、由紀子が「お父さんには黙ってて、って言われてるんだけど」と前置きして、教えてくれた。

「あの子、今日の部活で、みんなの前で叱られたの」

松井に——。

「とにかく口うるさいんだって、松井さん。細かくて、粗探《あら》しばかりして……」

ミスが出ると、すぐに練習を止める。しくじった本人だけでなく、みんなを集めて、なぜこのミスが起きたのか、どうすれば直せるのか、くどくどと説明して、バントだったらバント、スライディングだったらスライディングを、何度も何度も練習させる。

「ヒロも今日、ちょっと失敗しちゃって」

フリーバッティングの守備についていたとき、正面に転がってきたゴロをトンネルしてしまった。それを松井に見咎められたのだ。

「でも、守備練習でノックを受けてるときにエラーしたんだったらわかるけど、フリーバッティングって、打つほうの練習でしょ？」

「まあ、そうだな」

「守ってるほうは、練習してるっていうより、球拾いのような感覚なんでしょ？　軽い気持ちっていうか、本気で守って、ファインプレーしたいわけじゃないのよね？」

「まあ……それは、人それぞれだけど」

「そうよ、人それぞれだから、のんびり守ってる子がいてもいいのよ」

由紀子は自分の側の理屈に話をつなげた。「だから、トンネルぐらい、ふつうは気にしないでしょ、ってこと」

だが、松井はフリーバッティングを中断して、一年生から三年生まで十数人いる外野手全員をグラウンドの隅に集め、腰をしっかり落とす正しいゴロの捕球姿勢を繰り返し練習させた。その間のフリーバッティングは、守備陣が内野手だけになったので、急遽バント練習に切り替えられてしまった。

「フリーバッティングって、思い切り振って打つのが面白いんでしょ？　それが急にバントしかできなくなったんだから、みんながっかりだし、ヒロも迷惑かけちゃったから責任感じて……」

「なにか言われたのか」

「ううん、全然それはない。あの子たち、みんないい子だもん、優しくて、友だち思いで。だから逆に、みんなヒロに同情して、励ましてくれたみたい」

「そうか……」

ほっとした私に、由紀子は、ここからが本題なの、と言いたげに食卓に身を乗り出して、声をさらにひそめて続けた。

「ねえ、どう思う？　ヒロたち、あと二試合で引退なのよ。最後の最後じゃない。なんで、こんなにつまらないことばっかりやらされなきゃいけないわけ？」

「いや、でも……つまらないことじゃないと思うけどな」

「同じことを何度も何度もやらせるのも？」

「まあ、正しいフォームとかは、体で覚えて、とっさのときにも自然にできるようにしなきゃいけないから、反復練習は――」

「プロならね」

ぴしゃりと封じられた。「甲子園を目指すとか、そういう野球部だったらわかるわよ。でも、城東中はそんな野球部じゃないじゃない。野球の好きな子が集まって、みんなで楽しくやろうよっていう部活なんだから」

でしょ？　と目で念を押した由紀子は、一つ大きく息をついてから、言った。

「わたしは、松井さんっていう人は、中学生を教えるのには向いてないと思う。少なくとも、城東中には来てほしくなかった」

「いや、でも……好きなことだけやって、楽しさ最優先っていうのは――」

また、封じられた。

「――そこ」

強い声と、じっと見つめるまなざしと、こっちに向けた人差し指まで使って。

「ヒロが夕方言ってたの。お父さんは絶対にこんなふうに言うから、って」

それが当たった。

「ほんと、そのとおりだったから、びっくり」

あきれ顔になって、「あなたとか松井さんの世代って、やっぱり部活をそんなふうに見ちゃうのかなあ」と首をかしげる。

違うよ、と言いたい。俺たちは若い頃は「新人類」なんて呼ばれて、甘ったれでふやけて理屈しか言わない奴らだって言われてきたんだぞ、と教えてやりたい。

だが、その前に、由紀子は言った。

「どうせ松井さんの味方をするって最初からわかってたから、ヒロは、いまの話をあなたにはなにも言わなかったの」

私は黙って唇を噛んだ。自然とうなだれてしまった。「世代」という言葉が、言われた瞬間よりも少し遅れて、指にできたささくれのように、ズキズキと胸に痛い。

四十四歳の由紀子は、中学三年生の親として平均的な年齢だが、私はかなり上になってしまう。少なくとも、いままで弘樹の同級生の父親を見てきて、自分より年上には会ったことがない。

由紀子は、前に乗り出していた上体を引いて、口調をあらためた。

「これは、ヒロが言ったわけじゃなくて、わたしが勝手に想像してるだけだし、そもそも『まさか』の話なんだけど」

「……なに？」

「松井さんが、あなたを嫌ってたり、憎んでたり、恨んでたりしてるってことは、絶対にない？」

言葉に詰まった。あまりにも唐突で、荒唐無稽《こうとうむけい》な、妄想まがいの話に啞然とした。

「今日みたいにちょっとしたエラーを野球部全体の大問題にしたり、望月くんとの約束を白紙にしたり……ヒロにキツすぎるような気がしない？」

「いや、それは――」

「わたしもそんなことないと思ってる、絶対にありえないと思ってる。でも、いま、松井さんって家のことが大変で、お母さんの介護のこともあって、しんどいんでしょ？　そういうときには、やっぱり、いろんなことが屈折していっちゃうんじゃないかなあ」

言い返したいことや、言いたくても言葉にならないことは、いくつもあった。

それらを全部吞み込んで、一言だけ――。

「あいつと俺は、友だちだから」

強い口調で言ったわけではなかったが、由紀子は気《け》おされてうつむいた。決まり悪そうに肩をすぼめ、「ごめんなさい……」と詫《わ》びて、席を立った。

私も黙って由紀子の背中を見送った。口は開かなかったが、自分の声が体の内側から聞こえた。

ほんとうか――？

自分が自分に尋ねた。

あいつと俺は、友だちだから。

ほんとうか――?

自分に訊かれた自分はなにも答えない。だから、もう一度、自分が訊く。

なあ、それ、ほんとうなのか――?

訊かれた自分は、ただじっと押し黙る。


土曜日の夕方六時を回っても、『家具のいとう』は、あいかわらず開店休業のありさまだった。

午後の来店客は三組。椅子を引くのがしんどくなったという老夫婦に、軽い材質のダイニングチェアが二脚売れただけだった。

逆に、介護用品のほうは、レンタルも販売も朝から忙しかった。問い合わせの電話やメールが相次ぎ、そのまま、かなりの率で成約へと至る。特に個人宅の注文が多い。この二、三日はずっとだ。

「去年もそうでしたけど、八月のお盆を過ぎると増えますね、お客さん」

一時間の残業を引き受けてくれた彩香さんが、オーダーシートを整理しながら言った。「お盆明けと、お正月明け」

私も配送の伝票をチェックする手を休めずに「ああ」とうなずく。「家族が集まるときだからな」

離れて暮らしている子どもたちがお盆やお正月に帰省して、両親や祖父母が予想以上に年老いていることに気づき、なにかしておかないと、とあわてて介護用品を揃えるのだ。

「あと、やっぱり暑い時季と寒い時季は、一気に体力が落ちて、足腰も弱ってくるしな」

「ですよね」

「冷房で具合が悪くなって食欲が落ちる人はたくさんいるけど、冷房を使わないと熱中症が怖いし……難しいよ」

彩香さんを帰したあとも、介護用品についての問い合わせの電話はときどきかかってきた。『家具のいとう』の営業時間はあと一時間以上残っていたが、そちらのほうは、もう端《はな》から期待していない。電話応対をしながら、商売替えの時期が近づいていることを嚙みしめていると、スマートフォンに自宅からの電話が着信した。

かけてきたのは、弘樹だった。

「お姉ちゃんはまだ帰ってないし、お母さんはいまお風呂に入ってるから」

つまり、由紀子と菜々美がいない隙――二人には聞かれたくない話、ということだった。

悪い予感を胸に、「どうした？」と訊いた。

「あのね、お父さん……確認だけど、お父さんと松井さんって、マジ、友だちなんだよね、親友だよね、そうだよね？」

私は目をつぶって、天を仰ぐ。

「まあ、うん、友だちだ」

「それでね、みんなに頼まれちゃったことがあるんだけど」

パソコンの前にいた私は、円卓の椅子に移った。

「なにがあったんだ？」

努めておだやかに、落ち着いて訊いた。

店の外は暗い。商店街にアーケードがあった頃には目にすることのなかった夕闇が広がっていた。


練習が始まって早々に、松井のカミナリが落ちたのだという。

ウォーミングアップの体操をしているとき、一年生の何人かがふざけてグラウンドの砂をかけたり脇腹を小突き合ったりして笑い声をあげた。それを聞いた松井が、ものすごい形相で叱りとばした。笑った部員だけでなく、注意せずに放っておいた二年生や三年生にも怒りの矛先《ほこさき》が向いた。

「真剣さが足りないとか言って、それでグラウンド五周だよ、全員」

私は顔をしかめた。体罰には──ならないよな、だいじょうぶだよな、だいじょうぶじゃないのかな、いまどきは……。

ランニングを終えたあとも、松井の機嫌はすこぶる悪かった。

「ずーっとムスーッとしてるから、こっちまで気分悪くなっちゃうんだよね」

エラーや凡打にも厳しすぎる。

さすがに直接の体罰はなかったものの、打球を追うのをすぐにあきらめる部員にダイビングキャッチを命じて、その子が肘を擦《す》りむいたのは、難しいところだ。

送球が逸れた別の部員に「しっかり踏ん張って投げないからそうなるんだよ！」と怒鳴ったのも、威圧的だった、恫喝《どうかつ》された、と言われてしまうだろうか。

絶好球を空振りした部員を呼びつけて「おまえはチビなんだからホームラン狙っちゃだめなんだよ。あんなに大振りしたら当たるわけないだろう」と言ったのは、どうか。怒鳴り声ではなくても、「おまえ」はまずい。体格を持ち出すのはハラスメントになりうるし、そもそも「当たるわけない」と決めつけてしまうのは……。

「ほんと、口うるさいの。昨日もそうだったけど、今日はもっとひどかったんだよ。明日試合なのに、バントとかゴロの捕り方とか、そんなのばっかりやらされて、説教も長くて、野球より説教聞いてる時間のほうが長いぐらいなんだもん」

「いや、でも、松井もみんなに少しでもうまくなってほしくて――」

「よけいなお世話だよ、そんなの」

「……だって、それが監督の仕事だろ？」

「チームを明るく元気にするのも仕事なんじゃないの？　サノっちなんか、練習中からすごく盛り上げてくれるよ」

返す言葉に詰まった。あきれはてて絶句してしまったのだ――と自分では思うのだが。

「あーあ、『元気ハツラツのびのび野球』が城東中の売りだったのに、真逆だよねー。松井さんのせいで、雰囲気めちゃくちゃ。せっかくいままで、みんなで楽しくやってきて、もうすぐ引退なのに、最後の最後に部活がつまんなくなるのって絶対に嫌だよ」

わかったわかった、となだめて、「でも、松井が練習を見るのは今日までなんだから」と言った。「明日の試合が終わったら、あさってから佐野先生に練習を見てもらえばいいだろ」

すると、弘樹は「あ、それ、そこのところ」と返した。「お父さんから松井さんに頼んでほしいのは、明日のこと」

「……なにを頼むんだ？」

「明日の試合、松井さんに来てほしくない、っていうか、オレら、もう、松井さんにいろんなこと勝手に決められるのって嫌なんだよね、みんな。だから明日は休んでくれるように、お父さんから頼んでよ。お願いっ」

エースの山下くんと四番打者の紺野くんが中心になって言いだしたのだという。紺野くんはもともと松井と折り合いが悪かったし、山下くんのほうも——。

「ヤマぴー、明日の試合、先発できないかもしれないんだよ」

「なんで？」

「松井さん的には、タカのほうがいいみたい。今日もずーっとタカにくっついて、セットポジションとか牽制《けんせい》とか教えてたから」

「タカって、高橋《たかはし》くんだよな」

背番号10の控え投手だ。これまで先発は一度もない。リリーフでの登板もすべて山下くんが「友情」からマウンドを譲ったもので、いつだったか弘樹は「あとでヤマぴー、思いっきり恩着せがましくして、イバるんだよね」と笑っていた。そういう性格のエースなのだ。

「だいじょうぶだろ、今日は高橋くんのコーチをしただけで、本番はやっぱり山下くんを先発させると思うけどなあ」

「でも、ヤマぴー、松井さんに今日ずっと無視されてる、って言ってた」

「……気のせいだろ」

「グラウンド五周したとき、ヤマぴー、本気で走ってなかったんだけど、松井さんがじーっとにらんでたんだよね。それを根に持って、逆恨みしてるんじゃないか、って。すっごい怒ってんの、ヤマぴー」

言葉のつかい方が違う。ものの考え方も間違っている。

私は大きく息を吸って気持ちを落ち着かせてから、「だから明日は松井に来てほしくないのか？」と訊いた。

「だって、好き嫌いで選手を決めるのってよくないと思わない？」

「……そんなことしないよ、あいつは」

「わかんないじゃん」

「絶対にしない」

「でも、もしもそういうことされても、オレら逆らえないでしょ。選手は文句言えないじゃん。監督って一番偉いんだから、責任持ってくれないと困ると思わない？ピンチヒッターで来て、明日でいなくなる人が、もうどうでもいいやって思って、めちゃくちゃなことしても……オレら、絶対服従なわけ？」

「しないって言ってるだろ、するわけないだろ、ちゃんとやるよ、あたりまえじゃないか」

情けなくなった。弘樹を叱る前に、ただ悲しくて、情けない。

だが、心の片隅には、ほんとうにだいじょうぶだろうか、と松井を信じ切れない思いも、確かに、ある。それがなによりも情けなくてしかたなかった。

「松井に、明日来るなとは、お父さんは言わない。いいか、絶対に言わないぞ。あいつは小林教頭に頼まれて、忙しいのに来てくれてるんだから、そんなこと言えるわけない」

「えーっ……」

「その代わり、あとで電話をかけて、明日頼んだからな、しっかりやってくれよ、って言っとく。それでいいな」

「うん、だったら……いいけど」

弘樹はまだ微妙に納得していない様子だったが、それでも伝言を終えてほっとしたのか、笑い交じりの声で「でもね、オレ、今日は一度も文句言われなかったんだよ」と言った。「けっこう調子が良くて、ノックのときにはホームラン確実っていう当たりも、ジャンプして捕ったし、フリーバッティングは十五打数十安打ぐらいだったんだよ」

「へえーっ、すごいな」

私も気を取り直して、ことさら朗《ほが》らかに応えた。

「でしょ？　だから、明日の試合、オレ、出られるよね。だって松井さん、実力で決めるって言ったんだから、これだけ打ったらだいじょうぶだよね、ピンチヒッター」

ここでスタメン出場などと言いださないところが、弘樹のいいところでもあり、だめなところでもあるのだろう。

「だから、試合に出られるんだったら、明日の試合も松井さんが監督でも、まあ、自分的にはいいかなって気もするけど……」

ずるいところ、弱いところ、いろいろある。

まとめて、優しい奴なんだよなあ、と息子をかばうのが、親のずるさであり、弱さなのかもしれない。

弘樹との電話を終えると、小林のスマートフォンを鳴らした。

電話はすぐにつながった。小林は外にいた。騒がしいというほどではないが、私にも聞き覚えのある最近のヒット曲がBGMに流れている場所だ。音楽だけではない。「カン」とも「キン」ともつかず、もっと甲高い「チーン」「キーン」にも聞こえる音がひっきりなしに繰り返される。

「コバ、いま、どこにいるんだ？」

「ちょっと待ってくれ、もっと静かなところに移るから、すぐに折り返す」

コールバックが来ると、私は手早く、深刻になりすぎないように気をつけながら、松井と野球部員の間の状況をかいつまんで伝えた。

「コバも話の流れだけは知っておいたほうがいいと思って電話したんだけど」

「そうか……サンキュー、悪かったな、わざわざ」

小林の声は意外と落ち着いていた。動揺や困惑は感じられない。予想通りといった口調だった。

「コバもなにか聞いてるのか？」

「うん、まあ……」

口ごもったあと、「ヒメ、いまどこにいる？」と訊いてきた。

「店だよ。まだ営業中だから」

「今日だけ早じまいって、できるか？」

「ああ、それは……できるけど」

「じゃあ、こっちに来るか」

小林がいまいるのは、『ゆめタウン』の一角にある複合スポーツ施設だった。

「バッティングセンターがあるんだけど、わかるかな」

ああそうか、と思い当たった。さっき電話口で聞こえていた音は、金属バットの打球音だったのだ。

「そこに来てくれ。あと三十分ぐらいは絶対にいるから」

小林はそう言って、「マッちゃんも一緒だから」と付け加えた。

バッティングセンターには、六つのケージがあった。その一番手前のケージに松井、バックネット裏のベンチに小林がいた。

私に気づくと、小林はベンチから立ち上がって、こっちこっち、と手を振った。ちょうど投球の合間だった松井もベンチのそばまで来た私を振り向いて、よお、と照れたような、困ったような笑顔になった。挨拶はそれだけで、すぐにまたバットを構え直し、投球を待ち受けて――拍子《ひょうし》抜けするほどの遅い球を打つと、当たりそこねの鈍い音がして、ボテボテの打球が足元に転がった。

「ピッチャーゴロか、へたすりゃキャッチャーゴロだな」

小林はぽつりと言う。ベンチはケージの真後ろだったが、場内にはずっと音楽が流れているので、松井の耳には届かない。隣に腰かけた私に「これで十九スイング連続ノーヒットだ」と苦笑交じりに言った声も。

小学校高学年レベルの時速八十キロの球を、三球に一球は空振りしてしまうらしい。

「でも、まあ、三ゲーム目だから、疲れも出てるんだけどな」

一ゲーム二十五球。すでに五十球以上打っていることになる。

「その前に、あっちでノックの練習もしたんだ」

小林は一番奥のケージを指差した。

マウンドから投げ込むのではなく、打席のすぐそばで、下から軽く放った球を打つケージだった。もともとは子ども用のもので、おとなは原則として利用禁止だが、それをノックの練習に使わせてもらっている。

「特別だよ。マッちゃんはああいう性格だから、俺が代わりに、係員に頭を下げてお願いして、やらせてもらってるんだから」

思いも寄らなかった展開に目をしばたたくだけの私に、小林は続けた。

「今日は五ゲームだったから、百二十五球、ノックしてる」

その球数以上に「今日は」の一言に驚かされた。

「昨日も来てるのか？」

「水曜の夜からだ。四日連続だよ」

「それって——」

「初日から」

だよな、とうなずくと、小林は「俺もびっくりしたんだけどな」と笑った。

キャッチボールもノックもろくにできなかった初日の練習が終わったあと、松井は小林に電話をかけて、バッティングセンターがどこかにないか尋ねた。

「昔は、けっこう街なかにもあったんだよな。でも、昔のは全部つぶれて、いまはもう、ここしかないから」

『ゆめタウン』の施設のことを教えると、付き合ってほしい——つまりは、車で送り迎えしてほしい、と頼まれた。

東京に自家用車を置いてきた松井には、この街での「足」がない。

「こっちに帰ってる間に一番やらなきゃいけないのは家の中の片付けだから、車はそれほど必要ないんだよな。城東中に行くのも、あいつのウチからだと歩いて十分ほどだし」

昼間、実家を引き払う手続きで役所や不動産会社に出かけるときはバスかタクシー、遠出の用事がある日はレンタカーを使う。だが、郊外の『ゆめタウン』へのバス便は夜になるとがくんと便数が減ってしまうし、タクシー代もばかにならない。

「まいったなあって思ったんだけど、こっちにも監督を頼んだ恩があるし、そこまで熱心に取り組んでくれてるのが、やっぱりうれしかったし……」

実際は熱心じゃなくてムキになってたんだけどな、とオチをつけて、教えてくれた。

初日はキャッチボールにも付き合わされた。

松井の持っているグローブが新品だと気づくと、断ることができなかった。

「あいつ、新しいグローブを少しでも早く、柔らかくして、自分の手に馴染ませたかったんだろうな」

「うん……俺も、そう思う」

「新品を買ってくれとか、誰が言ったんだよ。ノックバットを自分で持ってこいなんて誰も言ってないだろ。なに一人で勝手なことして、一人で背負い込んでるんだよ」

小林はケージに顎をしゃくったあと、アタマきちゃうよなあ、と眉をひそめて笑った。

「まあ、そういうわけで、キャッチボールをやったんだよ」

週末に合わせて台数を確保した『ゆめタウン』の広い駐車場は、平日の夜九時過ぎには、がらんとしてしまう。その駐車場の隅、外灯の下で、飛び交う羽虫や蛾《が》に悩まされながら、ボールを投げて、捕った。

ただし、グローブは松井の持ってきた新品の一つしかない。それを十球交代で使った。相手が素手のときにはゴロで返球するというキャッチボールになった。

「なんか、すごいな、それ」

私は失笑した。ともに五十代後半にさしかかる男二人が、一つのグローブを交互に使って、投げて、捕って、転がして、素手で捕って、また投げて……。

「俺は意外と楽しかったぞ」

「そうか？」

「お互いブランクが長すぎるから、俺もマッちゃんもひどいものだった。投げると暴投で、捕ろうと思ってもグローブが空振りだ」

それでも、「楽しかったんだよ、ほんとに」と小林は念を押した。

お互い二十球ずつ投げて、転がした。

松井は途中から、なんとも言えない顔をしていたらしい。自分から誘ったものの、いざやってみると、やはり私と同じようにあきれてしまったのだろう。

「俺はもっとやってもよかったんだけど、マッちゃんが、もういいだろ、って……ひどいんだぜ、最後は俺が付き合わせたみたいな言い方になってるんだから。あいつ、ほんとに身勝手だよ」

小林の顔と声は、今度も言葉ほどには怒っていなかった。

キャッチボールは最初の夜だけだった。

「よっぽど懲《こ》りたんだろうな。俺は付き合う気満々だったんだけど」

おとといの夜からは、バッティングセンターのケージに入り、ピッチングマシンが投げ込む球を捕って、外野のネットまで返球するようになった。そうやってグローブを馴染ませ、キャッチボールの練習をしている。

「これも俺が特別に頼んでやったんだから」

小林はぐっと胸を張った。自慢なのか苦労話なのか、とにかく自分のやったことをアピールしつつも、本音では、あの不可思議なキャッチボールに未練をたっぷり残している様子だった。

「優しいよ、コバは」

「そんなことないって」

照れ笑いを浮かべてかぶりを振った小林は、真顔に戻って言った。

「グローブが一つしかなくて、一人がボールを投げて、相手がゴロで返して……そういうキャッチボールも『あり』だ、それを『あり』にしないとキツいだろ、いろんなことが」

もういい歳なんだから、と付け加えたとき、鋭い打球音が場内に響いた。

松井ではない。中央のケージ二つを使っていた若者グループの打球が、景品付きのホームランゾーンをライナーで直撃したのだ。

ファンファーレとともに仲間たちが歓声をあげるのを横目に、こちらのケージでは、松井が空振りしてしまった。ボールがキャッチャー代わりのマットレスに当たって、ボスン、という音をたてる。気の抜けたような、いかにもさえない音だった。

私と小林の肩の力も抜けてしまった。思わず頰《ほお》をゆるめ、目配せしたわけではないのに、二人揃って、似たような深さのため息をついた。

松井の三ゲーム目は、残りわずかになった。

「終わったら少し休むのか?」

「ああ。一ゲームが終わると、汗ぐっしょりで、息もぜえぜえしてる」

それでも、またケージに戻る。

「四ゲーム、絶対にやるんだ」

合計百スイング——。

「最後のほうなんてバットに当たるほうが少ないぐらいだけど、やるんだ、あいつ」

「根性あるなあ」

小林は苦笑交じりにうなずいて、「これはもう、執念だ」——私もほんとうは、こちらの言葉をつかいたかった。

ラスト十球。残りの球数を示す電光掲示板に〈10〉が表示され、ほどなく〈9〉に変わる。それまでヒット性の当たりは一本、せいぜい二本しかなかった。

次の打球は、振り遅れのファーストフライの角度と距離だった。掲示板の表示が〈8〉に変わる。

「さっきヒメが電話をよこした少し前に、保護者会からも電話があったんだ」

「どんな？」

「明日の試合は、子どもたちに自分で作戦を立てさせたらどうですか、って」

電話の主は、保護者会の会長——山下くんの父親だった。

「水曜日に野球部に来たばかりで、選手の特徴や性格もよくわかってない臨時の監督に任せるより、ずっと一緒にやってきた部員同士で話し合ってスタメンや作戦を決めたほうがいいし、そのほうが子どもたちにも思い出になるんじゃないか、って」

「なんだよ、それ」

「でも、まあ、確かにその考えにも一理ないわけじゃないし、向こうはマッちゃんのノックやキャッチボールがお粗末だったのも息子から聞かされて、よーく知ってた。ほんとうに野球部のOBなんですかって、俺まで疑われちゃったよ」

苦笑した小林は、私が口にしかけた言葉を先回りして受けて、「だいじょうぶだ」と言った。「へなちょこの教頭でも、それくらいのねばり腰は持ってる」

なだめすかしながら、松井が明日の試合に采配をふるうことは了承してもらった。

「だって、あいつ、今夜もここに来てるんだぞ。明日の試合前のノック、少しでもうまく打ちたいんだ。あいつの性格だと、相手チームの前で恥をかきたくないんだろうし、あと、やっぱり、選手にいいノックをしてやりたいんだと思うんだよな」

「うん……わかる」

「それを、いまになって明日の試合は来なくていいなんて言えないだろ、やっぱり」

そこまでは昔の仲間への友情だったが、ため息を一つ挟んで、へなちょこの教頭が背負った現実が顔を出す。

「でも、弘樹くんがヒメに伝言したとおりの流れだと、まずいな、はっきり言って」

山下さんは公式戦はもちろん、練習試合でも皆勤で応援に来る。保護者会の会長としての責任感以上に、息子を応援したいのだ。私は覗いたことはないが、息子のピッチングを、打者を抑えたところ限定で動画に撮り、編集して、せっせと動画投稿サイトにアップしているらしい。

明日の試合は城東中のグラウンドでおこなわれる。次の週の最終戦は相手の学校に出向くので、三年生にとってはこれがホームグラウンドでの最後の試合になる。保護者会からもたくさん応援に駆けつけるだろう。そんな晴れ舞台で自慢の息子が先発からはずされたら、山下さんは——。

「揉めるよなあ、絶対に」

ため息交じりに言った小林は、「マッちゃんは明日で終わりだからいいけど、俺は、まだこの先もあるんだよなあ」と、またため息をつく。

「マッちゃんに言ったのか、電話のこと」

「ああ、さっきな。ヒメの電話の話も、おまえが来る前に、もう伝えてる」

「それで、なんだって？」

「わかった、って……それだけだ。どこまでわかってんのか、全然わかんないよ」

話している間に電光掲示板の数字は〈7〉〈6〉〈5〉〈4〉と減っていき、三球連続で空振りして〈0〉になった。

空振りはどれも、ボールから大きく離れたひどいスイングだった。特に、最後の一球は目をつぶって振ったとしか思えないほど——いや、端からボールに当てる気などなく、ただ全力でバットを振り抜きたいだけだったのかもしれない。

ケージから出てきた松井は、疲労困憊《こんぱい》して足取りも覚束なかった。汗でぐっしょりになった髪をタオルで乱暴に拭うと、汗のしずくが飛び散るのがベンチからも見て取れた。

「マッちゃん、ここ、いいぞ」

小林はベンチを譲って、「俺も軽く打ってくるかな」とケージに入った。気を利かせて二人きりにしてくれたのだろう。

肩で息をした松井は、「お疲れ」と声をかけた私に黙って目で応えただけで、へたり込むようにベンチに座った。背もたれに体を預け、足を前に投げ出して、スポーツドリンクを呷《あお》る。しばらく間が空いた。松井に言いたいことや聞きたいことはいくらでもあったが、息が整うまでは待とう、と決めていた。

小林のゲームが始まった。初球は振り遅れで詰まったゴロになった。松井は打球を目で追って「セカンドゴロ」とつぶやいてから、顔をケージに向けたまま、やっと私に話しかけた。

「評判悪いんだってな、俺」

さばさばと言った。開き直っているように聞こえなくもなかった。

「でも、勝たせたいんだ、あいつらを。一回だけでいいから、勝つ歓びを味わわせてやりたい。三年生にとっては最後の大会だぞ。決勝トーナメントには進めなくても、せめて一勝したいだろ」

私は相槌を打たなかった。松井の言っていることは、確かに、間違いなく、正しい。けれど、正しさを積み上げていってたどり着く先が正しいかどうかは、わからない。

「だから」

松井は続けた。「悪いけど、ヒメの息子さん、試合には出せない」

覚悟はしていたが、やはり、はっきり口に出されるとつらい。

「……大差がついた試合でも、だめか」

未練がましくならないよう、明るくあきらめ半分に言ったつもりだが、松井は撥ねつけるように「あたりまえだ」と返した。

「負けてたら逆転の可能性が少しでもあるほうを選ぶし、勝ってたら一点でもリードを広げられるほうを選ぶ。当然のことだろ」

そのどちらの役目も、弘樹では務まらない。

「ウチの息子、二年生にも負けるか」

「負ける」

にべもなく言われた。「うまい順に並べていったら、二年生の中に入れても、半分より下になる」

遠慮も気づかいもない。むしろ、わざわざそういう言い方を選んでいるような気もする。由紀子が言っていたように、やはり、思いどおりにならない毎日の鬱憤晴らしに使われているのだろうか、弘樹も、そして私も。

「でも、今日はバッティングの調子が良かったんじゃないのか？」

「はあ？」

松井は心外そうな声をあげた。

「だって……フリーバッティングで、十五打数十安打だったって言ってたから」

「ああ、そういうことか」

うなずいて、苦笑もして、高打率の種明かしをした。

「球拾いの一年生がバックネット裏から打球を見て、勝手に決めるんだ」

今度は私が「はあ？」と返す。松井が判定したか、せめて同学年のレギュラー部員が見てくれていたのかと思っていた。

「その判定が、もう、めちゃくちゃなんだよ。先輩後輩の関係もあるし、励ましのつもりで、いまのはヒットです、いまのもヒットです、ナイスバッティン、ツーベースです、ホームランじゃないですかって……勝手に盛り上がってるだけだ」

それで、十五打数十安打――。

「息子さんのバッティングは、俺も見た」

指を二本立てた。

「俺がジャッジしたら、十五打数二安打……せいぜい三安打だった」

指が三本になる。「いや、やっぱりあれは無理だな、ヒットにはならない」――三本目の薬指を折って、結局二本で終わる。

「ヒメが信じるか信じないかは勝手だけど、俺は、こういうところで嘘はつかない。しっかり公平に見て、その数字だ」

「……わかった」

電話で高打率を伝えた弘樹のはずんだ声を思いだす。「友情」で励まされたのか、おだてられただけだったのか、それは知らない。考えたくもない。ただ、あいつは本気で喜んで、本気で張り切ってたんだよな、と噛みしめた。

中央のケージで、ホームランが出た。これで二本目。ファンファーレが鳴り響くなか、さっきとは別の若者が打席でガッツポーズをして、仲間たちの歓声に応える。

松井は舌打ちして、話を戻した。

「野球部の連中は、みんな励まし合うんだ。お互いに落ち込んだり傷ついたりしないように、みんなで先回りして、励ましたり慰めたりして……そういうのを貸し借りすることが友情だと思ってるから、いまの話みたいな勘違いも起きる」

私は、うなずくでもかぶりを振るでもなく、黙ったまま足元に目を落とす。

「励まし合って、慰め合ったあげく、どうなると思う？　あの野球部は、誰も悔しがらないんだ。打てなくても、エラーをしても、ちっとも悔しそうな顔をしない。あの調子なら試合に負けても、あー残念でした、でも楽しかったな、なんて……へらへら笑ってるのが目に浮かぶ」

その想像は正しい。弘樹はいつもそうだ。仲間たちも皆、負けたことや活躍できなかったことを、心底悔しがっているようには見えない。私自身、野球は勝ち負けがすべてじゃないんだから、と弘樹を励ましてきた。気持ちの切り替えが早いのを、褒めたことだってあった。

「ヒメ、一つ言わせてくれ」

松井は初めて私を振り向いた。目が合った。じっと見つめるまなざしは、私がたじろぐほど強かった。

「息子さんは明るくて、元気がいい。友だちもたくさんいる。でも、失敗しても笑うだけで、全然悔しさを出さない」

「あいつの性格なんだ。照れてるんだ」

「違う。笑って、冗談に紛らせて、みんなを笑わせて……ごまかしてるだけだ」

「――おい」

気色ばんだ私を手で制して、「聞いてくれ」と言う。

ちょうど、小林の打ったファウルチップの打球が目の前のバックネットを直撃して、ガシャン、と大きな音を響かせた。私もそれで感情を鎮めることができた。

「息子さんに、悔しがり方ぐらい教えてやったほうがいいんじゃないのか？」

松井はそう言って、「本人のために、だぞ」と付け加えた。表情に、さっきまでの突き放した冷ややかさはなかった。

「子どもに免疫をつけてやるのも親の仕事だと思うけどな、俺は」

「免疫って？」

「悔しい思いをすることは、おとなになったら山ほどある。そのときに悔しがり方を知らなかったら困るだろ。逆ギレとか逆恨みとか……人生に絶望するとか」

松井は、自分を指差して、まなざしから力をふっと抜いた。頬もゆるめた。ただし、笑っているわけではない。

「今月のアタマにこっちに帰ってきて、まだ二十日もたってない。でも、ウチでおふくろと一緒にいて、三回死にたくなった」

「……おい」

「昔、カミさんと別れて、息子もカミさんのほうについたときにも、一回死のうと思った」

「……やめろよ」

「仕事も、子会社に飛ばされて、しかも来年で役職定年にひっかかるから、けっこうキツいんだ。給料は下がるし、年下の上司からパワハラされるのって、冗談抜きで死にたくなる」

「……もういいって」

これ以上そういうことを言うのなら、胸ぐらを掴んででも止めたかった。

だが、その前に、ケージから快音が響いた。小林のバットが、ようやくボールを芯でとらえ、ピッチャー返しのライナーが飛んでいった。

私は空気の重さを振り払いたくて、「ナイスバッティン」とつぶやいた。

すると、松井は「いまのがヒットに見えるのか？」と、あきれ顔になった。

「だって、センター前ヒットだろ」

「ショートが間に合うし、うまいピッチャーなら自分で捕ってる」

「……そうかな」

「あんなのがヒットになるわけない」

言い切って、「でも――」と笑う。「ヒメらしくていいよ、それも」

その笑顔で、ようやく踏んぎりがついた。小林のゲームはまだあと十球以上残っていたが、コバ、あとは頼む、と背中に片手拝みをして立ち上がった。

「帰るよ、俺」

松井は驚かず、引き留めず、またそっぽを向いて言った。

「息子さんのこと……試合に出せなくて、悪いな」

私は、しかたないさ、と苦笑交じりにうなずいて、心の中で返した。

マッちゃん、おまえは野球部に勝たせたいんじゃなくて、自分が、せめて一つぐらいは勝ちたいんだろう――？

口に出したら、松井はなんと応えたのか。わからない。

おとなになったら、悔しい思いをするときは山ほどある。松井の言うとおりだ。口に出せない問いも、答えがわからないままの問いも、うんざりするほどある。

その問いを突き詰めて考えることはない。いろいろあるさ、みんなお互い大変だよな、がんばるしかないよな、で話をまとめるコツは、中学を卒業してから四十年の歳月で覚えた。

コツなのか、ずるさなのか。どっちでもいいじゃないか、そんなの、と笑ってごまかすのも、うまくなった。

4

城東中のグラウンドには、応援に駆けつけた野球部員の保護者が三十人近く一塁側に陣取った。相手の千草台中《ちぐさだい》も、二勝一敗で予選リーグ突破にはあとがない状況なので、応援が予想以上に多かった。

私は人垣の最後列から、グラウンドで試合前のノックをする松井を見つめる。

バッティングセンターで付け焼き刃の特訓をしていても、やはりノックの打球は狙ったところに転がっていかない。城東中の前に守備練習をした千草台中の監督がみごとなバットさばきを見せていただけに、差が際立ってしまった。

応援席の保護者たちも顔を見合わせて、ひそひそと話している。さほど驚いた様子がないのは、すでに松井の野球の実力は子ども経由で知れ渡っているということなのだろう。

服装について話している声も聞こえた。無理もない。選手と揃いのユニフォーム姿の千草台中の監督とは違って、松井はノーブランドのスウェット上下に、キャップも私物のゴルフ用という、いかにも部外者の臨時監督といういでたちなのだ。

私は居たたまれない思いで、外野に目を移した。ライトのポジションに部員が三人いて、内野のノックの間、肩慣らしのキャッチボールをしている。背番号の数字が一番大きいのが弘樹だ。

スターティングメンバーは、ノックのあと、円陣を組んで発表される。ゆうべ松井に「試合には出さない」と言われたことは、弘樹にも由紀子にも伝えられなかった。だから弘樹は、代打で試合に出る可能性があると信じて、笑顔で仲間とボールを回し合う。人垣の前のほうにいる由紀子も、打席に入った弘樹の姿をスマートフォンで撮影するのを楽しみにしているだろう。

やはり来なければよかった。

三十分ほど前まで『家具のいとう』にいた。日曜日に店を閉めるわけにはいかない。試合の応援は、いつものように由紀子一人に任せるつもりだった。

ところが、小林から電話がかかってきた。

「悪い、ヒメ、グラウンドに顔を出してくれないか」

長男の奥さんが今朝になって産気づいて、車で産院に向かっている。

「予定日より十日も早いから、カミさんもそばについててやりたいって言うし、俺も……べつに俺がいてもなにもできないんだけど、やっぱりな、ほら、初孫だし……あと、マッちゃんのことも心配なんだ、とにかく」

もしも今日の試合の采配をめぐって保護者会と松井が揉めたら、なんとか間に立って仲裁してほしい——。

「マッちゃんはああいう性格だし、今日で終わりだから、もう、なにを言っても聞かないし、謝るわけないし」

声がうわずっている。あせっているのが電話口からも伝わる。

「でも俺は違うんだ、二学期からもここにいるんだから。立つ鳥跡を濁《にご》してよし、っていうわけにはいかないんだよ。はっきり言って、親と揉めたくないし、マッちゃんを監督にしたいきさつを突っ込まれると、やっぱり個人的なアレで生徒を任せるっていうのもアレだし、いや、だから、俺も、あいつがあそこまで頑固で依怙地《いこじ》になるとは思ってなかったから、軽く留守番をしてもらうつもりだったんだけど、いや、ま、試合のことも任せるって言っちゃったのは俺なんだけど……」

「わかった」

しかたない。「俺がいても役に立たないと思うけど、とにかく応援に行くよ」

「サンキュー、悪い、俺もこっちが落ち着いたらすぐに行くから、悪い悪い悪い、ほんと助かる、今度ちゃんと埋め合わせするから、じゃあなサンキュー」

早口に言って、すぐに電話を切った。スマートフォンをポケットにしまうのもそこそこに家を出る姿が、目に浮かぶ。

がんばれよ、と言いそびれた。でも、まあ、コバががんばるような話じゃないか、と笑うと肩の力が抜けて、よし行くか、と素直に席を立つことができた。

日曜日は介護用品の仕事は定休日なので、彩香さんに留守番を頼むわけにはいかない。

〈午後4時に戻ります〉

いったん手書きの紙を店先に貼ったものの、すぐに剝がして、代わりに毎週火曜日に使う〈本日定休日〉のプレートを掲げた。

今日だけだぞ、特別だぞ、と自分に言い聞かせながら、同時に、これからこういう日が増えそうな予感もあった。

そろそろ店じまいを本気で考えたほうがいいのかもしれない。自分自身ではなく、
菜々美や弘樹のために。

お父さんはおまえたちになにものこしてやれなかったけど、よけいなものを背負わせることはなかったぞ――。
二、三十年先に、あっちの世界で、じいさんと親父に謝らなきゃな、と笑った。

来ないはずだった私がグラウンドに姿を見せたことを、由紀子は素直に喜んでくれた。

試合前のノックを終えて、キャンバス地の長椅子を並べたベンチに戻ってきた弘樹に大きく両手を振って、「お父さん、来てくれたよ！」と声をかけた。弘樹も、はにかみながらもうれしそうだった。

「ねえ、これ、やっと出番が来るかもね」

由紀子の足元には、新聞紙を広げたサイズの厚紙があった。コピー用紙にパソコンで名前をプリントアウトして、厚手の台紙に貼ったネームボードだった。

市長杯のリーグ戦に臨んで、保護者会で「最後の大会ですから、子どもたちを盛り上げてやりましょう」と、三年生一人ひとりのネームボードを十枚ずつつくった。打席に立ったときにそれを一斉に掲げて応援するのだ。

弘樹に言わせると「バッターボックスから見ると、感動するんだって。みんな胸がジーンとしたって言ってるもん」——弘樹自身のボードは、ただ一人、まだ出番がないのだが。

由紀子は、保護者会で特に仲良しの紺野くんの母親に、弘樹が代打に出たらすぐに三塁側に移動するよう頼んでいた。保護者会のみんなが応援席で弘樹のネームボードない。

を掲げるところを撮ってもらう。不動の四番打者の紺野くんにはその写真が何枚もあるが、弘樹の場合は、今日の試合が最初で最後になる。撮影するほうも失敗は許されない。

「だから、紺野さんにもプレッシャーをかけちゃったんだけど、あなたが来てくれたんだったら、もうだいじょうぶね」

紺野さんの代わりに私が大役を任せられた。

「ぶっつけ本番の一発勝負だから、しっかりね」

その「本番」は、おそらく来ない――。

私は由紀子と目を合わさず、「がんばるよ」と応えるしかなかった。

守備練習が終わると、チームはベンチ前で円陣を組んだ。メンバー表を持った松井がそこに加わって、スターティングメンバーを読み上げる。

四番打者には、いつものように紺野くんが入った。当然のように受け止める応援席の中で、私一人だけ、深々と安堵の息をつく。

エースの山下くんの打順は六番になることが多い。だが、松井は、前の試合で七番打者だったファーストの河井《かわい》くんを六番に上げ、七番には、いままで八番・セカンドのレギュラーだった三年生の岸田《きしだ》くんに代えて、二年生の新庄くんを控えから抜擢《ばってき》した。

応援席はざわついたが、新庄くんは二年生で一番うまいし、さっきセカンドで受けていたノックでの動きは、明らかに岸田くんより勝っていた。やはり松井は勝利を目指してベストのオーダーを組むつもりなのだろう。

八番には、いつも九番を打つレフトの富元《とみもと》くんが一つ打順を上げて入った。

残りは九番・ピッチャーだけ。松井は、山下くんをほんとうに使わないつもりなのか。

「九番、ピッチャー――」

思わず目をつぶった。

「山下」

肩の力が抜けた。紺野くんのとき以上に、胸の奥深いところから息を吐いた。

当の山下くんは、打順を下げられたのが不服そうだったが、応援席の最前列の真ん中からお父さんが「よーし、ピッチングに専念！」と声をかけた。いかにも取って付けたような声援だった。たぶん、息子以上にお父さんのほうが不満なのだろう。だが、とにかく、山下くんが先発したことで、試合前に話が揉めてしまうのはとりあえず回避できた。

松井は、山下くんと控え投手の高橋くんの調子を比べて、あくまでも勝利のために山下くんをマウンドに送ったのか。それとも、小林の顔を立ててくれたのか。答えがどちらでもうれしいような気がするし、逆に、どちらでも悲しいような気もする。

選手用の長椅子の隣に置いたパイプ椅子に座った松井は、腕と脚を組んで、試合開始を待っていた。キャップの色が濃いので、後ろ髪の白さが目立つ。円陣を解いたあとに応援席をちらりと見て、私がいることに気づいた様子だったが、表情は変えなかった。

一方、応援席には少しぎごちない空気が漂っていた。スタメンからはずされた岸田くんの両親が来ている。そのすぐそばには、ポジションを奪う格好になってしまった新庄くんの両親もいる。岸田くんの両親は明るくふるまっていたが、面白いはずがない。新庄くんの両親も居心地が悪そうだった。

「――ねえ」

由紀子は、小声で私に言った。

「岸田さんには悪いんだけど、弘樹のチャンス、これで広がったんじゃない？」

背番号20の新庄くんがスタメンを得たら、背番号19の弘樹にとっては、代打のライバルが一人減ったことになる。だが、松井の評価では、弘樹は背番号をもらえなかった二年生よりもさらに下なのだ。

「個人のことは関係ない」

私は頰を意識的に引き締めて、言った。「とにかく、この試合に勝つかどうかなんだから」——そうだよな、マッちゃん。

「そうかなあ……」

由紀子は不服そうに返す。「勝ち負けにこだわるより、とにかく、弘樹たちみんなに、いい思い出を残してあげたいんだけどな、わたしは」——それが保護者会と部員たちの総意なんだよ、マッちゃん。

おまえは——？

誰の声でもなく、訊かれた。

じゃあ、おまえはどっちなんだ——？

決まってるだろ、と私は応える。そんなの決まってる、俺は……。

言葉は、そこで止まる。

試合の滑り出しは上々だった。

決勝トーナメント進出の可能性を残している千草台中を相手に、二回の攻防を終わって〇対〇。山下くんはランナーを出しながらも要所を抑え、打線のほうも、抜擢された新庄くんが初打席でみごとなレフト前のヒットを放ち、盗塁まで決めた。新庄くんは守備のほうでも活躍している。初回にセンターに抜けようかという当たりを好捕し、三塁にランナーを背負っていた山下くんをピンチから救ったのだ。四番に据えた紺野くんがいかにも長打狙いの大振りで三振を喫したのが気がかりではあったが、これまでのところ松井の采配は的中している。

三回表の千草台中の攻撃もゼロに終わった。三回裏の城東中の攻撃——七イニング制なので、すでに中盤に差しかかっている。そろそろ先制点が欲しい。

その期待に応えて、先頭打者としてバッターボックスに入った三番の望月くんが、きれいに三遊間を割るヒットを放った。

ノーアウトのランナーに、ベンチも応援席も盛り上がった。しかも、続く打者は四番の紺野くんなのだ。

私は、打席に向かう紺野くんではなく、パイプ椅子に座った松井をじっと見つめた。

松井は紺野くんが打席に入ったタイミングでキャップをかぶり直し、脚を組み替えて、右肩を左手で揉んだ。

弘樹に聞いたことがある。キャップをかぶり直すのは盗塁のサイン、脚を組み替えるのは取り消しのサイン。最初のサインを陽動にして、脚を組み替えたあとが本物——右肩を揉むのは送りバントのサインだった。

だが、そんな解読をしなくても、松井のしぐさを見た紺野くんが、すぐに顔をそむけたことで、ああ、やっぱり、とわかった。紺野くんが納得していないことも、もちろん。

ピッチャーがセットポジションから投球動作に入った。紺野くんはバットを長く持って大きく構える。バントをする寸前まで主砲のプライドを誇示しているのか、強攻策だと思わせてバントの成功率を高めたいのか。

どちらでもなかった。真ん中に入ってきた初球を、紺野くんはそのままフルスイングした。芯に当たった。快音とともにライナーがレフト線に飛んで、ファウルになった。

ベンチも応援席もどよめいた。あと少し内側に飛んでいれば二塁打は間違いなく、レフトの守備しだいでは三塁打、さらにはランニングホームランの可能性さえありそうな打球だった。

「あーっ、惜しいっ」

紺野くんのネームボードを掲げた由紀子はファウルの判定にがっかりしながら、私を見て、「どうしたの？　ぼーっとしちゃって」と訊いた。

私は、ぎごちなく笑い返す。

「でも、さすが紺野くんよね。打ってくれるんじゃない？」

返事ができない。

応援席から「その調子！」「次で決めよう！」と二球目に期待する声があがるなか、松井は審判にタイムを要求して、紺野くんをベンチに呼び寄せた。

周囲はきょとんとしていたが、私には予想どおりだった。サインを無視したことを叱るにしても、強攻策に切り替えるにしても、直接言葉で伝えるのが一番だろう。

紺野くんにも困惑はなかった。悪びれた様子もなく、むしろ堂々と――いまのバッティングを見れば作戦を変えざるをえないだろう、という自信すら感じさせながら戻ってくる。

その表情が一変したのは、ベンチから三年生の控え選手の田中《たなか》くんがバットを持って駆けだした瞬間だった。

松井は紺野くんと話をするためにタイムをかけたのではなかった。代打――問答無用で、ベンチに下げたのだ。

「どういうこと？　紺野くん、交代なの？」

由紀子は、そばにいる紺野くんの両親を気づかって、小声で私に訊いた。

「ああ……代打だ」

「なんで？　怪我しちゃったの？」

「わからない」

事情をまともに説明すると、話はさらにややこしくなってしまうだろう。

紺野くんは呆然《ぼうぜん》としたまま、すれ違った田中くんが気まずそうに会釈をしても、反応はなかった。ベンチにいる選手たちもどうやって迎えればいいのかわからない様子だったし、それは応援席の保護者も同じだった。

紺野くんは、長椅子のベンチの、松井から一番遠い席に座った。松井は声をかけない。目も向けない。

「……なんだよ、ありえないだろ」

紺野くんの父親が、怒気をはらんだ低い声で言った。バントのサインが出ていたのを知らないのだろう。それを伝え、紺野くんがサインを無視したことを説明したら、少しは憤《いきどお》りを収めるだろうか。

一瞬思ったが、違うな、と打ち消した。サインに従わなかった紺野くんに非があるのだとしても、やはり、親の立場から見ると、松井のやり方は乱暴すぎる。

紺野くんの父親は、奥さんになだめられて、それ以上なにかを言うことはなかったが、くすぶった怒りや不満は応援席全体にも広がっていた。

重苦しい空気のなか、試合が再開された。

松井に指示されていたのだろう、打席に入るのと同時にバントの構えをした田中くんは、初球をさっそく転がした。基本に忠実な、いいバントになった。

ピッチャーが捕った。マウンドを駆け下りて打球をすくい、踏ん張って、体をよじって一塁に送球すると、それが暴投になった。ボールがライトのファウルゾーンに転がっていく間に、足の速い望月くんは二塁を回り、さらに三塁も蹴って、ホームインした。

待望の先制点が入った。思いがけない——田中くんがサインどおりにバントをしたからこそ生まれた幸運だった。

ホームインした望月くんをベンチの選手たちはハイタッチで迎えた。応援席からも拍手と歓声が湧いた。

ハイタッチの列のしんがりは紺野くんになる。応援席からは背中しか見えない。ハイタッチを交わしたのでほっとしたが、表情まではわからない。

紺野くんの両親は、二人とも拍手をしている。けれど、笑ってはいなかった。

三回裏の城東中の攻撃は結局その一点で終わり、攻守交代のインターバルのとき、小林がグラウンドに姿を見せた。

私の背中をつついて、応援席から少し離れたところに連れ出してから、「マッちゃん、どうだ?」と心配顔で訊いてくる。

「それよりも、コバのほうは? もう産まれたのか?」

「いや、まだまだだ。産まれてたら、こんなに落ち着いてるわけないだろ」

陣痛が始まっていても、子宮口がほとんど開いていないので、出産まではまだ当分かかりそうだという。

「今夜……へたすれば明日の朝になるんじゃないか、って。ほとんど丸一日だよ」

苦笑して、それより、と話を戻す。「すごいな、リードしてるんだな」

私の相槌が中途半端だった理由を、小林も、守備についた城東中の選手たちを眺め渡してすぐに知ることになる。

「あれ？　紺野、どうしたんだ？」

私がいきさつを説明すると、小林は「罰で交代かよ……」と顔をしかめた。

「まずいか、やっぱり」

「あたりまえだろ。サインを無視したペナルティなんて、考えようによってはマッちゃんの個人的な感情だからな。一歩間違えれば、パワハラになっちゃうんだよ」

いくらなんでも、そこまでは——とは、私も思わない。「一歩間違えれば」の「一歩」の歩幅が、自分たちの中学生時代よりもずっと狭くなったことは、テレビのニュースやインターネットを通じて、日々痛感している。

「マッちゃんがワンクッション置いてたら、少しは違うのかな」

「あたりまえだよ。人間関係とか、人の心っていうのは、そういうものだろ」

紺野くんをまずはベンチに呼び、サインどおりにバントしろ、と注意しておくべきだった。作戦に従わないと代打を出すぞ、と警告して、それでも従わなかったときにはベンチに下げればいい。そういう段取りを踏んでいれば、紺野くんも両親も納得するしかない。

「でも、いきなり選手交代だと、それはアタマに来るに決まってるだろ」

「だよな……」

「マッちゃんもいい歳なんだし、それくらいのこと……ああ、もう、あいつ、なんでわかんないかなあ……」

地団駄を踏むように、小林は言った。

私も相槌を打つ。けれど、本音では、松井はわかってるんだろうな、とも思う。どうすれば揉めずにいられるか、どうすれば穏便にものごとを進められるか、ちゃんとわかっていて、わかっているからこそ背を向けている。そんな気がしてしかたないのだ。

「こうなったら、もう、勝つしかないよな。勝てば紺野くんも親も納得するし、名采配っていうことにもなって、すべてがまるく収まるんだから。そうだ、そう、勝てばいいんだよ、とにかく」

小林は自分で自分を励ますように言った。

勝つことを目指す野球と、勝つしかない野球とは、似ているようで違う。勝つことを目指した松井は、いま、勝つしかない状況に追い込まれてベンチに座っている。いや——違うな、追い込まれたんじゃなくて、あいつは自分からそこに向かったんだろうな。そんな気も、する。

試合は一対〇のまま、五回表の千草台中の攻撃が終わった。城東中の大善戦だった。あと二イニング抑えて勝利を収めれば、番狂わせと言ってもいいだろう。

山下くんもよくがんばっている。すべてのイニングでランナーを二塁や三塁まで進めてしまっても、ぎりぎりのところで踏ん張って得点を許さない。これも、松井が打順を下げたことでバッティングの負担が減り、ピッチングに集中できたおかげだと思いたい。

ただし、ランナーを出しているぶん球数は多い。終盤で疲れが出ると打ち込まれてしまうだろう。コントロールを乱して、四球で自滅してしまうかもしれない。

それを思うと、なんとしても追加点が欲しい。五回裏の城東中の攻撃は、二番の石《いし》川《かわ》くんから始まる。クリーンナップに回るので期待したいところなのだが、四番の紺野くんがいない。その影響がどんなふうに出てくるか……悪い想像ばかりしてしまう。

「いよいよね」

由紀子は張り切った笑顔で言った。このイニングは、我が家にとっても試合の大きなポイントだった。望月くんが三度目の打席を迎える——ここで弘樹が代打に出る、というのが本人同士の約束だった。

「そんなに期待するなよ。一点差なんだし、松井は実力主義なんだから」

私が釘を刺しても、「わかってるわかってる、万が一の可能性があるかもしれないよね、って言ってるだけ」と笑う。「万が一」とは言いながら、足元には〈伊藤〉のネームボードを置いている。

やはり、いまのうちに、ゆうべの松井の言葉を伝えるしかない。覚悟を決めて、「なあ——」と口を開いたとき、由紀子が言った。

「じつは秘密兵器があるの」

「——え？」

「さっき、あなたが教頭先生と向こうに行ってた間に、望月くんのお母さんと山下くんのお父さんが来て、弘樹を試合に出すための作戦を考えてくれたの」

望月くんは松井が代打を告げないようだったら、「伊藤を出してください！」と最後の直訴《じきそ》をする、と決めていた。今日の出がけにも、お母さんに「ヒロも一年生のときからずっと一緒にがんばってきたんだから、バッターボックスに立たせてやりたいよね」と言っていたのだという。

「偉いわよね、あの子。さすがキャプテンだし……部活の友情って、やっぱりいいなあ」

由紀子は感激した顔と声で言って、「ここからが作戦なの」と続けた。

応援席から、みんなで一斉に「伊藤」コールをする。ネームボードも掲げる。

「つまり、保護者会の世論というか、民意というか、そういうのを伝えるわけ。そうしないとわかってもらえないでしょ」

「……本気か？」

「本気本気。山下さん、教頭先生にゆうべ電話してるのよ？　なんとかしてくれって。教頭先生も、なんとかするって言ってくれたのよ？　それでも全然だめじゃない。岸田くんをスタメンからはずしたり、紺野くんを引っ込めちゃったりして……。だったら保護者会として、もっとしっかり、きちんと言うべきことは言って、やるべきことはやらないと」

困るのは子どもたちなんだからね、と念を押す。すでに山下さんは試合中に他の部員の保護者にも話を回して、協力を取り付けているのだという。

グラウンドでは城東中の攻撃が始まっていた。先頭打者の石川くんが打席に入り、ネクストバッターズサークルには望月くん――代打はない、ということだ。

由紀子は「ほらね、やっぱり」とつぶやき、前の列から振り向いてきた何人かの保護者と目配せを交わした。

「——おい、やめろよ」

思わず言った。「この試合に勝ちたいんだったら、弘樹を出しちゃだめだ」

「なんで？」

「望月くんは三番でショートだぞ。四番の紺野くんだっていないんだ。一点差の試合であの子までいなくなったら、どうなるんだよ」

「でも、望月くん、自分から弘樹と代わるって言ってるんだから……」

「本人がどう思おうと関係ない」

「あるわよ。そんなこと言うんなら、勝ち負けのほうが関係ないでしょ。ここで一勝しても、どうせもう決勝トーナメントには進めないんだし。だったら、本人たちの気持ちを尊重して、悔いのないように引退させてあげたいじゃない。違う？」

「悔い」とは、こういうときに、こういうふうにつかう言葉なのか——？

わからない。由紀子たちの理屈には、まったく承服できない。だが、胸の奥のどこかで、かすかに、けれど確かに、思う。

もしも松井が望月くんの直訴を受け容れてくれたら、弘樹は「友情」の素晴らしさを嚙みしめ、生涯忘れられない思い出をつくるのかもしれない。

石川くんが平凡なレフトフライに倒れてワンアウトになった。

ネクストバッターズサークルにいた望月くんは、踵《きびす》を返してベンチに駆け戻り、意を決した顔で松井の前に立った。さすがに声は緊張でかぼそく揺れて、応援席までは届かなかったが、口の動きで見当がついた。

伊藤くんと交代させてください、お願いします、お願いします……。

松井は腕組みをして座ったままだった。なんと応えたのか、そもそも口を開いたのかどうかも、ここからではわからない。

お願いします、と望月くんが続けた。

そのとき、山下さんが声を張り上げた。

「い、と、うっ！　い、と、うっ！　い、と、うっ！……」

声はたちまち応援席全体に広がった。コールとともに、ネームボードを持っている人はボードを掲げ、そうでない人は手拍子を重ねた。前方にいた小林が、おろおろしているのが見えた。由紀子に「ほら、コールしてよ、あなたも」とうながされたが、私は顔をゆがめて黙り込む。

松井は振り向かない。腕組みも解かない。なにか応えたのだろう、望月くんの表情がほんの少し、明るくなった。

松井は、もういい、向こうに行ってろ、というふうに顎を横に振った。

望月くんは一礼して、松井の前から離れた。松井の態度は最後までそっけなかったが、ベンチに座った望月くんは笑顔だった。その顔を向けた先には、弘樹がいる。

「ね、いまの……」

由紀子がコールを止めて言った。

「うん……」

私もうなずいた。

松井は腕組みをしたままベンチのほうを向いて、代打に出る選手の名前を呼んだ。弘樹ではなかった。

いかにも困惑した様子で、ためらいながら立ち上がったのは、スタメンからはずされた岸田くんだった。

打席に向かう岸田くんは、途中で何度もベンチを振り返る。誰か助けてくれよ、と訴えるようなまなざしで仲間たちを見つめる。

だが、仲間たちにも、どうすることもできない。

ぬか喜びだった弘樹は、ふてくされた様子でベンチに座って、岸田くんの打席を見ようともしない。

隣の山下くんも、お父さんが音頭を取った「伊藤」コールが無視されて、むっとしているのがわかる。

さらにその隣の紺野くんは、もともとヤンチャでキレやすい性格なので、不機嫌を通り越して、いまにも暴れ出しそうな気配を背中からたちのぼらせていた。

一方、望月くんは三年生の仲間から一人だけぽつんと離れたところに座っていた。弘樹との約束を果たせなかった責任を感じ、冷淡な松井の対応にショックを受けて、見るからに意気消沈して、うつむいた顔を上げない。

選手たちの雰囲気は最悪——だが、それ以上に重苦しいのは、応援席だった。

「伊藤」コールは断ち切られるように終わってしまい、ネームボードを掲げていた保護者も、互いに顔を見合わせながら、ボードをのろのろと下ろした。

誰も納得していない。けれど、監督の決めたことには口出しできない。

ならば、こんな男を誰がなぜ臨時監督にして、試合の采配まで任せたのか——。

すべての矛先は小林に向いてしまう。針のムシロとは、まさにこのことだろう。あと数時間で初孫が産まれて「おじいちゃん」になるはずの小林を、こんなことで困らせたくはない。けれど、私自身、弘樹の父親と松井の友だち、二つの立場に引き裂かれて、どう振る舞えばいいのかわからないのだ。むしろ、弘樹のことだけをまっすぐに思い、「なによ、これ、いいかげんにしてよ……」と息子のために涙ぐむ由紀子がうらやましい。

山下くんの父親は、コールを「望月」に変えて、友情あふれるキャプテンを讃《たた》えようとした。望月くんの母親が恐縮しながら固辞すると、山下さんは「そうですかぁ?」と不承不承に受け容れ、「じゃあ、せっかくですから」と「岸田」コールを始めた。すると、今度は岸田くんの両親が、めっそうもない、ウチの息子をそんなに主役にしないでください、お願いしますからやめてください、とひたすら頭を下げて止めた。

よかれと思ってがんばっていたつもりの山下さんは、すっかりヘソを曲げて、ムスッとして黙り込んでしまった。そうなると、他の保護者もよけいなことは言えない。

そんな沈黙のなか、岸田くんは一球もバットを振ることなく、見逃し三振に倒れた。バッティングの能力やテクニック以前に、そもそも集中力がなかった。

続く田中くんも凡退して、期待していた五回裏の攻撃は無得点に終わった。

しかも、攻守交代をしているさなか、望月くんの隣にいた二年生の部員が、あせった様子で席を立ち、三年生に報告した。

とびきりの優等生の望月くんは、いままで親にも教師にも褒められたことしかなかった。叱られ慣れしていない。打たれ弱い。松井に邪険に扱われたショックに、弘樹との約束を果たせなかった申し訳なさが加わって、すっかり落ち込んだあげく、ついに泣きだしてしまったのだ。

山下くんが突然コントロールを乱したのは、一対〇のまま迎えた七回表——千草台中の最後の攻撃のときだった。あとアウト三つで待望の初勝利というところまで来ていながら、先頭から二者連続で四球を与えた。スピードも目に見えて落ちた。やはり疲れが出てしまったのだ。一打同点、長打が出れば逆転される。

ベンチの横では、前のイニングから控えの高橋くんが投球練習をしている。山下くんのお父さんが応援席から「まだいける、まだいける！　ボールは来てるぞ！」と声を張り上げるのは、交代させないよう松井を牽制しているのかもしれない。

確かに、絶体絶命のピンチに陥った山下くんは、そこから踏ん張った。続く打者をファーストのファウルフライに打ち取り、さらにその次の打者を三振に抑えた。

流れは引き戻せたように見えたのだが、続く打者にはショートへの内野安打を打たれた。新庄くんがよく止めた。外野に抜けていたら同点タイムリーになったところだ。セカンドを守っていた新庄くんを、望月くんがベンチに下がったあとのショートに回していた松井のファインプレーでもある——応援席の誰からも、そんな声は上がらなかったのだが。

山下くんのスタミナはもう限界なのか、内野安打を打たれた球には見るからに力がなかったし、投げたあと足がもつれて転びそうにもなっていた。

ツーアウト満塁。次の打者は、前の打席でツーベースを放っている。

ここで松井が動いた。

ピッチャーを、高橋くんに代えた。

あと一人のところで降板させられた山下くんは、不満をあからさまに覗かせてベンチに戻ってきた。応援席にもまた不穏な空気がたちこめて、紺野くんのお父さんが「おいおい、だいじょうぶか？　エースも四番もキャプテンもいなくなって」とベンチに聞こえよがしに言うと、まわりの保護者もうなずいた。

勝つしかない。

勝てば、すべてが正しかったことになる。

だが、山下くんの「友情」でマウンドを譲ってもらった経験しかない高橋くんにとって、この状況でリリーフするのはあまりにも酷だった。

初球が暴投になった。ワンバウンドしたボールは、キャッチャーの石井《いしい》くんのミットの先を抜けて、バックネットまで転がった。三塁ランナーがホームインして、あっけなく同点――。

気落ちした高橋くんの二球目は、スピードもコースも打ち頃のボールになってしまい、きれいにレフト前に運ばれた。三塁に進んでいたランナーが還《かえ》って、逆転――。

なんとかこの一点で食い止めたい。一点差なら、最後の攻撃で同点、さらには逆転サヨナラを狙える。ランナーは一塁と三塁にいる。だが、とにかくアウト一つでいいのだ。

「勝ち負けじゃないんですよ、ねえ、そうでしょう？」

紺野くんのお父さんが、とってつけたように応援席のみんなに言った。「とにかく悔いのないように、思いっきりやれば、それでいいんですよ、ねえ……」

続く打者はフライを打ち上げた。平凡なセンターフライ、のはずだった。ところが紺野くんに代わってセンターを守っていた田中くんは、それをぽろりと落としてしまった。追加点が入り、なおもランナーは再び一塁三塁になった。

次の打者はセカンドゴロ。二塁ベースの近くで捕球した岸田くんは、フォースアウトを狙って二塁ベースに入った新庄くんに送球した。だが、二人はいままでほとんどコンビを組んだことがない。送球するタイミングとベースに入るタイミングが合わず、新庄くんがボールをお手玉する格好になって、アウトを取れなかった。その間に三塁ランナーが還って、さらに追加点が入る。

応援席から、うめき声ともため息ともつかないものが漏れる。悔いが残る。いまのプレーではなく、選手交代そのものに。

ランナー一、二塁で迎えた打者は、ピッチャー返しでセンター前にヒットを放った。さっきの落球がまだ尾を引いていたのか、田中くんの動き出しが遅れた。練習であれほどしつこく教え込まれていたはずの、腰をしっかり落とした捕球姿勢がとれないまま、ゴロの打球をトンネルしてしまった。走者一掃、そして打った選手までホームインして、つごう七点――。

最後の攻撃で六点差を追いつく力は、城東中にはなかった。

千草台中との挨拶を終えてベンチに戻ってきた選手たちを、応援席は拍手で迎えた。「よくやった！」「ナイスゲーム！」「ドンマイ、ドンマイ！」と声も飛ぶ。

選手たちも、最後は大差がついたのでかえってさばさばした様子で、白い歯を覗かせる子もいた。望月くんも泣きやんだあとはキャプテンらしく、リリーフに失敗した高橋くんや二つのエラーをした田中くんの肩を抱いて励ましていた。応援席でも、申し訳なさそうに謝る二人の両親を口々に慰めて、むしろ本人たちが失敗をいつまでも引きずらないように、と案じていた。

親も子どもも、みんな仲がよくて、優しい。

そのぶん、仇役は一人に絞られる。

松井は円陣を組んだ選手たちに一言二言だけ声をかけた。なにをしゃべったのかは応援席には聞こえない。選手も顔を伏せているので反応はわからない。ただ「ウッス！」と応える声は不ぞろいだった。声の張りも弱く、円陣を解いたあとの顔は、誰もが困惑しているように見える。

部員はベンチの片づけやグラウンド整備に取りかかり、松井は応援席には一瞥《いちべつ》もせずにグラウンドをひきあげていく。謝罪などしなくていい。釈明も要らない。それでも、会釈ぐらいはしてほしかった。

「ねえ、なに、あの態度」

由紀子は私の腕を引いて、小声で言った。「いまの試合、作戦で負けたようなものなんだから、ちょっとは責任感じてほしいわよ」

「……結果論だからな」

「でも、結果がすべてでしょ」

由紀子は「ヒロを出してくれなかったから怒ってるわけじゃないのよ」と念押しして、続けた。「山下くんをあそこで代えたのって、大失敗だったじゃない。守りのエラーだって、紺野くんと望月くんが試合に出てたら起きなかったんだし、田中くんや高橋くんだってかわいそうよ」

試合に勝ってさえいれば、なんの問題もなかった。

小林は山下さんや紺野さんに詰め寄られて、松井を臨時監督にした経緯を説明していた。あの二人が松井の采配に納得してくれるまでには、何度も頭を下げ、なだめて、お世辞を並べ立てなければならないだろう。試合に勝ってさえいれば、小林がこんな苦労をする必要もなかったのだ。

保護者会では、試合後にファミレスで反省会を開くのが習わしだった。今日は松井に対する怒りの声がさんざん飛び交うだろう。試合に勝ってさえいれば、それが称賛の嵐に変わっていたかもしれないのだ、とにかく。

「じゃあ俺、店に戻るよ」

保護者会の付き合いは由紀子に任せて、駆けだした。グラウンドの外の駐車場で松井に追いついて、声をかける。無視されるのも覚悟していたが、松井は足を止め、振り向いて、「追いかけてくると思ってたよ」と笑った。「文句をつけたいんだったら、いいぞ、いくらでも」

私はかぶりを振って、「一つだけ教えてくれ」と言った。

円陣を組んだ部員たちに、最後になにを言ったのか――。

「あとで息子さんに教えてもらえよ」

「マッちゃんの口から、聞きたいんだ」

「……適当に挨拶しただけだから、もう忘れた」

「思いだしてくれ」

じっと見つめた。松井も目をそらさなかった。グラウンドのほうから部員たちが挨拶する声が聞こえる。後片付けとグラウンド整備が終わったのだろう。

一日の練習を終えて部室にひきあげるときには、グラウンドに帽子を取って「ありがとうございました！」と大きな声で挨拶するのが、野球部の伝統――私たちの頃もそうだった。ケツバットや雨の日のホームランよりも、はるかに非合理的な習わしが、二十一世紀のいまになっても引き継がれている。なにが残って、なにが消えるのか、よくわからない。

松井が口を開いた。

「最初に言っとくけど、俺は試合に勝つために選手を代えた。自分の感情とか好き嫌いは一切入れてない」

どうしても送りバントを決めなくてはならない場面だったから、バントをしない紺野を下げた。自分の代わりに補欠を出してくれと言いだした望月を残すとチームの士気にかかわるので、下げた。その代打も、もともとレギュラーの岸田をベンチに残したまま、背番号19の弘樹を使う理由は、どこにもない。

「最後の山下だって、もうあれが限界だ。むしろイニングの頭から高橋にスイッチしなくちゃいけなかったんだ。甘いんだよ、俺は」

だが、ベンチや応援席は、そう見てはいないだろう。松井も「まあ、信じてくれなくてもいいんだけどな」と言う。

「……信じるよ、俺は」

「そうか？」

「友だちだからっていうんじゃなくて、信じてる」

友だちという言葉が、自分でも意外なほどすんなりと出た。それを打ち消す話だから、だったのだろうか。

松井はなにか言いかけて、やめて、咳払いをしてから、私の問いにやっと答えてくれた。

「いつか後悔するぞ、って言ってやった」

円陣を組んだ部員たちに——。

「ちゃんと悔しがることができないと、いつかおとなになってから後悔するぞ、だから負けたときぐらい、しっかり悔しがれ、って」

それだけだ、と踵を返して歩きだした松井は、すぐにまた立ち止まり、私を振り向いた。

「おまえの店のこと、最近おふくろの話によく出てくるんだ。たくさんあるんだよ、おまえの店で買った家具」

ヨイショじゃないぞ、と短く笑って続ける。

「俺は全然覚えてなかったんだけど、俺の部屋のスチール本棚とか、小学生の頃に使ってた学習机とか、ベッドとか……あと、食器棚とか洋服簞笥《だんす》とか、ぜんぶサンロードの家具屋で買ったって、おふくろが言ってた」

本町サンロードに家具店は一軒――『家具のいとう』しかない。

「おふくろの話に、サンロードっていう名前は出てこないんだ。でも、アーケードがあった商店街って、サンロードだけだもんな」

「……うん」

「認知症って面白いよ。さっき食ったメシのことは覚えてないのに、四、五十年前にどこでなにを買ったか、すらすら出てくるんだ」

年老いた母親の思い出の中に、ウチの店のことが最後まで残ってくれた。私としても光栄で、誇らしい。そして、なぜだろう、なんとも言えず、悲しい。

「サンロードにアーケードができたのって、俺たちが赤ん坊の頃なんだよな」

「うん……東京オリンピックの年だから、一歳とか二歳だよ、俺たち」

そうか、と松井は感慨深そうにうなずき、「半世紀以上も昔か」とひとりごちて、「ずいぶん遠くまで来ちゃったなあ」と笑った。

さっきからのやり取りの中で初めて――いや、再会してから初めて見せた、身構えたりひねくれたりすることのない、素直な笑顔だった。

5

その日の夜、日付が変わる少し前に、小林の初孫が産まれた。陣痛が始まってから出産まで、時間はそこそこかかったものの、母子ともに健康。赤ちゃんは男の子で、体重は三二〇〇グラムを超えていた。

「まあ、とにかく、なんとか無事に出てきてくれてよかったよ」

翌朝、電話をかけてきた小林の口調は、待望の初孫誕生なのに浮かれた様子はない。歯切れが悪く、疲れた声でもある。私が「どんな気分だ?」と訊いても、「まだ実感湧かないな」と力なく笑うだけで、話はなかなか弾まない。

「ゆうべは奥さんや息子さんと祝杯あげたのか?」

小林は、臨月に入る前から「赤ん坊が産まれたら息子と飲み明かして、親父になる覚悟を叩き込んでやらなきゃなあ」と楽しみにしていたのだ。

だが、実際には「夜遅くなったし、疲れちゃってな……」と、病院から帰宅すると風呂にも入らずに寝てしまったらしい。「とにかく、昨日は長い一日だったから」

「だよな……」

私の相槌も沈んだ。それはそうだよな。うなずくと、ため息も漏れた。

「ヒメはどうだ？　疲れてないか？」

「ああ、だいじょうぶ」

「ヒメにも迷惑かけちゃったな」

「迷惑なんかじゃないよ」

正直に打ち明けるなら、疲れている。一晩たっても重い――体よりも、心が。

「俺、ヒメの前に、マッちゃんにも電話してみたんだよ」

自宅の固定電話にかけると、もう解約されて、番号は使えなくなっていた。

「『おかけになった番号は現在使われておりません』っていうアナウンスを聴いて、ああ、ほんとうにもうすぐマッちゃんは引っ越すんだなあ、って……」

携帯電話のほうも留守番モードだった。赤ん坊が無事に産まれたことを録音しておいたが、「どうせ返事は来ないだろうな」と小林は苦笑して、私も「来ない来ない」と同じように笑った。

「なあ、ヒメ」

「うん？」

「マッちゃんに監督を頼んだこと、やっぱり間違ってたかな」

「そんなことないって」

「でも、野球部のみんなには嫌な思いをさせたし、マッちゃんにも、最後の最後で嫌な思い出をつくらせちゃって……悪いことしちゃったよ、ぜんぶ俺のせいだ」とため息をついた小林に、私は「コバが悪いんじゃない、しかたなかったんだよ」としか言ってやれなかった。

松井が試合後に部員に言った言葉は、私に教えてくれたとおりだった。弘樹に訊くと、「そうそうそう、そんなこと言ってた」と軽く応え、「なに言ってんのかワケわかんなくて、みんなリアクションに困ってたんだよね」と笑った。

私は「ヒロも意味がわからなかったのか？」と訊いたのだ。すると、弘樹は少しだけ真剣な目になって、「わかんないけどさ、オレらだって試合に負けると悔しいことは悔しいんだけどね、いちおう」──あってもなくてもいい余分な一言の「いちおう」が、そのときにかぎっては、妙に長く耳に残った。いまもまだ完全には消えていない。

小林は、まあいいや、と気を取り直して、口調をあらためた。

「マッちゃんが東京に帰るのって、来週の今日だよな」

「そう、今度の月曜日」

「どうする？　送別会みたいなこと、やったほうがいいのかな」

「いや、それは……」

言葉に詰まった。松井はそんなことをしても喜ばない気がする。そもそも、私自身、送別会など最初から考えてもいなかった。

「誘っても、マッちゃん、断るかな」

「うん、俺は断ると思うけどな」――それもケンもホロロにな、と心の中で付け加えた。

小林も「だよなあ」と応え、「じゃあ、まあ、送別会はいいか」と言った。

正直ほっとしたが、小林はすぐに「だったら、見送りはどうする?」と訊いてきた。

失笑してしまった。コバは優しいよなあ、と少しあきれた。もっとも、その声には、おまえが行くんだったら俺も付き合うけど、という腰の据わらない本音も透けていた。

「コバは? おまえは行くのか?」

「いや、だから、俺は……どうしようかな、って思ってて……」

わかるよ、と私は目を閉じてうなずいた。小林を困らせるのはやめよう。あれほど楽しみにしていた初孫誕生の翌朝に、こんなにも気勢の上がらない話をさせてはいけない。

目を開けて、少し強く言った。

「俺は行かない」

「……じゃあ、俺も行かない」

小林の声は、微妙な落胆をにじませながら、安堵もしていた。テストの答え合わせで、やっぱりな、俺も間違ってると思ってたんだ、と自分の誤答を確かめるようなものだろうか。どっちにしても点は入らないのに、自分の間違いがやっぱり間違いだったんだとわかると、ほっとする。人生にはそういう場面が意外と多いのだろう。

私たちの短かった再会の日々は、苦い思い出だけを残して、終わった。

松井とはもう会うことはないだろうし、弘樹が城東中を卒業したら、小林とも疎遠になる一方だろう。

寂しいとは思わない。それを寂しいと思わないことが、寂しかった——ほんの少しだけ。


金曜日の午後、あいかわらず『家具のいとう』は開店休業のありさまだった。

昼食はいつもの由紀子の手作り弁当だった。「店長がお昼を食べに行ってる間、店番や電話番ぐらいはやりますよ」と彩香さんは言ってくれるが、そういうところのけじめは、やはり、つけておきたい。

この日の弁当は、塩鮭をメインに、卵焼き、ホウレンソウのお浸し、ナスの味噌炒め、きんぴらゴボウに五目豆という純和風のおかずだった。夏休みの間、弁当のおかずは私の好きな、味噌味や醬油味、甘塩っぱいものがそろう。だからこそ、白いご飯の上には潔《いさぎよ》く、きっぱりと、梅干し一つでいい。

だが、九月になって学校が始まると、おかずの決定権の優先順位一位の座は、高校に弁当を持っていく菜々美に移って、たちまちチーズ味やマヨネーズ味、クリーム味が主流になる。

菜々美の好きな弁当は、おかずの品数は多くても、一品ずつの分量が少ない。おまごとに付き合っているような感じで、食べた気がしない。フルーツも増える。キウイやリンゴやイチゴで、どうやって白いご飯を食べろというのだ。

来年四月からは、弘樹も高校生になって、給食から弁当に変わる。ボリュームのある揚げものや肉が増えるのは確実で、コロッケに唐揚げにハンバーグにウインナーというような組み合わせの日も、あたりまえのように出てくるだろう。その日の胃もたれを思うと、いまからげんなりしてしまう。

もうそろそろ弁当はいいかな、と最近よく思うようになった。

昼食をとりに外に出ている間は、〈ただいま外出中　午後1時に戻ります〉というプレートを掲げてもいいし、いっそ最初から営業時間を午前と午後で分けてしまっても、店の売り上げにたいしてマイナスにはならないだろう。父親や祖父が生きていたら、きっと「シャッターを開けてる間に店を留守にするバカがどこにいるんだ」「昼休みにしか買い物に来られない客だっているんだぞ」と一喝《いっかつ》されて終わるはずなのだが。

弁当を食べ終えて、昼前に配達された郵便物をチェックした。

業者からのダイレクトメールが一通あった。古い家具を修繕する工房だった。〈貴店のお客さまにお勧めしませんか？　仲介手数料お支払いします〉と、パンフレットも十部ほど同封してある。

商談用のデスクのラックには、家具の買い取りのパンフレットが何種類も入っている。買い換えるかどうか迷ったまま来店した客が、それを見て「じゃあ、買い換えるか」と踏ん切りをつけるのを、こちらも狙っているのだ。

逆に修繕のパンフレットを置くと、「古い家具を直して使うか」ということになって、わずかな手数料は入ったとしても、こちらの商売にはマイナスになってしまう。

ところが、今回の修繕は少し変わっていた。ただ不具合を直し、装いをあらためるというのではなく、もともとの家具を、うんとサイズを縮めて、まったく別のものに生まれ変わらせる。リペアではなく、リボーン——「再生」という言葉を使っていた。

たとえば、桐《きり》の箪笥から状差しをつくる。ソファーの木製フレームやクッションを使って、一人掛けの座椅子をつくる。ダイニングテーブルを文机に生まれ変わらせた例もパンフレットには出ていた。これなら買い換えの後押しにこそなれ、邪魔にはなるまい。

そういえば、と思いだした。十年以上も昔から、ランドセルでも似たようなものがある。小学生時代の六年間をともに過ごしたランドセルは、捨ててしまうには忍びない。しかし、そのまま残しておくのでは嵩張《かさば》って邪魔になるので、手のひらに載るサイズに作り直すのだ。ダイレクトメールを送ってきた工房が狙っているのも、その家具版なのだろう。

なるほどなあ、と蛇腹《じゃばら》になったパンフレットを広げてうなずいた。そういうものなんだろうなあ、とも現実を受け容れた。

昔、父親は、酒に酔ってご機嫌になると、よく言っていた。

「俺たちは、お客さんの『ゆりかごから墓場まで』の、墓場に行くぎりぎりまで面倒を見る仕事なんだよ。お得意さんの人生のほとんどをお世話するわけだから、ちょっとカッコ付けて言えば、夢や幸せを売ってるんだな」

結婚して婚礼家具を揃え、子どもができたらベビー用の家具が増える。新婚当初は夫婦二人でちょうどいいサイズのダイニングテーブルを使っていても、子どもが大きくなれば、テーブルも大ぶりのサイズに買い換えていく。子どもが学齢期になれば学習机を買い、きょうだいがいれば二段ベッドを買い、中学生や高校生になれば机をもっとシックなものに買い換えて、子どもの持ち物が増えれば収納家具も必要になる。子どもが独立して夫婦二人の生活に戻ってからのソファーやテーブルは、少しずつ小さくなる。さらに夫婦が歳を取っていけば、介護対応のものに買い換える。

一方で、独立した子どもは一人暮らしに必要な家具を買いそろえ、結婚をして家具が増えて、赤ちゃんが生まれたらベビー家具を買って……。

思えば、父親が生きていた頃、さらには祖父も現役だった頃、『家具のいとう』には家族連れの客が何組も来ていた。学習机を買うときには、本人ときょうだいと両親はもちろん、祖父母も一緒に来るのがあたりまえだったし、親戚までついてくることも珍しくはなかった。いわば、買い物というイベントを家族全員、さらには親戚まで巻き込んで楽しんでいたのだ。

いまはもう、そんな時代ではない。祖父や父親に「最近は『断捨離《だんしやり》』がブームなんだよ」と教えてやったら、二人は草葉の陰で嘆くだろうか、怒りだすだろうか、それとも「この商売も潮時かもしれんなあ」「弘樹や菜々美のことを思うと、おまえの代で店を畳むのもいいかもなあ」と言いだすだろうか……。

午後からは来客があった。残念ながら家具を買う客ではない。商工会で世話役を務めている『モトマチ電器』の土井垣《どいがき》さんが、アーケード撤去の業者を連れて店を訪れたのだ。

来週の木曜日――八月三十一日におこなわれる、店の前の梁と支柱の撤去工事の説明を受けた。カニのはさみのような油圧カッターをアームにつけた重機二台で切断していくという。支柱のほうは、ある程度短くしてから抜柱機《ばっちゅうき》という専用の機械を使って地面から引き抜く。残った穴はコンクリートを流し入れて埋めて、作業は終わる。

店の前に重機を駐めておくのは一時間から一時間半ほど。「その間はお客さまの出入りにご不便をおかけします」と担当者は恐縮していたが、私は逆に、そんなに早く終わるのか、と驚いていた。アーケードが設けられてから半世紀以上、支柱はこの位置にあり、梁はあそこに架かっていた。その歴史が、そんなにもあっけなく終わってしまうのか。

店の外に出て説明を聞いていたら、空から、ごろん、と音が聞こえた。

見上げると、雲行きがどうも怪しい。朝のうちにはなかった積乱雲が出ている。

「今日は午後から荒れるって言ってたな、昼前の天気予報で」

土井垣さんが教えてくれた。大気が不安定になっていて、雷注意報も発令されているらしい。

「このあたりはほんとうに夕立が多いし、降るとたいがい、どしゃぶりの雷雨になっちゃうんですよねえ」

工事の担当者は、顔をしかめて言った。重機は雷に弱い。特に背の高いクレーンが危ない。落雷すると電気系統が一発で故障してしまうし、なにより作業員が危険にさらされる。

「土木工事のときは雨も困るんですよ。雨があがったあとも、地面がぬかるむとジャッキが利かなくなって、大変なんです。早く秋になって、天気が落ち着いてほしいですよ、まったく……」

ぼやく担当者に、私は同情顔で相槌を打ちながら、心の中では違うことを考えていた。

目の前が白く煙るほどの、激しいどしゃぶりが、欲しい。傘なしで歩くと腕や首の後ろが痛いほどの大粒の雨を浴びたい。

松井と再会した日以来、夕立らしい夕立には、もう三週間以上ごぶさたしている。その間に、もやもやしたものがたくさん溜まってしまった。それをいっぺんに洗い流してくれるのは、やはり、雷鳴が轟くどしゃぶりの雨しかないような気がするのだ。

「では、当日よろしくお願いします」と土井垣さんたちと挨拶を交わしている間にも、積乱雲は大きさを増していた。空の青味も微妙に暗くなっているように見える。

店の中に戻ると電話が鳴った。家具店ではなく、介護用品レンタルのほうの電話だった。応対を彩香さんに任せ、レジ台の横の椅子に腰かけたら、彩香さんは電話を保留にして、「店長、お電話です」と声をかけてきた。

「俺に？」

「はい……松井さんから」


レンタルしていた介護用品を取りに来てほしい、と松井は言った。

「宅配便の伝票、付いてなかったか？」

介護用品は、着払いの宅配便で返却することになっている。

「あるんだけど、できれば直接返したくて」

配送料が会社の負担になるのを気づかってくれたのだろうか。それはそれで、助かると言えば確かに助かるのだ。

「わかった、じゃあ外回りの若手にあとで寄らせるよ」

「いや……悪いんだけど、ヒメに来てほしいんだ」

明日とあさってに家財処分の業者が来て、家具や家電のほとんどが処分される。その前に見せておきたいものがある、という。

「日曜日にもチラッと話しただろ、ウチの昔の家具、けっこうヒメの店で買ってるんだ。だから、それを処分する前に、おまえにも見てもらいたくなって……もしよかったら、来てくれよ」

いままでのような、醒《さ》めた皮肉交じりの口調ではなかった。

少し間をおいて、私は「行くよ」と言った。日曜日に城東中のグラウンドで別れたときの後ろ姿を思いだすと、あのまま別れてしまうのは、やはり、寝覚めが悪い。

自分で決めているけじめを破って、彩香さんに留守を頼んだ。「まあ、どうせお客さんは来ないと思うけど」と付け加えると、「自虐しないでくださいよ」と笑われた。

松井と電話で話している間に、彩香さんは家具の再生工房のダイレクトメールに目を通していた。

「店長、これ、お客さんに勧めるんですか？」

「まあ、こっちから積極的に声をかけるつもりはないけど、パンフレットも一緒に入ってたから、置くだけ置いておけばいいだろ」

彩香さんは、一度はうなずいたものの、「でも、どうなんでしょうね」と首をひねった。

「どう、って？」

「こういうのって、無垢材《むくざい》とかの、いい家具だと意味があると思うけど、昔の売れ筋ってそういう高級な家具じゃないですよね」

言いたいことはよくわかる。

「合板とか、化粧板貼り付けとか、あと、スチールだったりしたら、どうするんですか？」

「スチール家具も、できるって書いてなかったか？」

「ええ、あるにはあるんですけど……」

スチールの本棚やロッカーの一部を使ってカードケースにしたり、貯金箱をつくったり、サイドテーブルにしたり……という例だった。

それがわからない、と彩香さんは言う。

「だって、無理やり再生してるだけっていう気がしませんか？　しっかりした素材を、しっかりした職人さんが手づくりした家具ならいいんですよ。捨てるのは忍びないし、やっぱり残したいじゃないですか、思い出として」

「……うん」

「でも、ふつうの家具って、大量生産の工場でコストのことしか考えてないやつとか、安い輸入物だったりするのを、安くてお手頃なものが一番っていう価値観のお客が買うわけですよね？　昭和の頃って、そういうのが多かったっていうか、そういうのがよかったんでしょう？」

「いや、まあ……そうだけどな」

「そんな家具には愛着なんて湧かないんじゃないかって気がするんですけど、わたし」

なるほど、そのとおりだな、とは言えなかった。だが、いやそうじゃないぞ、きみの言ってることはやっぱりちょっと違うんじゃないかなあ、とも言えない。

「まあ、とにかく、せっかく送ってきたんだから、とりあえずパンフレットをラックに入れておいてくれ」

「はーい」

「だめでもともとだし、もしうまく話がまとまったら、手数料が入るぶんラッキーだろ」

彩香さんは苦笑交じりに「ですね」と相槌を打ってくれたが、すぐに返した。

「ほんとうは、高くてもしっかりしたモノを買ってもらって、それを手入れしながら親子二代とか三代にわたってずーっと使ってもらうのが、最高ですよね。わたしなんか、そういうのに憧れるけど」

俺だってそうさ、と私は苦笑いを返し、言いたいことをいくつか呑み込んで、手を差し出した。

「悪い、いまの業者さんのパンフレット、一枚出してくれ。もらっていくから」

「松井さんに渡すんですか？」

「うん……いちおう、こういうのがあるんだ、ってことだけでもな」

手数料狙いじゃないんだぞ、と冗談めかして付け加えると、彩香さんも、わかってますわかってます、と笑った。

笑顔の苦みは、歳をくっているぶん、私のほうが深かった。

玄関で私を迎えた松井は、開口一番「降りそうだな」と言った。

確かに、出かける支度をしていた時点では「雲の多い晴れ」だった空は、店の裏手の駐車場に回っているうちに「曇り」に変わり、その雲の色は、松井の家に着くまでの十五分ほどの間にずいぶん暗くなってしまった。

雨が降りだす前に、荷物をライトバンに積み込んだ。私は「お客さんに頼んでるのは梱包《こんぽう》と発送の手配までなんだから」と一人で運ぼうとしたが、松井は「いいんだ、いいんだ」と、嵩張る箱や重い箱を選んでは自分で車の荷台に運んでいく。「よけいな仕事を増やして悪かったな」と謝る口調は、電話で話したときと同じように、素直なものだった。

荷物を積んでいる間にも、空はどんどん暗くなる。ときおり、ごろん、と雷が鳴る。近い。ほとんど真上と言っていい。

「これは……けっこう来るぞ、どしゃぶり」

松井はつぶやいた。しかめっつらのようにも、頬がゆるみそうになるのをこらえているようにも見える。松井も私と同じように、どしゃぶりを待ちわびていたのかもしれない。

最後の荷物を車に運び込んだ直後、まるでタイミングを計っていたかのように、雨が落ちてきた。腕や首筋に当たるとピチャッと音をたてるほどの、大きなしずくの雨だった。

荷室の扉を閉めて、玄関に駆け込んだ。

「間に合ったなあ」

松井がうれしそうに言った。荷物の積み込みが間に合ったという意味なのか、東京に戻る前にどしゃぶりの雨が間に合ったのか、どちらともつかないまま、私も「ラッキー」と笑い返した。

雨はたちまち本降りになって、雷鳴も轟きはじめた。

「まあ、上がってくれ。ビールを出せなくて悪いけど、麦茶が冷えてる」

母親は今朝から、十日間のショートステイで施設に入った、という。

「けっこう無理を聞いてもらって、長めに頼んだ。俺は月曜日に東京に帰って、おふくろを向こうの施設に入れる段取りだけつけて、すぐにこっちに帰ってくる。で、おふくろを施設に迎えに行って、その日のうちに東京にトンボ返りして……それで、おふくろも、俺も、この街とはおさらばだ」

「この家にはもう寄らないのか」

「ああ、おふくろにとっても今日が最後だ。本人にそのつもりはなくても、これでもう、我が家とはお別れにする」

明日あさってで家財道具が運び出されるところを、母親には見せたくない。がらんとした部屋も、同じ。

「どうせ筋道を立てて説明しても、わからないんだ。頭が混乱して、パニックになるのがオチだから、じゃあ、もういいか、って」

ダイニングキッチンに入った。まだ引っ越しの最中という感じはしない。今朝、母親を施設に送って、帰ってきて、それからようやく片付けや荷造りに取りかかった。

「ぎりぎりまで、おふくろには、いままでと変わらない生活をさせてやりたくてな」

まあ座れよ、とダイニングテーブルの席を私に勧め、冷蔵庫から麦茶のピッチャーを取り出しながら、話を続ける。

「騙すような格好になるけど、俺、やっぱりおふくろには家を処分する場面には立ち会わせたくないんだ」

「……うん」

「おふくろにとってのウチは、親父がいて、俺もいて……あと、いいのかどうかわからないけど、俺が離婚したのも忘れてるみたいだから、お盆や正月には嫁さんがいて、孫がいて……それが、おふくろの我が家なんだ、これからもずっと」

麦茶を二つのグラスに注ぎ分けたとき、窓の外が一瞬まぶしく光った。ほとんど間を置かずに、窓ガラスが震えるほどの轟音が空から降ってきた。その落雷が合図になったように、雨はひときわ激しくなった。

雷には思わず肩をすくめた松井だったが、雨脚が強くなったのを知ると、ひょっ、とはしゃぐような甲高い声をあげた。やはり、待っていたのだ、どしゃぶりを。

「このテーブルも、あと、食器棚も、ヒメの店で買ったんだ。食器棚のときは俺はまだガキだったから全然覚えてないんだけど、ダイニングセットは小学五年生のときに買い換えたやつだから、俺も覚えてる。親父とおふくろと三人でサンロードの商店街を歩いて買いに行ったんだよ」

雨の降る日曜日だったらしい。今日のような激しい雨ではなかったが、アーケードの商店街に入って傘を閉じたとき、なんだかすごく特別な場所にいるような気がしてうれしかったのを思いだした、という。

食器棚もテーブルも、とりたてて高級な品ではない。アンティーク家具として扱われるのはもちろん、親子二代で使うのも無理だろう。むしろ、よくここまで買い換えずに使いつづけたものだ、と思う。

その本音をオブラートにくるんで、私は麦茶を啜りながら言った。

な」

「長く使ってもらって、うれしいよ」

「でも、どんどん買い換えたほうが、ヒメのところの商売としてはいいんだろう？」

そういうクールな憎まれ口が、いまは、少しだけ、うれしい。

「商売の話だけを言えばそうだけど、でも、自分の店で買ってくれた家具を、ずっと使ってもらうのも、うれしいんだ。家具って、お客さんの人生に寄り添うものだから

な」

松井は「カッコいいこと言うようになったんだな、ヒメも」と笑い、テーブルの天板を軽く叩いた。「買い換えのタイミングを逃しただけなんだ、結局」

テーブルは四人掛けだった。椅子を増やせば六人でも囲めそうな大ぶりのサイズだ。松井が高校を卒業するまでは、それを家族三人で使っていた。だが、大学進学で上京すると、テーブルを囲むのは両親の二人だけになる。

「よっぽどスペースを持て余してたんだろうなあ、そんな洒落《しゃれ》たウチでもないのに、テーブルの真ん中に花瓶を置いたりして」

松井が大学の休みで帰省するときには、以前どおり三人で使えるので、花瓶は用済みになる。だが、学年が上がるにつれて、帰省の日数は減っていく。

「買って十年たったら、もう買い換えてもいい頃だよな。もっと小さなサイズにすればいいんだ。でも、だめなんだ、親父もおふくろも。お金の問題じゃなくて、どうせ

また俺が一緒に住むんだと思って、信じて……」

大学卒業までは東京でも、就職のときには故郷に戻って、できればウチから通える職場にしてほしい、と願っていた。

「一人息子だもんな、そう思うよな、親は。でも、地元に残ったヒメやコバには悪いけど、俺はこんな小さな田舎で就職なんてしたくなかった」

「うん……わかるよ」

「親父もおふくろも、俺がやりたい仕事は田舎にいたらできないことぐらいはわかってた。でも、どこかで、もしかしたら帰ってくるんじゃないかっていう期待もあったと思う。それはそうだよな、一人息子で、自分たちもだんだん歳を取ってきて、老後のことも不安になってくるわけだし」

テーブルを老夫婦二人にぴったりのサイズに買い換えると、息子のUターンの可能性を自らあきらめてしまうことになる。それはやりたくないし、発想としては、むしろ逆のことを考えてしまう。

「カミさんと結婚して、息子ができて、夏休みや正月に一泊か二泊で帰るだろ？　そのとき、親父とおふくろと、ウチの家族三人だと、五人になるわけだから、椅子が一脚足りなくなるよな」

「……うん」

「だったら、とりあえず折り畳みの椅子でも使えばいいだろ？　ふつうはそうだろ？」

「……まあ、な」

「でも、違うんだよ。親父もおふくろも、年に何日もない五人家族で飯を食うときのために、でっかいサイズに買い換えたいって言うんだよ。おかしいだろ？　ばかじゃないかって、笑っちゃうよな」

私は苦笑交じりの相槌を打ったあと、小さく、松井には気づかれないほどかすかに、首を横に振った。

『家具のいとう』では定期的に、買い換え需要の掘り起こしを狙って『暮らしのなやみ相談会』を参加費無料で開いている。

それに参加する年配客のほとんどの相談は、息子や娘の家族が帰省するときの話だった。

ふだんは老夫婦二人きりの暮らしでも、お盆や正月はにぎやかになる。そのときに席が足りないのは申し訳ないし、迎える側としても格好がつかない。けれどふだんからサイズの大きな食卓を使っても、持て余してしまう。そういうときは、どうすればいいのか。

私は、テーブルの横幅を伸縮できるタイプのダイニングセットを紹介する。あるいは「和室があるんでしたら、座卓のほうが人数の融通が利きますよ」と、大きめの座卓も勧める。そのあたりの提案に反応が鈍ければ、最低限の商売につなげたくて折り畳み式の椅子を売り込むし、「お嫁さんやお孫さんにとっては、ごちそうを食べたあとが大事なんですよ。寝るときの満足度が、お父さんの田舎に帰ったときの点数に直結するものなんです」と、商店街仲間の寝具店と組んだ客布団のセットのアピールも忘れない。

そんな私から見れば、松井の両親の発想はきわめてまっとうで、あたりまえで、だからこそ哀しくて……『暮らしのなやみ相談会』に二人が参加しなかったことを、皮肉や強がり抜きに、よかった、と思った。

「まあ、どっちにしても、最後の何年かは俺しか田舎に帰らなかったんだから、へたに買い換えなくて大正解ってことだよな」

確かにそのとおりなのだろう。

「六年前に親父が死んでからは、おふくろは一人でこのテーブルを使ってたんだ。さすがに広すぎるよなあ。もう花瓶を置いて飾るほどの元気もなくなってたから、広すぎるよな、四人掛けに一人だけで座るっていうのは、やっぱりな……」

松井が話している間も、雨が降る。激しく降る。雷が鳴る。耳をつんざくような轟音が鳴り響き、焦げくさいにおいが、なぜか部屋の中にまで漂ってきて、そのにおいがスッと消えたあとは、また雨音だけが、途切れなく耳に流れ込んでくる。

「ヒメの店で買ったものは、まだたくさんあるんだ」

松井は席を立ち、こっちに来てくれ、と私を手招いて廊下に出た。

あれもそうだ、これもそうだ、と私を案内して一部屋ずつ回りながら、家具を指差した。洋服簞笥、整理棚、本棚、押し入れ収納……どれも年季が入っている。父親の代、さらには祖父が店を取り仕切っていた頃に買ったのだろう。

最後に案内されたのは、二階の和室だった。もともとは母親の内職部屋だったのだが、父親が亡くなったあとは、納戸代わりにして、ふだん使わない家具や季節家電、時季の合わない服や寝具を置いていた。

「とにかく一人暮らしだと部屋が余るんだ。あと、歳を取ると、二階に上がるのも億劫になるしな」

松井は段ボール箱や衣類ケースの隙間を縫うように部屋の奥に向かい、「これだよ、これを見せたかったんだ」と指差した。

スチールの学習机だった。ブックスタンドや蛍光灯が付いていて、ブックスタンドと天板の間は学校の時間割などを貼れるマグネットボードになっていて、体の成長に合わせて天板の高さを調整できる。和室に置いても畳が傷つかないよう、脚がスキー板のように「T」を逆さにした形になっているのが、懐かしい。

「こういうのって、いまでもヒメの店で売ってるのか？」

「いや、最近はスチールはほとんどなくなったな。みんな天然木か集成材だ。あと、デザインもシックになって、中学生や高校生になっても使えるタイプが多い」

「だよな、ウチの息子のときも、こんなのは買わなかったし、最初から売ってなかった気がする」

松井はこの学習机を中学卒業まで使っていた。三年生の頃は身長が伸びたので、窮屈でしかたなかったらしい。

「高校に受かったお祝いで、じいちゃんとばあちゃんに新しい机を買ってもらったんだ。ヒメには悪かったけど、せっかくだからっていうんで、もうちょっと大きな店で……」

県庁のある街まで出かけて、デパートの家具売り場で選んだ。「悪いな」と謝った松井は、でもまあ、と苦笑して続けた。「新しい机は高校時代の三年間しか使わなかったから、もったいなかったな」

「この机、なんで処分しなかったんだ？　引き取ってくれるだろ、デパートでも」

「おふくろって貧乏性だから、しばらくこの部屋で自分が使ってたんだよ。抽斗もあるから内職の道具をしまうのにも便利だし、ちょっとした書きものもできるし。で、結局、捨てるタイミングを逃した、ってわけだ」

なるほど、とうなずく私に、松井は「座ってみるか？」と椅子を勧めた。「いまどきの椅子とは違う座り心地だから、けっこう懐かしいぞ」

学習机とセットの椅子は、机と同じく畳を傷つけないように脚の底部が「×」になっていた。ビニール張りの座面と背もたれはどちらも薄く、座るとギシギシと軋んで、体重をかけるのが少し怖いほどだった。

それでも確かに、危なつかしい座り心地がなんともいえず懐かしい。

椅子に座って机に向かい、天板を間近に見つめた。丈夫なことが取り柄のスチール製だけに、天板には傷らしい傷はついていない。彩香さんが言っていたとおり、スチール家具は、実用的ではあっても、やはり思い出を刻むのは不向きなのだろう。

ただ、よく見ると、天板の右のほうに黒のサインペンでなにか絵を描いた痕がうっすらと残っていた。「マッちゃん、これ……なにを描いたんだ？」と訊くと、照れくさそうに笑って教えてくれた。

「仮面ライダー」

「――え？」

「仮面ライダーだよ、覚えてないか？　ライダーキックとか、ショッカーとか、『ライダースナック』のカードも流行っただろ」

もちろん私もよく覚えている。いまに至る「ライダー」シリーズの源流になる、私たちの子ども時代を代表する特撮ヒーローだった。

「俺、ライダーのことがほんとに大好きで、憧れてて、絵もたくさん描いてたんだ。けっこううまかったんだよな」

その仮面ライダーの絵を、小学四年生の頃に描いた。

「ライダーの絵、けっこう得意だったんだよ。で、宿題やるときとかに見守って、応援してもらおうと思って……」

教科書やノートを広げても隠れない位置に描いた。われながら会心の出来映えだった。だが、その日のうちに母親に見つかって、「すぐに消しなさい！」と叱られてしまった。

「でも、油性ペンだから簡単には消えないんだ。ベンジンを染み込ませた布でゴシゴシ擦っても、薄くはなるんだけど、なかなか消えなくて……中学生の頃もまだ、見ればすぐに仮面ライダーを描いたってわかるぐらい残ってたな」

松井は天板に残るペンの痕を指でなぞって、「でも、なんだかんだ言って、四十年以上もたてば、勝手に薄くなって、消えていくものなんだな」と笑った。

これだ、と私は相槌よりも大きくうなずいて、松井に「ちょっと見てほしいものがあるんだ」と家具の再生工房のパンフレットを渡した。「最近はこういうのもあるんだ」

松井がパンフレットに目を通したタイミングを見計らって、続けた。

「たとえば、仮面ライダーの痕が残ってるところを使って、別の小物につくり替えることもできるんじゃないかな」

仲介手数料など要らない。もしも松井が値段に難色を示しているのなら、餞別《せんべつ》として代金はこっちが持ってもいい。

買ってくれた人の人生に寄り添うのを願って家具を商っている者として。小さな地方都市で生まれ育ち、この街の外に出ることなく成人して、家庭を築き、子どもを育て、年老いて、いずれ死んでいく者として。

生まれ故郷を離れる旧友に、なにか一つだけでも、ふるさとで暮らした日々の思い出を持っていてほしかった。

だが、松井は蛇腹のパンフレットを畳み直し、サンキュー、と口だけ動かして、私に差し戻した。私が「いいよ、最初からマッちゃんに渡すつもりで持ってきたんだから」と言っても、「いらない、いらない」と返す。

「もしマッちゃんさえよかったら、俺のほうからプレゼントっていうことでも――」

「悪い」

さえぎられた。静かで穏やかな声なのに、食い下がる余地は一切なかった。上等な桐箪笥の抽斗が、音もたてずに、紙一枚挟める隙間もなく閉まるように。

「せっかくだけど、俺、こういうのって好きじゃないんだ」

悪いけどな、と念を押して謝られると、もう、なにも言えなくなった。

無言でうなだれる私に、松井は「その代わり――」と言った。「俺、最後にやりたいことがあるから、そこに車で連れて行ってくれよ」


車の中から電話で事情を説明すると、小林は声を裏返して、「それ、本気か？」と訊いた。助手席の松井は、スピーカーモードにしていたスマートフォンの音量を上げる。どしゃぶりの雨なのだ。小林の声を聞くには音量を最大にして、こっちは怒鳴るようにしゃべらなければ、会話もできない。

「本気だよ」

松井は言った。「ヒメも俺も本気だ」

なあ、とハンドルを握る私に笑いかけて、スマートフォンを私の顔の前に差し出した。

私は苦笑交じりに「そういうことになったから」と言う。「部外者が校内に立ち入るけど、なんとかしてくれ」

「なに言ってるんだよ、おまえら、俺の立場も考えろよ」

「教頭だろ？」と私が言うと、松井も、今度は自分の顔の前にスマートフォンを移して、「で、なりたてのホヤホヤのおじいちゃんだ」と言った。「お祝いもまだ言ってなかったな……ごめん、おめでとう」

私は、へえーっ、と松井を見る。こんなに素直に祝福の言葉を言えるのか。驚いて、もちろん、うれしかった。

小林は私以上にびっくりして、困惑もして、「あ、いや、まあ、その……俺が産んだわけじゃないんだけど……」と、ワケのわからないことを応えた。

そんな小林に、私は言った。

「どうする？　コバも付き合うか？」

小林はいっそう困惑して、うめくように喉を鳴らしたきり、答えは返ってこない。

「昔は、水泳部に頼んで、プールのシャワーを借りてたよな。それって、いまでもだいじょうぶなのかな」

松井が訊くと、小林は咳払いで気を取り直し、教頭という立場もあらためて自覚したのだろう、「あのなあ」と諭すように言った。「もう時代が違うんだよ、俺たちの頃とは。野球部の練習は、雷がゴロゴロ鳴りだした頃にもう終わってるぞ」

「……雨の降る前に？」

「あたりまえだろ。野球部もサッカー部も陸上部も、みーんな、さっさと帰ってる」

雨が降りだしてからでは遅い。その前にひきあげなければ意味がない。

「だってそうだろ？　雨が降ってから練習をやめても、びしょ濡れだぞ。雨に濡れたら風邪もひくし、だいいち雷が危ないだろ。万が一、練習中に落雷があったらどうするんだ。感電したらヤバいだろ。そうなったら学校に来ちゃうんだぞ、責任がぜんぶ」

だよな、と私も黙ってうなずいた。そのあたりの学校の対応の厳しさ、というより臆病さは、弘樹からしょっちゅう聞かされている。

いまは雷注意報が発令された時点で、校内放送で部活動の中止を指示する。

そんな時代の流れに、つかの間、逆らうことを決めたのだ。

どしゃぶりの雨の中、先輩の命令で一年生がグラウンドに出て、一塁から三塁まで全力疾走した挙げ句、ヘッドスライディングでホームイン――いまどき許されるはずもないパワハラを、これから松井は、自らの意思でやろうとしている。そこに私まで、志願して付き合おうとしている。

「おい、念のために訊くけど、マッちゃんもヒメも……昼間から酔ってるわけじゃないんだよな？　だいじょうぶだよな？」

小林のその気持ちは、私にもよくわかる。「麦茶しか飲んでないって」と応える松井の横顔が、さっきからゆるみっぱなしだという理由と同じぐらいに。

なにより私本人が、思う。おいおい本気なのかよ、俺たち五十五なんだぞ、四捨五入したら還暦なんだぞ、と自分で自分にあきれながらも、笑顔なのだ。

「タオルや着替えはあるから」

松井が言った。寄り道をして『ゆめタウン』に回り、安いトレーニングウェアや替えの下着、さらにビーチサンダルまで買ったのだ。最初、私は夏用のショートパンツとTシャツを選んだのだが、松井は「ヘッスラしたとき膝や肘を擦りむくぞ」とロングパンツに取り替えた。ヘッスラ――ヘッドスライディング。本気なのだ。

私も付け加えて、「三人分、用意してあるからな」と小林に伝えた。

「ちょっと待てよ、おい……」

あわてて言いかけた小林は、少し間をおいて、「まいったな」と笑って教えてくれた。

小林も、ついさっき、職員室から雨の降りしきるグラウンドを眺めながら、昔のことを思いだしていた。先輩に「おい、一年、ホームラン打ってこい」と命令されて、ずぶ濡れになって幻のバットを振り、幻の打球がフェンスを越えたのを確認して、走りだす。「ファウルだろ、いまの」と先輩に言われると、やり直し。「ランニングホームラン！」と言われると、泥を撥ね上げて全力疾走。そして最後は……。

「俺、泥まみれのヘッスラ、あの頃は死ぬほどイヤだったし、思い出を勝手に美化してるだけだとは思うけど、あれはあれで、まあ、なんていうか……意外と、そんなに嫌いじゃなかったな」

私も松井も、黙ってうなずいた。伝わるはずのない反応なのに、小林はまるで目の前で向き合っているかのように、「だろ?」と笑った。

雨脚はあいかわらず強かったが、雷雲は遠ざかってくれた。ときおり空がゴロゴロと鳴るものの、落雷にまでは至らないだろう。

傘を差した私たちは、校舎の陰から、一面水浸しになったグラウンドを見つめる。グラウンドは無人だった。校舎内にも人影はない。職員室の窓も、さっき小林がさりげなくブラインドを下ろしておいた。体育館ではバレーボール部やバスケットボール部が練習していたが、雷のおかげで建物の外には誰も出ていないので助かった。

「いいか、パッとやって、パッと帰るんだぞ、余韻にひたるのはあとにして、とにかくグラウンドにいる時間は最小限にしてくれ」

小林は険しい顔で釘を刺す。「だらだらやってて、誰かに見つかると、話が面倒になるからな」

「……悪いな、コバ」

松井が謝ると、小林は眉間に皺を寄せたまま「お別れだからな」と返す。「最後ぐらい、ガキみたいなことパーッとやっちゃえばいい」

松井は私にも「車を汚して、悪いな」と頭を下げた。泥まみれのまま、ずぶ濡れで車に駆け戻ることになる。雨が泥を少しは洗い流してくれるだろうし、バスタオルもたっぷり買い込んでいるが、シートは明日まで使いものにならないだろう。

「いいって、気にするなよ」

私は笑って応え、「コバまで車の中で着替えるとは思わなかったけどな」と、さらに笑みを深めた。「付き合いがいいよ、ほんとに」

「しょうがないだろ、ずぶ濡れで職員室に戻るわけにもいかないんだから」

「一緒にやってくれる可能性は半分ほどだと思ってたけど」

「だって、俺が一緒じゃないと、不審者二人が無断侵入じゃないか。大騒ぎだぞ。しかたないから、付き合ってやってるんだよ」

そのくせ、さっき服を着替えたあとは誰よりも早く準備運動にとりかかっていたのだが――それは、まあ、言うまい。

「どっちにしても、俺とコバの救いは、髪が濡れてもそんなに目立たないことだな」

私はすっかり禿げた自分の頭と、ずいぶん薄くなって地肌が透ける小林の頭を指差して笑った。さっきから頬がゆるみどおしだ。

「……ほっといてくれ」

立場上しかめつらを崩さない小林も、内心ではわくわくしているのが、声の微妙な揺らぎ具合に滲み出ている。

一方、松井は、グラウンドを目にした頃から神妙な面持ちになり、口数も減った。私も小林も、無理に話しかけることはせず、グラウンドを見つめる松井の視界をさえぎらないよう両脇に退いた。

空は少しずつ明るくなっていた。この雨脚も長くは続かないだろう。いまの時刻からすると、今日は雨上がりの夕焼けが見られるかもしれない。雨で地面が冷やされたおかげで、今夜はしのぎやすいはずだ。今年の夏は、夕立があと何度——秋はもう、すぐそこまで来ているのかもしれない。

松井は、私と小林を交互に見て、言った。

「いろんなことがあったけど、会えてよかったよ」

「俺もだ」と私が応え、小林も「会えてよかった」とうなずいた。

「監督をやらせてくれて、ヒメの息子たちに会わせてくれて、ありがとうな、コバ」

「いや、でも……」

「悔しい思いができて、よかった」

「——え？」

「思いどおりに体が動かなかったり、いまどきの中学生にムカついたり、やろうと思ったことが全然できなかったり、勝ちたかったのに負けたり……そういう悔しさ、最後にたくさん味わえて、よかった」

そうじゃないと、と続けた。

「いろんなことを、あきらめるしかないもんな。悔しがれないのが、俺は悔しいよ、ほんとに」

黙り込んでしまった小林と私に、松井は「だから、よかった」と満足そうに言って、あらためて「ありがとう」と頭を下げて続けた。

「悔しさ一杯で、惚《ぼ》けたおふくろを背負って、孤独で暗い老後を生きてやる」

言葉は重く、苦い。なのに、不思議と声は明るい。

松井は傘を閉じて、校舎の壁に立てかけた。グラウンドに向かって「くそーっ、悔しいなあ、ほんと」と、気持ちよさそうにつぶやいて、駆けだした。


雨の中、もうじき生まれ故郷を出て行く男が、バッターボックスに入って、幻のバットを一閃《いっせん》した。幻のボールが左中間を割ってグラウンドを転々とする。走る。一塁を蹴り、二塁を回る。若い頃のようには体は前に進まない。よたよたと、足がもつれる。三塁を回ったところで体のバランスが崩れて転んだ。跳ねた泥水が顔にかかる。立ち上がる。ホームを目指す。前のめりになった。膝が折れた。できそこないのバンザイのようなポーズで、頭からホームに滑り込んだ。

小林も続いて打席に入った。初孫が産まれたばかりの男が、幻のバットをフルスイングした。五十肩の痛みと引き替えに、幻の打球は大きな当たりになってライト線を抜けた。太鼓腹を揺すって、どたどたと走る。ぬかるみに足を取られてビーチサンダルが脱げてしまった。よろよろと走る。二塁を回ったあたりで息が切れ、口を空に向けて、走る。三塁と本塁の間で転んだ。あとはもう、立ち上がる余力もなく、膝と手でなんとか残り数メートルを進んで、スライディングというよりノックダウンのような格好で、ホームインした。

私がしんがりをつとめた。『家具のいとう』の、最後の代の店長になるはずの男が、幻のバットを振り抜いた。幻の手ごたえが確かにあった。幻の打球は降りしきる雨にも勢いを削がれることなく、ぐんぐん伸びて、センターを越えた。よし。走る。転ぶ。起き上がっても、またすぐに転ぶ。三人目なので足元が荒れているのだ。足首を挫《くじ》きそうになる。一塁を回るときには、上体は左に曲がっているのに膝から下がついていかず、横倒しに転んだ。危うく膝をひねってしまうところだった。起き上がり、体勢を立て直して、気をつけろ気をつけろ昔とは違うんだぞ若い頃と同じ感覚でいたらケガをするぞ、と言い聞かせて走る。遅い。中学生の頃の自分が見たらあきれるだろう。それでも、これがいまの全力疾走だった。ホームイン寸前で、また転んだ。そのまま、突っ伏すように思いきり伸ばした両手の先が、泥の中にある幻のホームベースに触れた。

＊

その日の雨が、夏の終わりを告げる夕立になった。翌日から朝晩が急に涼しくなり、陽が落ちてから吹く風には肌寒さも感じるようになった。晴れた空の色合いも、白く抜けたような夏のまばゆさから、だいぶ落ち着いた青に変わりつつある。

いまの空も、そう。

山のほうには入道雲が湧いているが、高い空には、いわし雲があった。夏の雲と秋の雲が同居する――「行き合いの空」というのだと、彩香さんに教えてやった。

彩香さんは手のひらを庇にして空を仰ぎ、「明日から九月ですもんね」と応えた。

「夏が終わって、いよいよ秋ですよ、食欲の秋」

あははっと笑って、私も空を見上げる。

ついさっき、アーケードの梁と支柱の撤去工事が終わったばかりだ。

七月に屋根のパネルがはずされたときには、空の下の商店街という初めて見る景色に戸惑って、慣れるまで何日もかかった。

　今度の工事は残った骨組みを撤去するだけなので、印象はたいして変わらないだろうと思っていたのだが、視界を横切る梁のあるなしの違いは、予想よりずっと大きかった。梁が消えると、たちまち空が広くなり、高くもなった。空の一点をじっと見つめていると吸い込まれてしまいそうなほどだった。

「空がパーッと抜けるのって、思ってた以上に気分がいいものですね」

「ああ……」

「雨の日のマイナスを差し引いても、この開放感って、やっぱり捨てがたいですよ」

　実際、すでに撤去の終わった区画の評判は、店舗からも客からも上々だった。

　あと数日で撤去工事はすべて終わり、中秋の名月にあたる十月四日には、生まれ変わったサンロードのお披露目も兼ねて、お月見イベントも開かれる。

「もっと早く屋根をなくしちゃえばよかったとか思いませんか？」

　アーケード存続派だった私も、いまでは三割はそう思っている。けれど残り七割は譲りたくない。「このタイミングだから、よかったんだ。アーケードで五十年以上もがんばってきたあとだから、空を見るのが気持ちいいんだ」——説得力があるのかないのか自分でもよくわからないが、これからもずっと、そう言い張ろう、と決めている。

松井は、三日前の月曜日に東京に戻った。

私は見送りには行かなかった。小林も同じ。松井は、実家を完全に引き払うために来週早々に最後の帰郷をする。だが、もう連絡はよこさないだろう。

俺たちそれでいいよな、と空に浮かぶ松井の面影に語りかけて、本人には伝えるつもりのない報告を、一つ——。


城東中の野球部は、日曜日の最終戦で、予選リーグ初勝利を挙げた。

松葉杖をついてベンチに座った佐野先生は、選手起用や作戦をすべて部員たちに任せてくれた。すると、望月くんを中心にみんなで決めた作戦が、ずばずばと当たったのだ。

私は店番があるので応援には行かなかったが、いい試合だったらしい。山下くんはエースにふさわしい好投を見せたし、紺野くんはヒットを連発して四番打者の責任を果たした。

五対一で快勝——。

しかも、前の試合で打ち込まれた高橋くんにも見せ場があった。いったん外野に移った山下くんの「友情」で、気楽な場面でワンポイントのリリーフを任され、みごとに相手を凡退させて、部活動の有終の美を飾ったのだ。

エラーをした田中くんも最終回の守備に就いた。ヤンチャなぶん心意気のある紺野くんが、「試合のミスは試合でしか取り返せないんだから」という理由で、ポジションを譲ってくれたのだ。打球は飛んでこなかったが、田中くんは紺野くんの「友情」をずっと忘れないだろう。

由紀子は感激しきりだった。

「中学生もしっかりしてる。見直しちゃった。子どもたちの自主性を信じてあげれば、ちゃーんと応えてくれるのよ」

ベンチの雰囲気も、先週の試合とは見違えるほど和気あいあいとしたものだったらしい。笑顔が絶えず、好プレイには声援と拍手を送り、凡退やエラーにも「ドンマイ！ドンマイ！」と励ますのを忘れない。

そんな中、弘樹も代打に出た。応援席に陣取る保護者会の面々は、一斉に弘樹のネームボードを掲げて盛り上げてくれた。

ここからは、由紀子がスマートフォンで撮った動画で確かめた。

初球を打った。三遊間のゴロだった。打球そのものは凡打だったが、城東中に完敗するぐらいのチームだから、守備もその程度だった。サードの反応が鈍かったせいでショートが逆シングルで捕ったぶん、送球が遅れた。詰まった当たりで打球が遅かったことも幸いした。なにより、全力疾走した甲斐あって、内野安打――公式戦の最初で最後の打席が、ヒットになったのだ。

「すごいでしょ？　ずーっと補欠でかわいそうだったけど、最後の最後で、結果が出てよかったよね」

由紀子は、動画を再生するだけでも声を詰まらせていた。試合のさなかには、わんわん泣きながら、隣にいた望月くんのお母さんと抱き合ったのだという。

私も、もちろん、うれしかった。弘樹にも「よくやったな」と言ってやったし、「うまい三遊間だったらサードゴロだな」などと水を差すつもりはない。

「このヒットが、高校受験とか、あの子のこれからの人生の、大きな支えになってくれるんじゃないかなあ」

そうかもしれない。そうではないかもしれない。むしろ逆に、あのヒットの記憶が足を引っぱってしまうことだって、あってほしくはないけれど、あるかもしれない。

私としては、凡打でも照れずに、くさらずに、一塁まで全力疾走したことを褒めてやりたいのだが……弘樹に「だよね、奇跡とかラッキーがあるから、あきらめちゃだめだってことだよね」とケロッとした顔で返されそうな気がして、まあいいか、と黙っている。

マッちゃん、おまえなら、あいつにどんな言葉をかけてやる――？

空を見ていたまなざしを引き戻すと、日傘を差した二人連れのおばあさんが立っていた。

彩香さんに呼ばれて、我に返った。

「店長、店長、お客さんですよ」

「座椅子の脇にちょっと置けるような、ワゴンとかラックが欲しいんですって」

私は「いらっしゃいませ」と愛想良く笑って、戸口に立ち、自動ドアを作動させた。店内の冷気が外に流れ出た。まだこの時季、昼間はエアコンが要る。

「店内にいくつか在庫もございますし、カタログもご覧いただけます」

戸口の脇に下がって、「さあ、どうぞ、お入りください」と声をかけた。

おばあさん二人は日傘を閉じて、会釈しながら店に入る。

日傘を差したお客さんを迎えるのは、先月まではなかったんだな――私はふと思い、ふふっと笑って、行き合いの空を一瞬だけ振り仰いでから、店に入った。

ある帰郷

駅舎の前に立って軒先《のきさき》を仰ぐと、鉄骨の梁《はり》と柱が交差するところに、白茶けた泥のかたまりがあった。大きな泥玉をぶつけ、ほとんどの泥が床に落ちたあと、へばりついた残りが乾いてしまっただけのようにも見える。

「これがツバメの巣なの?」

息子の翔太《しょうた》が指差して訊いた。拍子《ひょうし》抜けしたのを隠しきれない口調だった。

私は「いや、ほんとは、こんなのじゃなくて……」と首をかしげる。

空港からレンタカーで私の生まれ故郷に向かう途中、バードウォッチングの話になった。すでに車はふるさとの町に入っていたが、ツバメの巣をまだ見たことがないという翔太にせがまれ、たしか駅にあったよな、と立ち寄ったのだ。

「やっぱり、もう遅かったってこと?」

「まあ、ツバメの子育ては、だいたい五月とか六月頃だから、遅いことは遅いんだけど」

いまは七月半ば過ぎ——翔太の通う小学校が夏休みに入った初日だった。

「でも、これは違うな、今年つくった巣じゃなくて、去年かおととしのだ」

話しながら、そうか、そうだよな、失敗したな、と小刻みにうなずいた。

「ツバメは、人間がたくさんいる場所に巣をつくるんだ」

「そうなの？」

「うん。ひとがいれば、カラスとかヘビが寄ってこないだろ？　だから、人間のそばにいたほうが安全なんだよ」

「人間のことは怖くないの？」

「仲良しなんだ、昔からツバメと人間は」

ツバメは人間に天敵から守ってもらう代わりに、害虫をせっせと食べる。ツバメが軒先に巣をつくると、その家は栄える、という言い伝えもある。ただの迷信ではなく、ひとの出入りが盛んな家は、にぎやかで活気があるということなのだろう。

だから、ツバメは、今年ここには巣をつくらなかった。

私はあらためて駅舎を見上げて、ため息を呑み込んだ。

来年も再来年も、これからずっと、ここでツバメの子育てを見ることはできないだろう。

駅前に私たち以外の人影はない。駅舎の中も無人だった。昨年の暮れ、鉄道が廃線になってしまい、駅は半世紀を超える歴史に幕を閉じた。それをうっかり忘れていた。

「昔は毎年毎年、ここに巣をつくってたんだけどな」

「同じ場所？」

「そう、いつもここだった。見晴らしとか、陽当たりとか、風通しとか、いろんな条件が揃ってるんだろうな」

「場所を覚えてるの？」

「っていうか、こんなふうに前の年の巣が残ってるだろ。それが目印になるし、残ってる巣を土台にして、今年の巣をつくるんだ。で、次の年には、またそれを土台にして新しい巣をつくるわけだから、何年分かの歴史があるんだよ。言ってみれば、中古の物件を毎年リフォームしてるようなものだな」

われながらわかりやすい譬《たと》えだと思って笑ったが、まだ小学二年生の翔太には難しすぎたのだろう、反応は鈍かった。

「でも、鳥の巣って、あんまりきれいじゃないんだね。ぼく、こんな泥っぽい巣だとは思ってなかった」

鳥の巣というものは草を編《あ》んでつくるのだ、と思い込んでいたらしい。

「そんなのは絵本やマンガの話だよ。鳥の巣はいろんなものを使ってつくるんだ」

泥や藁《わら》や小枝や木の根はもとより、鳥の羽や獣《けもの》の毛、蜘蛛《くも》の糸も使われる。鳥の棲《す》む場所によっては、苔《こけ》や海藻も大事な素材だし、街なかに棲みついたカラスは、クリーニング店で使う安物のハンガーを集めて巣をつくることもある。

「すごいんだね、カラスって」

「頭がいいんだ」

「あ、それ知ってる。ゴミ捨て場にネットを掛けてても、クチバシとか爪でめくって、生ゴミを食べちゃうんだよね。ゴミ捨て場の掃除当番の月は、いつも、ママ――」

言いかけて、翔太は口をつぐんだ。私も不意を衝《つ》かれて、翔太から目をそらす。話が途切れた。さっきから絶え間なく聞こえていたはずの蟬時雨《せみしぐれ》が、堰《せき》を切ったように、いちどきに耳に流れ込んできた。

私と翔太は、もうじき――一泊二日の帰省を終えて東京の我が家に戻ると、「さよなら」をお互いに言わなくてはならない。「元気でね」とも言い合うだろう。私は翔太に「ママと仲良くしろよ、ママのことは任せたぞ」と言うはずだし、翔太は寂しそうに笑って、もしかしたら言葉ではなにも応えず、ただ黙ってうなずくだけかもしれない。

先週、離婚届を区役所に出した。離婚の理由は、一言では言えない。不倫や借金や暴力ではないことが救いなのか、だからこそ根が深いのか、どちらにしても「性格の不一致」とは便利な言葉だと思い知らされた。

翔太の親権は妻が得た。私は家族三人で暮らしていたマンションを出て、ひさしぶりの一人暮らしに戻る。すでに荷造りはすませた。帰京の翌日には業者が荷物を運び出して、それで家族の日々は終わる。

「パパは、この駅、よく来てたの？」

「高校時代は毎日だよ」

ふるさとの町には高校がなかった。「おじいちゃんも、ひいおじいちゃんも、おばちゃんも、みんな高校生になると、この駅から電車で学校に通ってたんだ」

正確にはディーゼル車だったが、細かく説明するのが面倒なので、電車にしておいた。

四つ先の駅、ここから二十分ほどの距離に、地域で最も大きな、古くから城下町として栄えた街がある。幼い頃の私にとっては目がくらむような大都会だった。中学生の頃も、東京や大阪には負けるけど、ここで一生過ごすのもいいかな、と考えていた。だが、高校に入って実際に城下町で毎日を過ごしてみると、狭苦しさと旧弊《きゅうへい》な田舎臭さにうんざりして、大学受験では東京の学校しか受けなかった。

さっきレンタカーで通った城下町は、すっかり寂れてしまっていた。中心部はシャッターの下りた店舗ばかりで、歩くひとの姿すら、ほとんど目にしなかった。

「ツバメはその頃から、ここに巣をつくってたの？」

「ああ。フンが落ちてくるから、けっこう迷惑だったんだけどな」

「今年、びっくりしたかもね、いきなり駅に誰もいなくなっちゃって」

「だよなあ」

もともと商店街などない駅前だった。広場に面して建っているのは、煙草や郵便切手も売っていた雑貨屋が一軒と、営業車輛《しゃりょう》が三台だけのタクシー会社、小さな製材所の加工場と倉庫……それくらいのものだった。

雑貨屋はもう何年も前に店を閉じて、いまは誰も住んでいないのだろう、屋根の大《おお》棟《むね》や降棟《くだりむね》がたわみ、瓦も波打って、廃屋同然になっていた。タクシー会社は国道沿いに移転した。製材所は更地になって、建築資材が野積みされている。これでは、ツバメは棲めない。

「今年はどこに巣をつくったの？」

「さあ……どこだろうなあ」

町内でひとの集まりそうなところは、町役場――いや、数年前に城下町と合併したので、いまは市役所の支所か。町議会がなくなり、職員の数も減らされて、閑散としているはずだ。ツバメをカラスやヘビから守ってくれるほどのにぎわいは、とても望めそうにない。

「あとでおばあちゃんに訊いてみるよ」と話を切り上げて、駅舎に入ってみた。

ホールはがらんとして、ベンチが並んでいるだけだった。券売機やドリンクの自動販売機はすべて撤去され、事務室の窓口はベニヤ板で塞がれている。駅舎もいずれ、年内には取り壊される。跡地と駅前広場の用途はまだ決まっていない。

ベンチに座りかけた翔太は、座面に埃《ほこり》が積もっているのに気づいて、ひゃっ、と尻を跳ね上げた。

今年の梅雨《つゆ》は長かった。ホールには饐《す》えたような黴臭《かびくさ》さが澱《よど》んでいる。夏は例年よりも暑くなりそうだと、何日か前に、テレビの天気予報が告げていた。

「外に出ていい？」

「ああ……」

無人の改札を抜けてホームに出た。駅舎の中の薄暗さに目が慣れてしまったぶん、ホームの照り返しがまぶしい。蟬時雨もひときわ大きくなった。

ホームは駅舎と繋がった一面だけだが、ずいぶん昔――いま七十歳になった父が子どもの頃には、向かい側にもう一面、貨物の引き込み線用のホームがあったらしい。電化も複線化もできずじまいで廃線になった路線でも、かつては急行列車が日に何便も走っていた。

十年前に亡くなった祖父は、畑仕事のかたわら町役場の職員を定年まで勤め上げた。年に一度か二度、急行列車に乗って、役場の同僚と温泉や海に遠出をするのがなによりの楽しみだったという。

父は、城下町の工業高校に通った。卒業後は、急行列車で大阪に出て、自動車メーカーに勤めたが、都会暮らしは性に合わなかったらしく、母親と結婚すると早々に帰郷して、地方振興局の地元採用職員になった。

私が城下町の普通科高校を卒業したときには、すでにこの路線に急行列車は走っていなかった。二時間に一本あるかないかの鈍行列車も、一輛か、せいぜい二輛編成で、すべて城下町の駅が終点だった。遠くへは行けない。上京したときも、高校時代と同じように鈍行で城下町に出て、そこからバスで一時間ほどかけて空港へ向かった。東京の私大に通い、東京で就職をして、結婚もして、子どもをつくり、そして、いま、家族をなくした。

ホームから線路をぼんやり見つめた。レールはまだ撤去されていなかったが、雑草に覆《おお》われ、錆《さび》でうっすらと赤茶けて、ああ、もう、ここを列車が走ることは永遠にないんだ、というのを実感する。

私から少し離れて線路を覗《のぞ》き込んでいた翔太は、「東京って、どっち？」と訊いてきた。

「あっちだ」

私が右を指差すと、翔太のまなざしもそれに倣《なら》い、東京のほうに体を向けて、じっと遠くを見つめた。

「直接、東京まで行けるわけじゃないんだけど、まあ、大きく見れば、ここから右だ」

返事はなかった。

両親の離婚の話は、もう聞かせている。妻が懇々《こんこん》と説明した。パパとママはこれから別々に暮らし、パパとはめったに会えなくなるし、もしかしたら新しいパパができるかもしれないけれど、いまのパパがあなたのお父さんだというのは、これからもずうっと変わらないんだから……。

どこまで理解して、どこまで受け容れたのかはわからない。あとで妻に聞いた。翔太は、黙ってうなずいたらしい。両親が別れる理由を尋ねることも、別れるのを責めることもなく、ただ、黙って、こくん、と首を前に倒しただけだった、という。

「そろそろ行くか、おじいちゃんもおばあちゃんも待ってるぞ」

声をかけると、翔太は遠くを見たまま、「ねえ――」と言った。「おじいちゃんとおばあちゃんに、バイバイって言ったほうがいい？」

「言わなくていい、そんなの」

「でも――」

「また会えるんだ、会いたくなったらいつでも会えるんだから、べつにお別れじゃないんだって、そうだろ、だからそんなこと言わなくていいし、言うなよ、おばあちゃん寂しがるから」

早口になった。行くぞ、ほら、行こう、と車に戻る私を、翔太は黙って追ってきた。

夕食のテーブルには、母の心尽くしのご馳走《ちそう》が並んだ。田舎のおばあちゃんだから料理が上手につくれない、と母は申し訳なさそうに謝ったが、翔太は、そんなことないよ美味《おい》しいよ、とたくさん食べて、お代わりもした。苦手なニンジンも選《よ》り分けずに口に運ぶ。子どもなりに気をつかっているのだろう。ビールの味が少し苦くなった。

両親も、このたびの帰省がどういう意味を持つのかはわかっている。

母はよくしゃべって、よく笑った。もともとおしゃべり好きなひとではあるのだが、ここまで休む間もなく話していると、明日は血圧が上がって具合が悪くなってしまうかもしれない。

父は、ときどき相槌《あいづち》を打つぐらいで、おしゃべりには加わらなかった。孫と過ごす最後の一晩を、まるごと母に譲り渡したのだろう。仲の良い二人だ。近所や親戚の間でもおしどり夫婦として通っていて、夫婦喧嘩など、少なくとも私が実家にいた高校卒業まで、一度も見たことがなかった。そんな二人の血を引き、夫婦でいたわりあう姿を間近に見てきた息子が、離婚をして、翔太と別れてしまうことになるのを、両親はどう思っているのか。

離婚の経緯は、私は「いろいろあったんだ」としか説明しなかったし、両親も詳しくは問い質《ただ》さなかった。ただ、父には一言だけ――「翔太の心に傷を残すことはするなよ」と諭された。ふだんなら父の言葉を引き取って、その何倍もしゃべる母が、そのときはなにも言わなかった。お父さんの言ったことをよく嚙みしめなさい、と伝えるように、黙って何度も何度もうなずいていた。

母の携帯電話が鳴った。メールが着信したらしく、画面に目を落としたあと、鼻白んだ様子でため息をついた。

結婚して城下町に住んでいる私の姉からだった。母は何日も前から、今夜顔を出さないかと姉を誘っていた。姉の子ども二人、翔太にとってはイトコになる男の子と女の子も連れて来るよう言ってあったらしい。

だが、姉は「いまは忙しくて家を空けられないから」とメールで断ってきた。

母はがっかりしていたが、じつを言うと私はすでに姉から「悪いけど、行かないからね」と告げられていたのだ。「会わないほうがいいよ」――翔太のために。

「みんなで集まって、にぎやかに盛り上がって、思い出の一晩みたいになると、後々のことを考えるとよくないんじゃない？」

私もそう思う。おじいちゃんとおばあちゃんとは、淡々とお別れをしたほうがいい。川の水が流れるように、ごく自然に遠ざかって、小さくなって、薄れていって、そして忘れていけばいい。

もともとお盆と正月ぐらいしか帰省していなかったので、しょっちゅう会っている姉のところの孫二人とは違って、両親にも翔太にも、微妙なよそよそしさがあった。結局それは解消できないままになってしまったが、かえってそのほうがお互いによかったんだよ、と自分を納得させた。

母のおしゃべりの話題は、この秋に城下町で開かれるお祭りのことになった。築城百何十周年かの節目を祝って、大名行列が再現されるのだという。

戦国武将や忍者や日本刀が登場するゲームが大好きな翔太は、目を輝かせて「行きたい！」と言いだした。「おばあちゃん、連れてって！」

「うん、じゃあ、行こう行こう」

声をはずませて応えた母は、次の瞬間、父の目配せに気づいて、顔をこわばらせた。翔太も、あ、そうか、という表情になって、それきり黙ってしまった。

母はぎごちなく「いま、なにかやってるかな」とひとりごちて、リモコンを手に取ってテレビを点けた。バラエティ番組の陽気な笑い声が、思いのほか大きなボリュームで流れてきた。父も母も耳が遠くなってきたせいだろうか。ビールがまた苦みを増してしまう。

場の空気を変えたくて、ツバメの巣の話をした。駅以外で、どこか巣をつくっていそうな場所を尋ねると、母は総合病院と葬祭ホールの名前を出した。

「いまはもう、それぐらいしか、にぎやかな場所はないから」

拗《す》ねたように、ぼそっと言った。

私はコップに残ったビールを空けた。気の抜けた生温《なまぬる》さが、そっくりそのまま苦みになってしまっていた。

翌日、実家をひきあげた足で、母に言われた総合病院に回ってみた。五年前にできた病院の広い駐車場は、高齢者マークをつけた車であらかた埋まっていて、タクシー乗り場もあった。

ツバメの巣は、確かにあった。二階のエアコンの室外機と庇《ひさし》の隙間につくっていた。だが、やはり巣立ちは終わったのだろう、ヒナのいる気配はなく、しばらく待っても親鳥が姿を見せることもなかった。

「どうする？　これがツバメの巣なんだけど、空っぽになってるな、もう」

翔太がどうしてもヒナがいるのを見てみたいと言うのなら、「ダメでもともとだぞ」と釘を刺したうえで葬祭ホールにも寄ってみるつもりだったが、正直、気乗りはしない。父や母が亡くなったら、妻はともかく、翔太は告別式に参列させるべきなのだろうか。妻が再婚して、新しいパパのほうのおじいちゃんとおばあちゃんができていたら、連絡をしないほうがいいのだろうか。そんなことも、ゆうべ布団に入ってから、寝付かれないまま、あれこれ考えていたのだ。

もっとも、翔太の反応は意外とあっさりしたものだった。

「もういいよ」

さばさばと言って、「しょうがないよね、来るのが遅かったんだから」と続ける。かえって私のほうが、翔太の物わかりの良さに戸惑ってしまう。

「来年、この巣を土台にして、また新しい巣をつくるんだよね」

「ああ……」

来年の話が出たとき、ゆうべのことがよみがえって、ひやっとしたが、翔太は巣を見上げて、バイバーイ、と両手を振った。実家を発つときも、そうだった。玄関の外で見送ってくれた母は涙ぐんでいたし、父も寂しさを隠しきれない顔をしていた。そんな二人に、翔太は、まるで明日も会えるかのような軽い口調と明るい笑顔で、「じゃあね、おじいちゃん、おばあちゃん、元気でね、バイバーイ」と両手を振って、車に向かって駆けだしたのだ。

母の嗚咽《おえつ》は、聞こえていただろうか。車のドアを開け閉めする音に紛れただろうか。父は崩れ落ちそうな母の体を、肩を抱いて支え、もういい、早く行け、あとは心配しなくていいから、と私を手で追い払った。

私はツバメのヒナほど上手に巣立ちはできていなかったのかもしれない。


総合病院の駐車場を出るときに「いまからどうする？」と訊いた。帰りの飛行機にはまだ時間がある。城下町に出てもよかった。石垣と櫓《やぐら》しか残っていない城趾《じょうし》でも、お城の雰囲気ぐらいは味わえるだろう。

だが、翔太は少し遠慮がちに言った。

「あのね……昨日の駅、もう一回行っていい？」

「いいけど？」

「で、ホームから、線路に下りてもいい？　いいよね？　もう電車走ってないから、だいじょうぶだよね？」

ドラマの主人公が線路を歩いている場面がカッコよかった——いつかテレビで観たことがあるのを、昨日、ホームにいるときに思いだしたのだという。

「ぼくもやってみたいんだけど、いい？」

思いも寄らないリクエストに最初は困惑したが、だめだと言う理由も見つからない。

「よし、じゃあ行ってみるか」

おそらく、これが、親子としての最後の思い出になるだろう。

昨日と今日、たった一日しかたっていないのに、駅舎を抜けてホームに出ると、陽射しが目盛り一つぶん強まったのを確かに感じた。蟬時雨も、夏本番に向けて、昨日よりも勢いを増しているように聞こえた。

季節の初めというのは、いつもそうだ。一雨ごとに水温む春、木々の緑が日ごとに濃くなる初夏、ようやく先日終わったばかりの梅雨《つゆ》の時季も、気象庁が梅雨入りを発表すると、たちまち風に湿り気が増してくる。

私は先にホームから線路に下りて、翔太を抱き取ってやろうとした。ところが、翔太は「だいじょうぶだよ、自分で下りるから」と手助けを断った。

「けっこう高いぞ、無理するなよ」

「へーき、へーき、ぜーんぜんオッケー」

とは言いながら、いざホームの端に立つと見るからに身がすくみ、膝を折り曲げてしまう。「足元も悪いし、ほら、パパが下ろしてやるって」と私は両手を掲げて、翔太を迎え入れる体勢をとった。

「だいじょうぶ！　できる！」

翔太は甲高い声をあげるのと同時に、曲げた膝をバネにして、線路に飛び下りた、というより、落ちた。

着地すると、線路に敷き詰めた砂利《じゃり》が崩れ、体が傾《かし》いだ。足だけでは支えられずに、膝をつき、手をついて、四つん這《ば》いになった。危なかった。もうちょっとバランスが崩れていたら、顔から砂利に突っ込んでしまったかもしれない。

だが、とにかく、翔太は自分一人で線路に下りた。私は思わず「手とか膝、擦《す》りむいてないか？」と訊きそうになったが、体を起こした翔太は、ほら、できたでしょ、と言いたげに、私にニッと笑った。

走りだす。駅舎を背にして、右――東京の方角に向かって。

何歩か進むと、また足元の砂利が崩れて、転びそうになる。つんのめって、四つん這いになって、また起き上がって走りだす。

何度も転んだ。砂利ではなくレールに膝をぶつけそうになったこともあった。砂利のとがったところに手をついてしまったのか、起き上がったあと、手のひらを口元にあてているときもあった。息を吹きかけて痛みをこらえていたのか、あるいは、にじんだ血を吸っていたのかもしれない。

それでも、翔太は私を振り向かなかった。立ち止まることもなかった。前に、前に、遠くへ、遠くへ、走っては転び、起き上がっては走り、また転んでは起き上がって、走りつづけた。

私はふと我に返り、翔太を追いかけてしばらく走ったが、途中でやめた。はずむ息を整えながら、遠ざかる息子の背中を、じっと見つめた。

夏の陽射しが、線路の上に陽炎をたちのぼらせる。翔太の背中がゆらゆらと揺れる。

昔、ここには急行列車が走っていたのだ。

文庫版のためのあとがき

「老い」の序章を描いた作品集を編んでみようと思っていた。「老い」そのものではなく、自分がやがて老いていくという予感、諦念《ていねん》、覚悟……そして、実際に「老い」のとば口に立っているんだと思い知らされたときの困惑……。

本作は、その思いのもとに書き起こされ、目論見《もくろみ》を自分なりに達成したという手ごたえとともに閉じられた。

読み手に愉《たの》しんでいただくお話として成立しているかどうかはわからない。ちょっと苦しいかもな、とは認める。そうでなくても辛気《しんき》くさいと言われる自分のお話の中でも、特に意気揚がらぬものになってしまったかもしれない。ごめんなさい。でも、書きたかったんです。読んでいただきたかったんです。

一九六三年三月生まれの自分は、当然ながら、もう若くはない。三十代終わり頃から「おじさん」と名乗ってきたが、もはや自虐をするまでもなく立派な「おじさん」――いや、同学年の友人から初孫誕生の報《しら》せを聞くことも増えてきたから、そろそろ

「おじいさん」のほうがふさわしいだろうか。

本書に収められたお話のほとんどは、二〇一六年以降に書かれた。自分としては、そこにとても大きな意味を感じている。二〇一六年一月の終わりに父を亡くした。そして四月から早稲田《わせだ》大学で期間限定の教師となり、九月に次女がハタチの誕生日を迎えて、我が家から「子ども」がいなくなった。心臓の不具合のために四十数年ぶりの入院をしたのも、その年の夏のことだった。

僕はもう（二〇二二年四月現在、母親は健在だが）「息子」ではない。「パパ」や「お父さん」でもない。心電図は毎日測っている。教壇に立つ僕と向き合っているのは、自分の子どもよりも若い学生たち。みんな背が高くて、手足が長くて、シュッとしていて……「重松清って生きてる作家だと知りませんでした」「教科書の写真に落書きしてました」「あ、すみません、先生って作家だったんですか？　ペンネーム教えてください」なんてことを笑って言って……四十年前の僕がそうだったように、怖いもの知らずで肩で風を切って歩くのだ。

そんな彼らの若さが、はらはらしながらもまぶしい。彼らに愛される、自分よりずっと若い作家の皆さんを、ビミョーに僻《ひが》みつつも、いいなあ、とうらやましく思う。しんどいことも多い。誰もヨイショをしてくれないのは、けっこうキツかったりもする。それでも、「おまえはもう年老いていきつつあるんだぞ」と教えてくれる学生たちとの日々が、いまの僕には、たまらなく愛《いと》おしいのだ。本書に収録されたお話の行間から、その思いがうっすらと立ちのぼっていてくれれば、と願っている。

本書収録のお話のうち「あの年の秋」は、アンソロジー『ノスタルジー1972』（講談社・刊）のために書かれた。「ホームにて」も、同様にアンソロジー『そういうものだろ、仕事っていうのは』（日本経済新聞出版社・刊）に収録された「ホームにて、蕎麦《そば》。」の改題である。前者の担当編集者の戸《と》井《い》武史《たけし》さんには、「旧友再会」と「どしゃぶり」でもお世話になった。後者の担当をお願いしたのは日本経済新聞社の苅山《かりやま》泰幸《やすゆき》さんである。また、「群像」に掲載された「ある帰郷」は、同誌編集長だった佐《さ》藤《とう》辰宣《たつのぶ》さんのお誘いを受けて書いたものである。

お名前を挙げた各位はもとより、本書が世に出るにあたってお力添えをいただいたすべての方々に心から感謝する。単行本版につづいて装画をお願いしたsuwakahoさんと装幀の鈴木《すずき》成一《せいいち》さんには、とりわけ大きな声でお礼を申し上げたいし、同様の謝意を、文庫版の担当編集者の岡本《おかもと》淳史《あつし》さんにも捧げたい。さらに、常に少しだけ遠くから、けれど決してまなざしを切ることなく励ましてくださる鍛治《かじ》佑介《ゆうすけ》さんの存在なくしては、本書は生まれなかったと思う。鍛治さん、ありがとう。

しかし、当然ながら、最も大きくて深いお礼の言葉は、読んでくださった方々へ

——ありがとうございました、ほんとうに。

最後に、本書の表題は、我が青春のヒーローの一人・吉田《よしだ》拓郎《たくろう》が一九八四年に発表したアルバム『FOREVER YOUNG』の収録作「旧友再会」から採らせていただいた。アルバム発表時、僕は大学四年生で、二十一歳で、「旧友」や「再会」の甘酸《あまず》っぱさやホロ苦さは、ほんとうはわかっていなかったんだなあ、と思う（拓郎サン自身、まだ三十代だったんだぜ）。

その当時、何十年か先には「旧友」になるだろうと思っていた相棒がいたのだが、時代が昭和から平成になってほどなく、彼は世を去ってしまった。

だから、僕には「再会」すべき「旧友」はいない。本書に収録した再会のお話の数々は、じつは苦いファンタジー、裏返しの憧れの物語なのかもしれないないなと、いま、思った。

二〇二二年四月

重松　清

本書は二〇一九年六月に小社より刊行された単行本を文庫化したものです。

|著者| 重松 清　1963年岡山県生まれ。早稲田大学教育学部卒業。出版社勤務を経て、執筆活動に入る。'91年『ビフォア・ラン』でデビュー。'99年『ナイフ』で坪田譲治文学賞、『エイジ』で山本周五郎賞、2001年『ビタミンF』で直木賞、'10年『十字架』で吉川英治文学賞、'14年『ゼツメツ少年』で毎日出版文化賞をそれぞれ受賞。小説作品に『流星ワゴン』『定年ゴジラ』『きよしこ』『疾走』『カシオペアの丘で』『とんび』『かあちゃん』『あすなろ三三七拍子』『空より高く』『希望ヶ丘の人びと』『ファミレス』『赤ヘル1975』『なぎさの媚薬』『どんまい』『木曜日の子ども』『ニワトリは一度だけ飛べる』『旧友再会』『ひこばえ』他多数がある。ライターとしても活躍し続けており、ノンフィクション作品に『世紀末の隣人』『星をつくった男　阿久悠と、その時代』、ドキュメントノベル作品に『希望の地図』などがある。

旧友再会《きゅうゆうさいかい》
重松《しげまつ》 清《きよし》
© Kiyoshi Shigematsu 2022

講談社文庫
定価はカバーに
表示してあります

2022年6月15日第1刷発行

KODANSHA

発行者――鈴木章一
発行所――株式会社　講談社
東京都文京区音羽2-12-21　〒112-8001
電話 出版 (03) 5395-3510
　　 販売 (03) 5395-5817
　　 業務 (03) 5395-3615
Printed in Japan

デザイン―菊地信義
本文データ制作―講談社デジタル製作
印刷―――株式会社広済堂ネクスト
製本―――株式会社国宝社

落丁本・乱丁本は購入書店名を明記のうえ、小社業務あてにお送りください。送料は小社負担にてお取替えします。なお、この本の内容についてのお問い合わせは講談社文庫あてにお願いいたします。
本書のコピー、スキャン、デジタル化等の無断複製は著作権法上での例外を除き禁じられています。本書を代行業者等の第三者に依頼してスキャンやデジタル化することはたとえ個人や家庭内の利用でも著作権法違反です。

ISBN978-4-06-528272-4

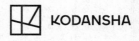

講談社文庫刊行の辞

二十一世紀の到来を目睫に望みながら、われわれはいま、人類史上かつて例を見ない巨大な転換期をむかえようとしている。

世界も、日本も、激動の予兆に対する期待とおののきを内に蔵して、未知の時代に歩み入ろうとしている。このときにあたり、創業の人野間清治の「ナショナル・エデュケイター」への志を現代に甦らせようと意図して、われわれはここに古今の文芸作品はいうまでもなく、ひろく人文・社会・自然の諸科学から東西の名著を網羅する、新しい綜合文庫の発刊を決意した。

激動の転換期はまた断絶の時代である。われわれは戦後二十五年間の出版文化のありかたへの深い反省をこめて、この断絶の時代にあえて人間的な持続を求めようとする。いたずらに浮薄な商業主義のあだ花を追い求めることなく、長期にわたって良書に生命をあたえようとつとめるところにしか、今後の出版文化の真の繁栄はあり得ないと信じるからである。

同時にわれわれはこの綜合文庫の刊行を通じて、人文・社会・自然の諸科学が、結局人間の学にほかならないことを立証しようと願っている。かつて知識とは、「汝自身を知る」ことにつきていた。現代社会の瑣末な情報の氾濫のなかから、力強い知識の源泉を掘り起し、技術文明のただなかに、生きた人間の姿を復活させること。それこそわれわれの切なる希求である。

われわれは権威に盲従せず、俗流に媚びることなく、渾然一体となって日本の「草の根」をかたちづくる若く新しい世代の人々に、心をこめてこの新しい綜合文庫をおくり届けたい。それは知識の泉であるとともに感受性のふるさとであり、もっとも有機的に組織され、社会に開かれた万人のための大学をめざしている。大方の支援と協力を衷心より切望してやまない。

一九七一年七月

野間省一